마음

夏目漱石 : こころ

마음

나쓰메 소세키 장편소설

유은경 옮김

문학동네

일러두기

1. 번역 대본으로는 漱石全集第九卷·こころ(夏目漱石, 岩波書店, 1994)를 사용했다.
2. 주석은 모두 옮긴이주다.

차례

선생님과 나

1

나는 그분을 언제나 선생님이라고 불렀다. 그래서 여기서도 그냥 선생님이라고만 쓰고 본명은 밝히지 않겠다. 그렇게 하는 것은 그분의 이름이 세상에 오르내리는 것을 꺼려서라기보다, 그러는 편이 내게는 더 자연스럽기 때문이다. 나는 그분에 대한 기억을 되살릴 때마다, '선생님' 하고 부르고 싶어진다. 펜을 들어도 마찬가지다. 거리감이 느껴지는 머리글자 같은 것으로 대신할 마음도 전혀 없다.

내가 선생님과 알게 된 것은 가마쿠라에서였다. 그때 나는 아직 한창 혈기왕성한 학생*이었다. 여름방학을 이용하여 해수욕장에 간 친구로부터 꼭 놀러오라는 엽서를 받고, 여비를 약간 마련해서 가보기로

---

* '나'가 다니는 학교는 중학교 5년을 마치고 들어가는 대학교 예비과정이다.

했다. 돈을 마련하는 데 이삼일이 걸렸다. 그런데 내가 가마쿠라에 도착한 지 사흘도 안 돼, 나를 불러들인 친구는 고향으로 급히 오라는 전보를 받았다. 전보에는 어머니가 병환중이라고 적혀 있었지만 친구는 그 말을 믿지 않았다. 친구는 그전부터 고향에 있는 부모에게서 내키지 않는 결혼을 강요받고 있었던 것이다. 현대의 관습으로 봤을 때 그는 결혼하기에는 너무 어렸다. 게다가 가장 중요한 상대방이 마음에 들지 않았다. 그래서 여름방학이 되면 의당 고향으로 돌아가야 했으나, 가지 않으려고 일부러 도쿄 근교 해수욕장에서 놀았던 것이다. 그는 내게 전보를 보여주면서 어떻게 하는 게 좋겠느냐고 상담했다. 나로서는 어떻게 하는 게 좋을지 판단이 서지 않았다. 하지만 정말로 모친이 병중이라면 당연히 돌아가야 할 터였다. 그래서 그는 결국 고향으로 돌아가버렸다. 기껏 놀러온 나는 외톨이가 되었다.

개학을 하려면 아직 멀었기 때문에 가마쿠라에 더 머물든 돌아가든 상관없던 나는 묵고 있던 숙소에서 당분간 조금 더 지내기로 했다. 친구는 주고쿠 지방 어느 자산가의 아들이라 돈에 구애받진 않았지만, 학교도 학교였고 나이도 나이인지라 생활 수준은 나와 별반 다르지 않았다. 그래서 혼자 남게 된 나는 새로 적당한 숙소를 찾아야 하는 수고는 덜 수 있었다.

숙소는 가마쿠라에서도 후미진 곳에 있었다. 당구라든가 아이스크림 같은 신식 문물을 접하려면 긴 논두렁길을 하나 지나가야만 했다. 인력거로 가도 20센*은 주어야 했다. 그래도 개인 별장은 여기저기 몇

---

* 일본의 화폐 단위. 1엔은 100센이다.

채나 있었다. 무엇보다 바다가 바로 코앞에 있었으므로 해수욕을 하기에는 안성맞춤이었다.

나는 매일 수영하러 바다로 갔다. 오래되어 거무스름해진 초가집 사이를 빠져나가 해변으로 내려가면, 이 주변에 도회지 사람들이 이만큼이나 있었나 싶을 정도로 모래사장은 피서를 온 남녀들로 바글거렸다. 어떤 때는 바닷속이 대중목욕탕처럼 까만 머리통으로 우글거릴 때도 있었다. 그중에 아는 사람 하나 없는 나도 이런 북적이는 분위기에 휩싸여 모랫바닥에 엎드리거나 파도가 무릎에 부딪히는 물가를 뛰어다니면 유쾌해졌다.

나는 실로 그런 북새통 속에서 선생님을 발견한 것이다. 그 당시 해안가에는 휴게소가 두 군데 있었다. 나는 어쩌다보니 그중 한 곳을 자주 이용했다. 하세 근방에 큰 별장을 소유하고 있는 사람들과 달리, 전용 탈의실을 갖지 못한 이 부근의 피서객들에게는 반드시 그런 공동탈의실 같은 곳이 필요했다. 사람들은 여기에서 차도 마시고 휴식도 취했으며, 수영복을 빨아달라고 맡기거나 염분기가 남은 몸을 씻기도 하고, 모자나 양산을 맡기기도 했다. 수영복이 없는 나도 소지품을 도난당할까 걱정되어, 바다로 갈 때마다 그 휴게소에다 전부 맡겨두곤 했다.

2

내가 그 휴게소에서 선생님을 봤을 때는, 선생님이 막 옷을 벗고 바다에 들어가려던 참이었다. 나는 그때 반대로 바람을 맞으며 젖은 몸으로 물에서 나왔다. 우리 둘 사이에는 눈앞을 가리는 수많은 까만 머리통이 움직이고 있었다. 특별한 사정이 없었다면 나는 끝내 선생님을 못 봤을지도 모른다. 그 정도로 해변이 혼잡하고 정신이 없었는데도 내가 바로 선생님을 눈여겨보게 된 것은, 선생님이 한 서양인과 함께 있었기 때문이다.

그 서양인의 유난히 흰 피부가 휴게소에 들어서자마자 바로 내 주의를 끌었다. 일본 유카타를 입고 있던 그는 접이의자 위에 옷을 벗어 휙 던져놓은 채, 팔짱을 끼고 바다를 보며 서 있었다. 그는 우리가 입는 사각팬티 한 장 외에는 아무것도 몸에 걸치지 않았다. 나는 그 모습이 무엇보다 신기했다. 이틀 전 유이가 해변에 갔을 때, 서양인들이 바다에 들어가는 모습을 모래 위에 쭈그리고 앉아 오랫동안 지켜보았다. 내가 엉덩이를 대고 앉은 곳은 조금 높은 언덕이었는데, 바로 그 옆이 호텔 뒷문이어서 내가 가만히 앉아 있는 동안 꽤 많은 남자들이 바닷물을 뒤집어쓰려고 나왔지만, 몸과 팔과 허벅지를 내놓은 사람은 아무도 없었다. 여자들은 특히 더 몸을 가렸다. 대부분 적갈색이나 짙은 청색, 쪽색의 고무 수영모를 머리에 쓰고서 파도 사이사이를 둥둥 떠다녔다. 그런 모습을 목격한 지 얼마 안 된 내 눈에는, 사각팬티 한 장만 입고 버젓이 사람들 앞에 서 있는 그 서양인이 너무나도 희한하게 보였다.

그는 이윽고 옆을 돌아보더니 허리를 구부리고 있는 일본인에게 뭐라고 한두 마디 건넸다. 그 일본인은 마침 모래 위에 떨어진 수건을 주워올리던 참이었는데, 주워들자마자 바로 머리에 감싸 매고는 바다 쪽으로 걸어가기 시작했다. 그 사람이 바로 선생님이었다.

나는 순전한 호기심에서 나란히 바다로 향하는 두 사람의 뒷모습을 지켜보았다. 그들은 곧장 파도 속으로 발을 들여놓았다. 그러고는 모래사장 가까이 수심이 얕은 바다에서 복작거리는 사람들 사이를 비집고 나가, 비교적 넓은 데로 가서 함께 헤엄을 치기 시작했다. 머리가 작게 보일 때까지 멀리 헤엄쳐갔다. 그런 다음 방향을 돌려 다시 일직선으로 해안가로 되돌아왔다. 휴게소로 돌아와 우물물로 씻지도 않은 채 몸을 닦고 기모노를 입더니 금세 어디론가 가버렸다.

그들이 나간 뒤 나는 원래 앉았던 접이의자에 걸터앉아 담배를 피웠다. 그리고 바다를 바라보며 선생님 생각을 했다. 아무래도 어디선가 본 적 있는 얼굴이란 생각이 자꾸만 들었다. 하지만 언제 어디서 만난 사람인지는 도무지 기억이 나지 않았다.

그 당시 나는 한가로웠다기보다는 무료해 죽을 지경이었다. 그래서 다음날도 또 선생님을 만난 시간을 가늠해 일부러 휴게소까지 나가보았다. 그런데 서양인은 오지 않고 선생님 혼자 밀짚모자를 쓰고 들어왔다. 선생님은 안경을 벗어 탁자 위에 놓고는 곧장 수건으로 머리를 감싸더니 총총히 바다로 향했다. 선생님이 어제와 마찬가지로 복작거리는 피서객들 사이를 빠져나가 혼자서 헤엄치기 시작했을 때, 갑자기 그 뒤를 따라가고 싶은 충동이 일었다. 나는 바닷물을 머리 위까지 튀기며 꽤 깊은 곳까지 가서, 선생님을 목표로 두 팔을 번갈아 뻗으며 헤엄치기 시작했다. 그러자 선생님은 어제와 달리 일종의 포물선을 그리며 엉뚱한 방향에서 해안가로 돌아가기 시작했다. 그래서 결국 내 목적은 달성할 수 없었다. 뭍으로 나가 물방울이 떨어지는 손을 털며 휴게소로 들어섰지만, 선생님은 이미 기모노를 입고는 밖으로 나가고 없었다.

3

나는 다음날도 같은 시각에 해변으로 나가 선생님을 보았다. 그다음 날도 똑같은 행동을 반복했다. 하지만 우리 두 사람 사이에는 말을 걸 기회나 인사를 나눌 만한 상황이 생기지 않았다. 게다가 선생님의 태도는 오히려 비사교적이었다. 일정한 시간대에 홀연히 왔다가 홀연히 가버렸다. 주위가 아무리 시끌벅적해도 거의 신경쓰지 않는 눈치였다. 처음에 함께 왔던 서양인은 그후로 전혀 모습을 보이지 않았다. 선생님은 늘 혼자였다.

어느 날 선생님이 여느 때처럼 바다에서 나와 늘 탈의하는 곳에 벗어둔 유카타를 입으려는데, 어찌된 영문인지 유카타에 모래가 잔뜩 묻어 있었다. 선생님은 모래를 털어내리고 등을 돌려 유카타를 홀홀 털었다. 그러자 유카타 밑에 두었던 안경이 접이의자의 판 틈새로 떨어졌다. 선생님은 흰 가스리*에 헤코오비**를 매고 나서야 안경이 없어진 걸 알아차린 듯, 갑자기 그 주변을 두리번거리기 시작했다. 나는 얼른 의자 밑으로 머리와 손을 넣어 안경을 꺼냈다. 선생님은 고맙다고 말하며 안경을 받았다.

---

* 붓으로 스친 것 같은 자잘한 무늬가 있는 유카타.
** 젊은 남자들이 간편하게 매는 허리띠.

14

다음날 나는 선생님을 뒤따라가 바다에 뛰어들었다. 그리고 선생님과 같은 방향으로 헤엄쳐갔다. 바다로 이백 미터 남짓 나가서, 선생님은 뒤를 돌아보고 내게 말을 걸었다. 넓고 푸른 바다 위에 떠 있는 사람이라곤 그 부근에는 우리 두 사람밖에 없었다. 그리고 작열하는 햇살이 물과 산들을 두루두루 비추고 있었다. 나는 바닷속에서 자유와 환희로 가득찬 근육을 움직이며 신나게 헤엄쳤다. 한편 선생님은 팔다리의 움직임을 딱 멈추고 하늘을 바라보며 물결 위에 누워 있었다. 나도 그대로 따라했다. 파란 하늘이 눈이 시릴 정도로 강렬한 색을 내 얼굴에 쏟아부었다. "기분이 참 좋은데요" 하고 나는 큰 소리로 말했다.

잠시 후 바닷속에서 일어나듯이 자세를 바꾼 선생님이 "이제 그만 갑시다" 하고 말하며 재촉했다. 비교적 체력이 좋았던 나는 좀더 물속에서 놀고 싶었다. 하지만 선생님의 돌아가자는 말에, 얼른 "예, 가죠" 하고 흔쾌히 대답했다. 그리하여 우리는 왔던 길을 다시 헤엄쳐 해변으로 되돌아왔다.

그때부터 나는 선생님과 가까워지게 되었다. 그러나 그때까지 선생님이 어디에 머무는지는 몰랐다.

그로부터 이틀이 지난 사흘째의 오후였으리라. 선생님과 휴게소에서 마주쳤을 때, 선생님은 불쑥 내게 "여기서 오래 머물 생각인가요?" 하고 물었다. 별생각 없이 지내던 나는 그 물음에 즉각 대답할 만한 말을 머릿속에 준비해두지 못했다. 그래서 "아직 어떻게 할지 모르겠습니다"라고 답했다. 그러나 싱긋이 웃고 있는 선생님의 모습을 보자 나는 갑자기 무안해졌다. "선생님께서는요?" 하고 되묻지 않을 수 없었다. 그때 내 입에서 튀어나온 '선생님'이란 말이 그 호칭의 시초였다.

나는 그날 밤 선생님의 숙소를 방문했다. 숙소라고 해도 일반 여관과 달리 넓은 절의 경내에 있는 별장 같은 건물이었다. 거기에 사는 사람들이 선생님의 가족이 아니라는 것도 알게 됐다. 내가 선생님, 선생님, 하고 부르자 선생님은 쓴웃음을 지었다. 그래서 나는 연장자를 그렇게 부르는 버릇이 있다고 변명했다. 지난번에 같이 있던 서양인에 대해서도 물어보았다. 선생님은 그의 별난 점이랑 이제 가마쿠라에는 없다는 이야기 등을 하던 끝에, 일본인과도 별로 교제가 없는 자신이 그런 외국인과 가깝게 지냈다는 게 신기하다는 말도 했다. 나는 마지막에 선생님에게, 선생님을 어디선가 뵌 적이 있는 것 같은데 도무지 생각나지 않는다고 했다. 젊은 나는 그때 은근히 상대방도 나와 같은 느낌을 가지고 있지는 않을까 기대했다. 그래서 내심 선생님의 대답을 대충 예상해두었다. 그런데 선생님은 잠시 생각에 잠겼다가 "아무리 생각해봐도 본 기억이 없는데, 다른 사람과 착각한 게 아닐까요?"라고 되물어, 나는 어쩐지 실망스러웠다.

4

그달 말에 나는 도쿄로 돌아왔다. 선생님은 그보다 훨씬 전에 피서지에서 떠났다. 선생님과 헤어질 때, "댁으로 가끔 찾아봬도 되겠습니까?" 하고 물었다. 선생님은 간단하게 "네, 그러세요"라고만 대답했다. 그때의 나는 선생님과 꽤나 친해졌다 여겼기 때문에, 선생님에게서 좀더 다정한 대답을 기대하고 있었다. 그래서 그 서운한 대답이 내 자신감에 상처를 주었다.

　그런 일로 선생님은 종종 내게 실망감을 안겨주었다. 선생님은 그런 내 감정을 알고 있는 듯도 했고, 전혀 모르는 듯도 했다. 나는 종종 조금씩 실망하면서도, 그것 때문에 선생님으로부터 멀어지고 싶은 생각은 없었다. 오히려 그와는 반대로, 멀어질 것 같은 불안감이 생길 때마다 더 다가가려고 했다. 좀더 다가가다보면 내가 기대하는 어떤 것이 언젠가 눈앞에 만족스럽게 나타나줄 거라고 여겼다. 나는 젊었다. 하지만 누구에게든 젊은 피가 이처럼 순수하게 요동칠 거라고는 생각지 않았다. 왜 선생님한테만 유독 그런 마음이 드는지는 나도 몰랐다. 그걸 선생님이 이 세상을 떠나고 난 지금에야 비로소 알게 되었다. 선생님은 처음부터 나를 싫어했던 게 아니었다. 선생님이 종종 내게 보인 무뚝뚝한 대답이나 냉정해 보이던 몸짓은 나를 멀리하려는 불쾌감의 표현이 아니었다. 가엾은 선생님은 자기한테 다가오려는 사람에게, 다가올 만한 가치가 없는 인간이니 그러지 말라는 경고를 했던 것이다. 다른 사람의 마음을 받아들이지 않던 선생님은, 남을 경멸하기 전에 먼저 자신을 경멸했던 것 같다.

　나는 물론 선생님 집을 찾아가겠다 맘을 먹고 도쿄로 돌아왔다. 돌아와서 수업이 시작되기까지는 아직 이 주일이나 남아 있었으므로, 개학 전에 한번 가볼 생각이었다. 그러나 돌아온 지 이틀 사흘이 지나면서 가마쿠라에서 먹었던 마음은 점점 희미해져갔다. 게다가 거기에 더해 다채로운 대도시의 공기가, 되살아나는 기억에 동반되는 강렬한 자극과 함께 내 마음을 짙게 물들여갔다. 나는 거리에서 학생들의 얼굴을 볼 때마다 새 학년을 맞이하는 희망과 긴장감을 느꼈다. 잠시 선생님을 잊고 지냈다.

수업이 시작되고 한 달 정도가 지나자 긴장의 고삐가 풀리기 시작했다. 나는 뭔가 허한 표정으로 거리를 돌아다녔다. 뭔가 찾는 심정으로 방안을 둘러보았다. 내 머릿속에는 다시금 선생님의 모습이 떠올랐다. 다시 선생님이 보고 싶어졌다.

처음 선생님 집을 방문했을 때 선생님은 집에 없었다. 두번째로 방문한 건 그다음주 일요일이었다고 기억한다. 파란 하늘이 몸에 스며들 것만 같은 화창한 날씨였다. 그날도 선생님은 집을 비웠다. 가마쿠라에 머물 때, 선생님은 본인 입으로 거의 집에 있는 편이라고 말했다. 오히려 외출하는 걸 싫어한다는 말도 했었다. 두 번이나 와서 두 번 다 허탕 친 나는 그 말을 떠올리며 마음 한구석에서 영문 모를 불만을 느꼈다. 나는 바로 되돌아 나오지 못했다. 하녀를 쳐다보며 잠시 머뭇거리면서 그냥 서 있었다. 요전에 명함을 받은 걸 기억한 하녀는 나에게 기다리라고 하더니 다시 안으로 들어갔다. 그러더니 사모님으로 보이는 여인이 대신 나왔다. 아름다운 부인이었다.

사모님은 선생님의 행선지를 내게 자세히 가르쳐주었다. 선생님은 매달 이날이 오면 꽃을 들고 조시가야 묘지에 있는 어느 고인을 찾아가곤 한다고 했다. "방금 나가셨는데, 십 분이나 됐나 모르겠네요" 하고 사모님은 안됐다는 듯이 말했다. 나는 가볍게 인사하고 밖으로 나왔다. 번화가 쪽으로 백 미터 남짓 걷다가, 산책도 할 겸 조시가야로 가봐야겠다는 생각이 들었다. 선생님을 만날 수 있을까 없을까 호기심도 발동했다. 그래서 즉각 발길을 돌렸다.

5

나는 묘지 앞에 있는 모밭 왼편으로 돌아, 단풍나무가 양쪽으로 늘어선 넓은 길을 따라 걸어들어갔다. 그러자 그 길가에 보이는 찻집에서 선생님 같은 사람이 휙 밖으로 나왔다. 난 그 사람의 안경테에 햇빛이 반사되는 게 보일 만큼 가까이 다가갔다. 그러고는 불쑥 "선생님" 하고 큰 소리로 불렀다. 선생님은 문득 걸음을 멈추고 나를 쳐다봤다.

"어떻게…… 어떻게……"

선생님은 똑같은 말을 두 번이나 되풀이했다. 그 말은 괴괴한 대낮에 기이한 어조로 반복되었다. 나는 선뜻 대답이 나오지 않았다.

"내 뒤를 쫓아온 건가요? 어떻게……"

선생님은 오히려 침착했다. 목소리도 차분했다. 그렇지만 그 표정에는 뭐라 형용할 수 없는 어떤 그늘이 드리워져 있었다.

나는 어떻게 여기까지 오게 되었는지 선생님에게 설명했다.

"누구의 묘에 갔는지, 아내가 그 사람의 이름도 말하던가요?"

"아니요. 말씀 안 하셨는데요."

"그랬군요. ……그렇겠죠, 그건 말할 리가 없죠, 처음 만난 사람인데. 말할 필요가 없을 테니까."

선생님은 그제야 이해가 된 모양이었다. 그러나 나는 도통 그 의미를 알 수 없었다.

선생님과 나는 큰길로 나가기 위해 묘와 묘 사이를 걸었다. 이사벨라 아무개의 묘니, 하느님의 종 로긴의 묘니 하는 묘표 옆에, 일체중생 실유불성一切衆生悉有佛性이라고 쓰인 소토바*가 세워져 있었다. 특명전권

공사全權公使 아무개의 묘도 있었다. 나는 安得烈이라고 새겨진 작은 묘 앞에서 "이건 어떻게 읽는 걸까요?" 하고 선생님에게 물었다. "안드레라고 읽으라는 거겠죠"라며 선생님은 쓴웃음을 지었다.

선생님은 이런 묘표들이 보여주는 각양각색의 양식에 대해, 재미도 아이러니도 나만큼 느끼지 못하는 듯했다. 내가 동그란 묘석이나 기름한 화강암 비석을 가리키며 연신 이러쿵저러쿵 떠드는 걸 처음에는 묵묵히 듣고 있더니, 끝내는 "학생은 죽음에 대해서 아직 진지하게 생각해본 적이 없군요"라고 말했다. 나는 입을 다물었다. 선생님도 더이상 아무 말도 하지 않았다.

묘지의 끝 지점에 커다란 은행 한 그루가 하늘을 가리며 서 있었다. 그 밑으로 왔을 때, 선생님은 높이 뻗은 우듬지를 올려다보며 "조금만 더 있으면 멋질 겁니다. 이 나무가 완전히 노랗게 물들어 이 주변은 온통 황금빛 낙엽으로 뒤덮이게 되지요"라고 말했다. 선생님은 한 달에 한 번은 반드시 이 나무 아래를 지나는 것이다.

저 앞에서 울퉁불퉁한 지면을 고르며 새로운 묘를 만들고 있던 사내가 괭이 든 손을 쉬면서 우리를 쳐다봤다. 우리는 거기서 왼쪽으로 돌아 바로 큰길로 나갔다.

이제부터 어디로 가야겠다는 목적이 없던 나는 그저 선생님이 가는 방향으로 따라갔다. 선생님은 평상시보다 말수가 적었다. 하지만 별로 거북스럽지 않았기 때문에, 함께 천천히 걸었다.

"바로 댁으로 가세요?"

---

* 죽은 이의 명복을 빌기 위해 경문이나 계명(戒名)을 적은 좁고 긴 판자.

20

"네. 별로 들를 곳도 없으니까요."

우리는 또다시 묵묵히 남쪽으로 비탈길을 내려왔다.

"선생님 댁 묘가 아까 거기 있는 건가요?" 하고 내가 또다시 말을 꺼냈다.

"아니요."

"어느 분의 묘가 있는데요? ……친척분의 묘인가요?"

"아니요."

선생님은 그렇게만 대답했다. 나도 더이상 묻지 않았다. 그랬는데 백여 미터쯤 걸어갔을 때, 선생님이 갑자기 그 얘기를 다시 꺼냈다.

"거기엔 내 친구의 묘가 있어요."

"친구분의 묘를 매달 찾아가시는 겁니까?"

"그래요."

그날 선생님은 더이상 말하지 않았다.

6

그후로 나는 종종 선생님 집을 방문했다. 갈 때마다 선생님은 집에 있었다. 선생님을 만나는 횟수가 거듭될수록, 나는 점점 더 빈번하게 선생님네 현관을 들락거렸다.

하지만 선생님이 나를 대하는 태도는 처음 인사를 나눴을 때나 가까워진 후나 별반 달라지지 않았다. 선생님은 늘 말이 없었다. 어떤 때는 너무 말이 없어서 외로울 정도였다. 애초부터 나는 선생님한테는 다가

가기 어려운 불가사의한 면이 있다고 느꼈다. 그러면서도 어떻게든지 가까워지고 싶다는 감정이 어딘가에서 강렬하게 꿈틀거렸다. 많고 많은 사람 중에 선생님에게 그런 감정을 가진 사람은 어쩌면 나밖에 없는지도 모른다. 그러나 내 직감은 사실상 나중에 입증되었으므로, 철이 없다고 하든 한심하다고 비웃든, 그런 점을 예측한 자신의 직감이 아무튼 대견스러웠고 또한 기뻤다. 인간을 사랑할 수 있는 사람, 사랑하지 않고는 못 배기는 사람, 그러면서도 자기 품속에 들어오려는 사람을 두 팔 벌려 감싸안을 수 없는 사람―그런 사람이 바로 선생님이었다.

조금 전에도 쓴 바와 같이 선생님은 시종 말이 없었다. 늘 차분했다. 하지만 어쩌다 한 번씩 어두운 그림자가 얼굴을 스칠 때가 있었다. 창밖에 까만 새가 스쳐지나가듯이. 나타났는가 하면 바로 사라지긴 했지만. 내가 선생님의 미간에서 처음 그 그림자를 발견한 것은 조시가야 묘지에서 불쑥 선생님을 불렀을 때였다. 그 기묘한 순간, 그때까지 기분좋게 흐르던 심장의 혈류가 잠시 속도를 늦추는 듯했다. 하나 그것은 단지 한때의 결체結滯* 현상에 지나지 않았다. 내 심장은 오 분도 되지 않아 평소의 탄력을 회복했다. 그러고는 그 어두운 그림자를 잊어버렸다. 그 그림자가 불현듯 다시 생각난 것은 소춘小春**이 끝날 무렵의 어느 날 밤이었다.

선생님과 얘기를 나누던 나는, 문득 선생님이 일부러 신경써서 말해준 큰 은행나무를 눈앞에 떠올렸다. 손꼽아보니 딱 사흘 후면 선생님

---

* 심장의 장애로 맥박이 불규칙해지거나 잠시 멈추는 증세.
** 음력 시월.

이 월례행사로 묘지를 찾는 날이었다. 그날은 수업이 일찍 끝나 시간이 많았다. 나는 선생님에게 이렇게 물었다.

"선생님, 조시가야의 은행나무는 벌써 잎이 다 떨어졌을까요?"

"아직 다 떨어지지는 않았겠죠."

선생님은 그렇게 대답하면서 내 얼굴을 응시했다. 그러고는 잠시 동안 눈을 떼지 않았다. 나는 얼른 말했다.

"이번에 묘지에 가실 때 따라가면 안 될까요? 선생님과 함께 그 근방을 산책하고 싶어요."

"나는 참배하러 가는 거지, 산책하러 가는 게 아닙니다."

"그렇지만 가신 김에 산책까지 하시면 더 좋잖아요?"

선생님은 아무 대답도 하지 않았다. 잠시 후 "난 오직 참배하기 위해 가는 거니까"라고 못박아서, 어디까지나 참배와 산책을 구분지으려는 듯 보였다. 나와 같이 가고 싶지 않아 핑계를 대는 건지 뭔지, 그때의 선생님은 꼭 고집 부리는 어린애 같아 이상했다. 나는 내 의사를 좀더 밀어붙이고 싶어졌다.

"그럼 참배만 해도 좋으니까 데려가주세요. 저도 참배하겠습니다."

사실 내게는 참배와 산책을 구별하는 게 거의 무의미했다. 그러자 선생님의 안색이 약간 흐려졌다. 눈빛도 이상해졌다. 성가시다든가 싫다든가 두렵다든가 하는 말로도 표현할 수 없는 불안에 가까운 것이었다. 순간 조시가야에서 '선생님' 하고 불렀을 때의 기억이 생생하게 되살아났다. 그때와 지금의 표정은 완전히 똑같았다.

"나는" 하고 선생님이 말을 이었다. "나는 학생에게 말해줄 수 없는 어떤 사정으로, 어느 누구와도 묘지에 같이 가고 싶지가 않아요. 내 아내조차 아직 한 번도 데려간 적이 없습니다."

7

나는 이상하다는 생각이 들었다. 하지만 나는, 선생님이 어떤 사람인지 연구할 목적으로 그 집에 드나드는 게 아니었다. 그래서 그냥 그대로 흘려넘겼다. 이제 와서 생각하면 그때 내 태도는 내 생활 중에서도 오히려 대견하다고 할 만한 것 중 하나였다. 전적으로 그 덕분에 선생님과 나 사이에 인간다운 따뜻한 교제가 가능했을 것이다. 만일 호기심이 발동하여 조금이라도 선생님의 마음을 연구하려고 들었다면, 두 사람 사이를 잇는 감정의 끈은 가차없이 뚝 끊어져버렸으리라. 젊었던 나는 자신이 취한 태도를 전혀 자각하지 못했다. 그렇기 때문에 대견하다고 여겼는지도 모르겠지만, 자칫 잘못해 그 반대로 행동했더라면 우리 사이에 어떤 결과를 초래했을까. 상상만 해도 소름이 끼친다. 그렇지 않아도 선생님은 내가 냉정한 시선으로 분석할까봐 늘 두려워했다.

나는 한 달에 두세 번은 꼭 선생님 집을 찾아갔다. 내 발길이 점점 잦아지던 어느 날, 선생님은 불현듯 내게 물었다.

"학생은 왜 나 같은 사람을 그렇게 자주 찾아오는 건가요?"

"왜냐고 물으셔도 특별히 의미 같은 건 없는데요. 귀찮게 해드렸나요?"

"그런 건 아닙니다."

그 말처럼 나를 귀찮아하는 기색은 전혀 보이지 않았다. 나는 선생님의 교제 범위가 매우 좁다는 걸 알고 있었다. 선생님의 동창생 가운데 그 당시 도쿄에 살고 있는 사람은 두세 명밖에 없다는 것도 알고 있었다. 선생님과 동향인 학생들과는 가끔 응접실에서 동석한 적도 있었지만, 그들 중 나만큼 선생님에게 친근감을 갖고 있는 사람은 없는 것 같았다.

"나는 외로운 사람입니다" 하고 선생님이 말했다. "그래서 학생이 와주는 게 기쁩니다. 그래서 왜 날 그렇게 자주 찾아오느냐고 묻는 겁니다."

"무슨 말씀인지 잘 모르겠는데요?"

내가 이렇게 되물었을 때, 선생님은 아무 대답도 하지 않았다. 다만 내 얼굴을 보며 "몇 살이지요?"라고 물었다.

내게는 이런 문답이 도무지 요령부득이었지만, 더이상 파고들지 않고 돌아왔다. 그러고는 나흘도 안 돼 또다시 선생님 집을 찾아갔다. 선생님은 응접실로 나오자마자 웃었다.

"또 왔네요."

"네, 왔습니다" 하고 나도 웃었다.

다른 사람한테 그런 말을 들었다면 분명 불쾌했을 것이다. 하지만 선생님한테 들었을 때는 오히려 반대였다. 기분이 나쁘기는커녕 도리어 유쾌했다.

"난 외로운 사람입니다" 하고 선생님은 그날 밤 또 요전에 한 말을 되풀이했다. "나는 외로운 사람이지만, 혹시 학생도 외로운 거 아닌가요? 난 외로워도 나이를 먹었기 때문에 움직거리지 않을 수 있지만, 학생은 젊으니까 그럴 수는 없겠지요. 움직일 수 있는 만큼 움직거리고 싶을 겁니다. 움직이면서 뭔가에 부딪쳐보고 싶을 거예요……"

"저는 조금도 외롭지 않은데요."

"젊은 시절만큼 외로운 건 없지요. 외롭지 않다면, 학생은 왜 우리집에 그리 자주 오는데요?"

이때도 또 요전에 한 말이 선생님 입에서 되풀이되어 나왔다.

"학생은 아마 나를 만나도 어딘가 외로운 느낌이 남을 겁니다. 내게는 학생을 위해 그 외로움을 근본적으로 없애줄 만한 힘이 없으니까요. 조만간 학생은 다른 데로 눈길을 돌리게 될 겁니다. 머지않아 우리집에는 발길을 끊게 되겠죠."

선생님은 이렇게 말하며 쓸쓸히 웃었다.

8

다행히도 선생님의 예언은 실현되지 않았다. 경험이 부족했던 당시의 나는 이 예언 속에 내포되어 있는 명백한 의미조차 이해하지 못했다. 나는 여전히 선생님을 만나러 갔다. 그러다가 어느새 선생님네 식탁에서 함께 밥을 먹게 되었다. 자연히 사모님과도 말을 나누게 될 수밖에 없었다.

보통 남자로서 나는 여자에게 관심이 없지 않았다. 하지만 나이 어린 내가 그때까지 살아온 과정을 돌아보면, 이성과 교제다운 교제는 거의 한 적이 없었다. 그런 탓인지는 몰라도, 길거리에서 우연히 보게 되는 생판 모르는 여자에게 깊은 흥미를 느꼈다. 사모님의 경우는 일전에 현관에서 처음 봤을 때 아름답다는 인상을 받았다. 그후에도 만날 때마다 처음과 똑같은 인상을 받지 않은 적은 없었다. 하지만 그 외에는 특별히 사모님에게 이렇다 할 만한 느낌을 받은 게 없는 듯하다.

사모님에게 특별한 점이 없어서라기보다 특별한 점을 보여줄 기회가 없었다고 해석하는 편이 옳을지도 모른다. 언제나 나는 사모님을 선생님에게 속한 일부분으로 생각하며 대했다. 사모님도 남편을 찾아오는 학생이었기에 나를 호의적으로 대해준 듯하다. 그랬기 때문에 중간에 있는 선생님을 빼면 두 사람은 아무 상관도 없었다. 그래서 처음 만난 사모님에 대해서는, 그저 아름다웠다는 인상밖엔 아무것도 남아 있지 않다.

어느 날 나는 선생님 집에서 술을 마시게 되었다. 그때 사모님이 옆에서 술시중을 들어주었다. 선생님은 평상시보다 기분이 좋아 보였다. 사모님에게 "당신도 한잔하지" 하고 자신이 비운 잔을 내밀었다. 사모님은 "전……" 하며 사양하다가 마지못해 잔을 받았다. 사모님은 아름다운 눈썹을 모으며, 내가 반 정도 따른 술잔을 입으로 가져갔다. 사모님과 선생님 사이에는 이런 대화가 오고갔다.

"웬일이세요. 저한테 마시라고 하신 적은 거의 없는데."

"당신이 싫어하니까 그랬지. 하지만 가끔씩은 마셔봐. 기분이 좋아지니까."

"하나도 안 좋아지는데요. 괴롭기만 해요. 근데 당신은 기분이 아주 좋아지시나봐요. 술이 조금만 들어가도."

"가끔은 기분이 아주 좋아지지. 하지만 늘 그런 건 아니야."

"오늘밤은 어때요?"

"오늘밤은 기분좋구먼."

"앞으로도 밤마다 조금씩 드세요."

"그게 쉽지는 않지."

"그렇게 하세요, 그러면 외로움도 덜 타고 좋잖아요."

선생님 집에는 부부와 하녀밖에 없었다. 갈 때마다 대개는 쥐죽은 듯 고요했다. 크게 웃는 소리 같은 건 한 번도 들어본 적이 없다. 어떤 때는 집안에 선생님과 나밖에 없는 것 같은 느낌이 들 때도 있었다.

"아이라도 있으면 좋을 텐데 말이죠." 사모님은 나를 보며 말했다. 나는 "그렇겠네요" 하고 대답했다. 하지만 마음으로는 아무런 동정도 일지 않았다. 아이를 가져본 적 없는 그 당시의 나는 아이를 단순히 귀찮은 존재로만 여기고 있었다.

"하나 데려다 키울까?" 하고 선생님이 말했다.

"데려다 키우는 건 좀. 그렇죠?" 사모님은 또 나를 보며 말했다.

"아이는 아무리 기다려도 생기지 않을 거야" 하고 선생님이 말했다.

사모님은 아무 대꾸도 하지 않았다. "왜요?" 하고 내가 대신 묻자, 선생님은 "천벌을 받는 거니까"라며 큰 소리로 웃었다.

9

내가 아는 한 선생님과 사모님은 아주 금실 좋은 한 쌍의 부부였다. 물론 나는 가정을 가져본 적이 없어서 깊은 사정까지는 알 수 없었지만, 나와 응접실에 마주앉아 있을 때, 선생님은 어쩌다 한 번씩 하녀를 부르지 않고 사모님을 불렀다(사모님의 이름은 시즈였다). 선생님은 "어이, 시즈" 하고 부르면서 항상 맹장지문 쪽을 돌아보았다. 그 억양이나 어조가 내게는 다정하게 들렸다. 응답하며 방문을 여는 사모님도 아주 다소곳했다. 가끔 식사를 대접받을 때 사모님이 그 자리에 있을 경우에는 그런 관계가 두 분 사이에 한층 더 명확하게 드러나는 듯했다.

선생님은 이따금 사모님과 함께 음악회도 가고 연극도 보러 갔다. 그리고 부부 동반으로 일주일이 넘지 않는 여행을 한 것도 내가 알기로 두세 번이 더 된다.* 하코네**에서 보내준 그림엽서를 나는 아직도 갖고 있다. 닛코***에서는 단풍잎을 한 장 넣어서 편지를 보내주었다.

당시 내 눈에 비친 선생님과 사모님 사이는 대체로 그랬다. 언젠가 단 한 번 예외가 있었다. 어느 날 내가 여느 때처럼 선생님 집 현관에서 왔다는 기척을 내려는데, 응접실 쪽에서 말소리가 들려왔다. 귀를 기울여보니 일상적인 대화를 나누는 게 아니라 아무래도 말다툼을 벌이고 있는 것 같았다. 선생님 집은 현관 바로 옆이 응접실이어서, 현관문 앞에 서 있던 내 귀에 싸우는 분위기가 거의 전해졌다. 그리고 그중 한 사람이 선생님이라는 것도, 가끔 높아지는 남자의 목소리로 알 수 있었다. 상대방은 선생님보다 목소리가 낮아서 누군지 확실하지는 않았으나, 아무래도 사모님인 듯했다. 울고 있는 것 같기도 했다. 나는

* 이 당시 부부 동반으로 여행을 하는 건 아주 드문 일이었다.
** 후지 산 부근으로, 아시노 호수가 있는 관광휴양지이자 온천장.
*** 도쿠가와 이에야스의 묘를 모신 신사가 있으며 단풍과 온천으로 유명한 관광지.

무슨 일일까 하고 현관 앞에서 망설이다가, 곧 마음을 정하고는 그냥 하숙으로 돌아와버렸다.

어쩐지 불안감이 몰려왔다. 책을 읽어도 내용을 이해하는 능력이 발휘되지 않았다. 한 시간 정도 그러고 있는데 선생님이 창밖에서 내 이름을 불렀다. 나는 깜짝 놀라서 창문을 열었다. 선생님은 창 아래에서 산책을 가자며 내게 권했다. 아까 오비 사이에 넣어둔 시계를 꺼내 보니 벌써 여덟시가 지났다. 나는 귀가했을 때의 옷차림 그대로 하카마*를 입고 있었다. 나는 바로 밖으로 나갔다.

그날 밤 나는 선생님과 맥주를 마셨다. 선생님은 원래 술을 많이 못마시는 편이었다. 어느 정도까지 마시고서, 취하지 않는다고 취할 때까지 마셔보자는 식의 모험은 안 하는 사람이었다.

"오늘은 술이 안 받는군요" 하며 선생님은 쓴웃음을 지었다.

"오늘은 기분이 좋아지지 않으세요?" 하고 나는 안타까워 물었다.

아까 현관에서 들은 언쟁이 계속 내 마음에 걸렸다. 목구멍에 생선가시가 걸렸을 때처럼 괴로웠다. 탁 털어놓고 물어보려다가도 그러지 않는 편이 낫겠다고 생각을 바꾸곤 하는 마음의 동요가 나를 안절부절못하게 만들었다.

"오늘 무슨 일이 있었습니까?" 하고 선생님이 먼저 물었다. "실은 나도 오늘 좀 정상이 아니죠. 그렇게 보이지 않나요?"

나는 아무 대답도 하지 못했다.

"실은 아까 아내와 좀 다투었거든요. 그래서 한심하게도 좀 흥분해

---

* 기모노 위에 입는, 주름 폭이 넓은 바지 모양의 하의.

버렸지요" 하고 선생님이 다시 말했다.

"무슨 일로……"

나는 말다툼이란 말을 입 밖에 낼 수가 없었다.

"아내가 날 오해하고 있어요. 오해라고 해도 믿질 않는 겁니다. 그래서 그만 화를 내고 말았지요."

"어떤 오해를 하셨는데요?"

나의 이 물음에 선생님은 대답하고 싶어하지 않았다.

"내가, 아내가 생각하는 그런 사람이라면 나도 이렇게 고통스럽지는 않을 겁니다."

선생님이 어떤 고통 속에 있는지, 이는 내게 상상도 가지 않는 문제였다.

10

귀가하는 길에 우리 둘은 백 미터고 이백 미터고 걷는 동안 쭉 침묵했다. 그러다 선생님이 불쑥 입을 열었다.

"내가 잘못한 것 같군요. 화를 내고 나와서 필시 집사람이 걱정하고 있을 겁니다. 생각해보면 여자란 불쌍하지요. 우리 집사람은 나 말고는 달리 의지할 데가 없으니까요."

선생님은 거기서 잠시 말을 끊었지만, 꼭 내 대답을 기대하지는 않았는지 곧 다음 이야기로 이어갔다.

"그렇게 말하면 남편인 나는 당찬 사람 같아서 좀 우습긴 하지만. 학생 눈에는 내가 어떤 사람으로 보입니까? 강해 보이나요, 약해 보이나요."

"그 중간 정도로 보이는데요" 하고 나는 대답했다.

이 대답이 선생님에게는 약간 뜻밖인 듯했다. 선생님은 다시 입을 다물고 묵묵히 걷기 시작했다.

선생님 집으로 가려면 내가 사는 하숙집 바로 옆을 지나가야 했다. 나는 하숙집 모퉁이에서 나만 집으로 들어가는 게 미안한 생각이 들었다. "이참에 댁까지 모셔다 드릴까요" 하고 말했더니, 선생님은 얼른 손사래를 쳤다.

"많이 늦었으니까 어서 들어가요. 나도 빨리 집에 들어갈 테니까, 아내를 위해서."

선생님이 마지막에 덧붙인 '아내를 위해서'라는 말은 묘하게도 그때의 내 마음을 따뜻하게 녹여주었다. 그 말 덕에 나는 안심하고 잠들 수 있었다. 그후로도 오랫동안 나는 '아내를 위해서'라는 말을 잊지 못했다.

선생님과 사모님 사이에 일어난 파란이 별것 아니라는 것은 그 말로도 알 수 있었다. 또 그런 일은 좀처럼 생기지 않는다는 것도, 이후 줄기차게 드나들면서 대충 알게 되었다. 게다가 선생님은 어느 날 내게 이런 얘기까지 털어놓았다.

"난 이 세상에서 여자라고는 단 한 사람밖에 몰라요. 아내 이외의 여자는 거의 여자로 보이질 않거든. 집사람 역시 날 세상에서 오직 하나뿐인 남자로 알고 있어요. 그런 의미에서 우리 부부는 가장 행복해야 할 한 쌍이지요."

지금은 어떤 맥락에서 그런 말이 나왔는지 잊어버렸기 때문에, 선생님이 왜 내게 그런 얘기를 털어놓았는지는 잘 모른다. 하지만 선생님이 진지했던 것과 어조가 가라앉아 있었던 것만은 아직도 기억에 남아 있다. 다만 그때 묘하게 들린 것은, '가장 행복해야 할 한 쌍'이라는 마지막 말이었다. 선생님은 왜 행복한 한 쌍이라고 단언하지 않고 굳이 행복해야 할 한 쌍이라고 말했을까? 나는 그 말이 석연치 않게 느껴졌다. 특히 그 말을 할 때 어투에 힘이 들어가 있던 게 마음에 걸렸다. 선생님은 과연 행복한 걸까? 아니면 행복해야 하는데도 불구하고 별로 행복하지 않은 걸까? 나는 내심 의구심을 품지 않을 수 없었다. 하지만 그런 의구심도 그때뿐, 이내 잊고 말았다.

　그러다가 나는 선생님이 외출하는 바람에 사모님과 단둘이 마주앉아 얘기를 나눌 기회를 갖게 되었다. 선생님은 그날, 요코하마에서 출항하는 배를 타고 외국으로 떠나는 친구를 전송하기 위해 신바시 역에 가고 없었다. 당시 요코하마에서 배를 타려는 사람은 신바시 역에서 아침 여덟시 반에 출발하는 기차를 타야 했다. 나는 어떤 서적에 관해 선생님에게 물어보고 싶은 게 있어서, 선생님한테 사전 승낙을 받고 약속한 대로 아홉시에 맞춰 방문했다. 선생님의 갑작스러운 신바시행은, 친구가 어제 일부러 작별 인사를 하러 온 데 대한 답례였던 것이다. 선생님은 얼른 갔다 올 테니 없더라도 기다리고 있으라는 말을 남겨두었다. 그래서 나는 응접실에 들어가 선생님을 기다리면서 사모님과 얘기를 나누게 된 것이다.

그때 나는 이미 대학생이었다. 처음 선생님 집을 찾아갔을 때에 비하면 훨씬 어른스러워졌다. 사모님과도 꽤 친해진 뒤였다. 나는 사모님과 함께 있어도 거북하지 않았다. 마주보고 앉아 여러 가지 얘기를 나눴다. 하지만 특별할 것도 없는 잡담에 불과했기 때문에 지금은 전혀 기억나지 않는다. 다만 그중 한 가지 뇌리에서 떠나지 않는 말이 있었다. 하지만 그 얘기를 하기 전에 먼저 말해두고 싶은 것이 있다.

선생님은 대학 출신*이었다. 그건 나도 처음부터 알고 있었다. 하지만 선생님이 아무 일도 하지 않고 놀고 있다는 사실은 도쿄에 돌아와서 시간이 좀 흐른 뒤에야 비로소 알게 되었다. 그때 나는 어째서 아무 일도 안 하는지 의아스러웠다.

선생님은 세상에 이름이 전혀 알려지지 않은 사람이었다. 그랬기 때문에 선생님의 학문이나 사상에 대해서 경의를 표하는 사람은, 선생님과 밀접한 관계를 맺고 있는 나 이외에는 있을 리 없었다. 나는 그 점이 아쉽다고 말했다. 그러면 선생님은 "나 같은 사람이 사회에 나가 목소리를 내는 건 죄송스러운 일이다"라고 대답할 뿐, 더이상 들으려고 하지 않았다. 나한테는 그 대답이 겸손하다못해 도리어 세상을 냉소적으로 보는 듯하게도 들렸다. 실제로 선생님은 가끔 옛 동창생 중에서 지금 유명 인사가 된 사람들의 이름을 열거하며 신랄하게 평하곤 했다. 그래서 한번은 노골적으로 그 모순을 이러쿵저러쿵 지적해보았다.

---

* 당시에는 대학을 나왔다고 하면 일반적으로 도쿄제국대학을 가리켰다. 도쿄제국대학을 나온 사람은 최고의 엘리트이자 사회에서 지도적인 역할을 할 인재로 여겨졌다.

반항하는 의미에서라기보다 선생님 같은 사람을 세상이 모르고 있다는 사실이 안타까웠기 때문이다. 그때 선생님은 가라앉은 어조로 "아무튼 난 사회에 나가 활동할 자격이 없는 사람이니 어쩔 수 없지"라고 대꾸했다. 선생님의 얼굴에는 어떤 짙은 감정이 역력히 드러났다. 그것이 실망인지 불만인지 비애인지 알 수는 없었지만, 아무튼 더이상 언급할 수 없을 정도로 짙었기 때문에 나는 그만 입을 다물 수밖에 없었다.

사모님과 얘기하다보니 화제가 자연히 선생님의 은둔 얘기로 옮아가게 되었다.

"선생님은 왜 그렇게 집에서 사색하거나 공부하거나 하실 뿐, 사회에 나가서 일하지 않으시는 건가요?"

"그이는 안 돼요. 그런 일을 싫어하시거든요."

"말하자면 그런 일은 의미가 없다고 판단하신 걸까요?"

"판단했는지 판단하지 않았는지—그거야 난 여자라 잘 모르겠지만, 아마도 그런 건 아닐 거예요. 그래도 무슨 일인가 하고 싶겠죠. 그러면서도 못하는 거고요. 그래서 안쓰럽답니다."

"하지만 선생님은 어디 아프신 것 같지도 않고 건강해 보이시는데요."

"물론 건강하세요. 지병 같은 것도 없고요."

"그런데 왜 활동을 못하시나요?"

"그걸 모르겠어요. 그걸 알 것 같으면 나도 이렇게까지 걱정되진 않을 거예요. 모르니까 안쓰러워 죽겠어요."

사모님의 어투는 매우 동정적이었다. 그러면서도 입가에는 미소가

선생님과 나 35

보였다. 겉으로 보기에는 내가 오히려 더 진지했다. 나는 심각한 표정으로 잠자코 있었다. 그러자 사모님이 갑자기 생각난 듯이 다시 입을 열었다.

"젊었을 땐 그런 사람이 아니었어요. 젊었을 때는 지금과는 아주 달랐죠. 그랬는데 사람이 완전히 바뀌어버린 거예요."

"젊었을 때라니 언제를 말씀하시는 거죠?" 하고 내가 물었다.

"학창 시절이요."

"학창 시절부터 선생님을 알고 지내셨어요?"

순간 사모님의 얼굴은 발갛게 물들었다.

12

사모님은 도쿄 사람이었다. 그건 진작부터 선생님이나 사모님한테 들어서 알고 있었다. 사모님은 "사실은 혼혈이지만요"라고 말했다. 사모님의 아버지는 돗토리*인가 어딘가 출신이었고 어머니는 도쿄가 아직 에도로 불리던 시절 이치가야에서 태어났기 때문에, 농담조로 그렇게 표현한 것이다. 그런데 선생님은 전혀 방향이 다른 니가타 현** 사람이었다. 그러므로 만약 사모님이 선생님의 대학 시절에 알게 됐다고 한다면, 동향 사람이라 아는 사이가 된 게 아니라는 것만은 분명했다. 하지만 얼굴이 발그레해진 사모님은 더이상 얘기하고 싶지 않은 것 같

---

* 일본 혼슈(本州) 남서부에 있는 현.
** 일본 혼슈 중북부에 있는 현.

아, 나도 더 깊이는 묻지 않았다.

선생님을 알게 된 후부터 돌아가실 때까지 나는 꽤 여러 가지 면에서 선생님의 사상이나 정조情操*를 접해왔지만, 결혼 당시의 상황에 대해서는 거의 들을 수가 없었다. 나는 그 점에 대해 때로는 선의로 해석해보기도 했다. 선생님은 연배가 있으니 젊은이에게 추억의 연애담 같은 걸 들려주기 멋쩍어 일부러 삼가는 거라고 생각한 것이다. 때로는 안 좋게도 해석했다. 선생님뿐만 아니라 사모님도 나에 비하면 한 세대 전의 관습 속에서 자랐기 때문에 연애 얘기에서는 자신을 솔직하게 열어 보일 용기가 없는 거라고 말이다. 하긴 양쪽 다 내 추측에 지나지 않았다. 그리고 어느 쪽 추측이든 그 배경에는 두 사람이 결혼에 이르는 과정에 화려한 로맨스가 있었을 거라는 가정이 있었다.

과연 내 가정은 틀리지 않았다. 그러나 이는 연애의 반쪽만을 상상으로 그려본 데 지나지 않았다. 선생님의 아름다운 연애 뒤에는 무시무시한 비극이 존재했다. 그리고 그 비극이 선생님에게 얼마나 비참한 것이었는지, 연애 상대였던 사모님은 전혀 알지 못한다. 사모님은 아직도 모른다. 선생님은 그걸 사모님한테 숨긴 채 죽었다. 사모님의 행복을 파괴하기 전에 먼저 자신의 목숨을 파괴한 것이다.

나는 그 비극에 대해 지금은 아무 말도 하지 않겠다. 그 비극 때문에 맺어지게 되었다고도 할 수 있는 두 분의 애정은 앞서 말한 대로다. 두 분 다 나한테는 아무 얘기도 해주지 않았다. 사모님은 말을 조심하려는 생각 때문에, 선생님은 거기에다 그 이상의 깊은 이유 때문에.

---

* 진리, 아름다움, 선행, 신성한 것 등을 대할 때 일어나는 고차원적인 복잡한 감정.

다만 내 기억에 남아 있는 일이 하나 있다. 언젠가 벚꽃이 한창 만발했을 때 나는 선생님과 함께 우에노 공원에 갔다. 그리고 거기서 아름다운 한 쌍을 보았다. 그들은 다정하게 꼭 붙어서 벚꽃 아래를 걷고 있었다. 장소가 장소이니만큼 꽃보다는 그들을 쳐다보는 사람이 많았다.

"신혼부부 같군요" 하고 선생님이 말했다.

"사이가 좋아 보이는데요." 내가 덧붙였다.

선생님은 쓴웃음조차 짓지 않았다. 두 남녀가 시야에 들어오지 않는 방향으로 발길을 돌렸다. 그러고서 내게 이렇게 물었다.

"누구를 사랑한 적이 있습니까?"

나는 없다고 대답했다.

"사랑하고 싶지 않아요?"

나는 대답하지 않았다.

"하고 싶지 않은 건 아닐 테죠."

"그렇죠."

"학생은 방금 그 남녀를 보고 놀렸죠. 놀리는 말 속에는 사랑을 하고 싶으면서도 짝이 없어 못하는 불만이 섞여 있었을 겁니다."

"그런 식으로 들렸나요."

"그래요. 사랑이 주는 만족감을 아는 사람은 좀더 따뜻하게 말하는 법이지요. 하지만…… 하지만 사랑은 죄악입니다. 그걸 아나요?"

나는 순간 깜짝 놀랐다. 아무 대답도 하지 못했다.

13

우리는 벚꽃놀이 인파 속에 있었다. 사람들은 모두 즐거워 보였다. 거기서 빠져나와 사람도 꽃도 보이지 않는 숲속으로 갈 때까지, 그 얘기를 더 거론할 기회는 없었다.

"사랑이 죄악입니까?" 나는 불쑥 물었다.

"분명히 죄악입니다"라고 대답하는 선생님의 어조는 아까처럼 단호했다.

"왜인가요?"

"왜인지는 곧 알게 될 겁니다. 곧이 아니라 벌써 알고 있을 텐데요. 자네 마음은 이미 오래전부터 사랑에 의해 움직이고 있잖아요?"

나는 일단 자신의 마음속을 뒤적여보았다. 하지만 그 속은 의외로 텅 비어 있었다. 짚이는 게 아무것도 없었다.

"제 마음속에는 이렇다 할 대상이 하나도 없는데요. 선생님께는 지금까지 무슨 얘기든 숨김없이 다 말씀드렸거든요."

"아무 대상이 없으니까 움직이는 겁니다. 대상이 생기면 안정되겠지 하는 마음에서 움직이고 싶어지는 거죠."

"지금은 별로 움직이고 있지 않은데요."

"자네는 뭔가가 부족했기 때문에 나한테로 움직여 온 게 아닐까요?"

"그럴지도 모르겠네요. 하지만 그건 사랑과는 다르잖아요."

"사랑으로 향해가는 단계지요. 이성과 껴안을 전 단계로 먼저 동성인 내게로 마음이 움직여 온 겁니다."

"제게는 그 두 가지가 전혀 차원이 다른 문제라고 생각됩니다만."

"아니, 똑같아요. 나는 남자라서 도저히 자네를 충족시켜줄 수 없어요. 게다가 어떤 특별한 사정이 있어서 더더욱 자네를 만족시켜주지 못합니다. 사실 난 미안하게 생각해요. 자네가 나한테서 멀어져 딴 데로 움직여 가도 어쩔 수 없고. 난 오히려 그렇게 되길 바랍니다. 하지만……"

나는 괜히 슬퍼졌다.

"제가 선생님을 떠나갈 거라고 생각하셔도 할 수 없지만, 그런 생각은 한 번도 한 적이 없어요."

선생님은 내 말에 귀를 기울이지 않았다.

"하지만 조심해야 합니다. 사랑은 죄악이니까요. 나한테서는 만족감을 얻지 못하는 대신 위험도 없지요…… 학생은 긴 머리카락으로 꽁꽁 묶였을 때의 심정을 아나요?"

나는 상상으로 알 수는 있었다. 그러나 실제로는 모른다. 어느 쪽이든 선생님이 말하는 죄악이 막연해서 잘 이해되지 않았다. 그런데다 나는 기분이 좀 나빠졌다.

"선생님, 그 죄악이란 말이 무슨 뜻인지 알기 쉽게 설명해주세요. 안 해주실 거면 그 문제는 여기서 끝내주시고요. 제가 죄악이라는 의미를 제대로 알게 될 때까지."

"미안. 나는 자네에게 진실을 말하고 있다고 여겼는데, 근데 그게 자네를 답답하게 만들었군. 미안해요."

선생님과 나는 박물관 뒤로 해서 우구이스다니 쪽으로 천천히 걸음을 옮겼다. 울타리 틈새로 넓은 마당 한쪽에 무성하게 자란 얼룩조릿대가 그윽한 정취를 자아내고 있는 게 보였다.

"학생은 내가 왜 매달 조시가야 묘지에 묻혀 있는 친구의 묘를 찾아가는지 압니까?"

선생님의 이 질문은 너무나 느닷없었다. 더구나 선생님은 내가 이 질문에 대답하지 못할 거라는 것도 잘 알고 있었다. 나는 잠시 대답하지 않았다. 그러자 선생님은 그제야 눈치챘다는 듯이 이렇게 말했다.

"또 미안하게 됐군. 답답하게 만든 게 미안해서 설명하려고 했는데, 설명하려던 게 또 자네를 답답하게 만든 결과가 되어버렸으니. 도저히 안 되겠군. 그 문제는 그만 접읍시다. 어쨌거나 사랑은 죄악입니다. 알겠습니까? 그리고 신성한 거지요."

선생님의 얘기는 점점 더 아리송해졌다. 하지만 선생님은 더이상 사랑이라는 말을 입에 올리지 않았다.

14

나이가 어린 나는 한번 마음을 두면 외곬으로 빠지기 십상이었다. 적어도 선생님 눈에는 그렇게 비쳤던 모양이다. 내게는 학교 강의보다도 선생님의 말이 더 유익했다. 교수의 생각보다도 선생님의 사상이 더 의미 있었다. 결국에는, 강단에 서서 나를 지도해주는 훌륭한 사람들보다도 오직 혼자만의 세계에 살며 많은 말을 하지 않는 선생님이 더 훌륭해 보이게 된 것이다.

"너무 열중하기만 하면 안 됩니다" 하고 선생님이 말했다.

"제대로 정신 차리고 본 결과로 그렇게 생각하는 건데요"라고 대꾸했을 때의 나는 자신감에 차 있었다. 그런 자신감을 선생님은 믿어주지 않았다.

"학생은 지금 열을 올리고 있는 건데요. 열이 식으면 싫어질 겁니다. 지금 자네가 나를 그만큼 생각해주는 게 부담스럽게 느껴져요. 하지만 그보다도 앞으로 시간이 흐른 후에 자네에게 생길 변화를 생각하면 더욱 부담스러워집니다."

"제가 그 정도로 경박한 인간으로 보이십니까? 그 정도밖에 못 믿는다는 말씀이세요?"

"안타깝게 여기는 거지요."

"안타깝지만 믿을 수는 없다는 말씀이신가요?"

선생님은 답하기 어려운 듯 뜰 쪽으로 고개를 돌렸다. 이 뜰에, 요전까지만 해도 강렬한 빨간색으로 여기저기 점점이 있던 동백꽃은 이제 하나도 보이지 않았다. 선생님은 응접실에서 그 동백꽃을 바라보곤 했다.

"믿을 수 없다는 건 특별히 자네를 못 믿는다는 말이 아닙니다. 모든 인간을 못 믿는다는 말이지요."

그때 산울타리 밖에서 금붕어를 사라고 외치는 듯한 소리가 들렸다. 그 외에는 아무 소리도 들리지 않았다. 큰길에서 이백 미터는 더 들어가 꼬부라진 골목길은 의외로 조용했다. 집안은 여느 때처럼 쥐죽은 듯 고요했다. 나는 옆방에 사모님이 있는 걸 알고 있었다. 말없이 바느질이든 뭐든 하고 있을 사모님 귀에 내 말소리가 들릴 거라는 것도 알고 있었다. 하지만 나는 그 사실을 까맣게 잊고 말았다.

"그럼, 사모님도 못 믿으십니까?" 하고 선생님에게 물었다.

선생님은 약간 불안한 표정을 짓더니 직접적인 대답을 피했다.

"나는 나 자신조차 믿지 못합니다. 말하자면 스스로 자신을 믿지 못하기 때문에 다른 사람도 못 믿게 돼버린 거지요. 그런 자신을 저주하는 수밖에 도리가 없어요."

"그런 식으로 생각하시면 세상에는 믿을 게 하나도 없잖아요."

"아니, 생각한 게 아니에요. 실제로 겪었지. 그 일을 겪고 나서 놀랐습니다. 그래서 무서워진 거죠."

나는 그 얘기를 좀더 하고 싶었다. 그런데 옆방과 통하는 맹장지문 뒤에서 "여보, 여보" 하고 부르는 사모님의 목소리가 들렸다. 선생님은 두번째 부름에 "왜 그래?" 하고 답했다. 사모님은 "잠깐만요" 하고 선생님을 옆방으로 불렀다. 두 사람 사이에 어떤 용무가 생긴 건지 나로서는 알 길이 없다. 그 용무를 상상할 여유도 없이 선생님은 바로 응접실로 돌아왔다.

"하여튼 날 너무 믿으면 안 됩니다. 머지않아 후회하게 될 테니까. 그리고 속았다는 배신감에 잔혹한 복수를 하고 싶어질 테니까."

"그게 무슨 말씀이세요?"

"과거에 그 사람 앞에서 무릎을 꿇었다는 기억이, 이번에는 그 사람의 머리 위에 발을 올려놓고 싶게 만들죠. 나는 미래에 모욕당하지 않기 위해서 현재의 존경을 거부하고 싶어요. 지금보다 더 외로울 미래의 나를 감당하며 사느니 외로운 현재의 나를 감당하고 싶은 겁니다. 자유와 자립과 자아가 판치는 현대를 살아가는 우리는 모두 그 대가로서 이 외로움을 감내할 수밖에 없지요."

나는 그런 각오로 살아가는 선생님에게 대꾸할 말을 찾지 못했다.

그 이래로 나는 사모님의 얼굴을 볼 때마다 궁금해졌다. 선생님은 사모님도 늘 그런 자세로 대하는 걸까? 만일 그렇다면 사모님은 그걸로 만족하는 걸까?

사모님의 태도로는 만족스러워하는지 불만스러워하는지 판단하기 힘들었다. 그럴 만큼 가까이에서 사모님을 접할 기회가 없었으니까. 그리고 사모님은 내가 만날 때마다 한결같았으니까. 마지막으로 선생님이 있는 자리가 아니면 좀처럼 사모님을 볼 수 없었으니까.

그 밖에도 의문점은 더 있었다. 인간을 향한 선생님의 그런 각오는 어디에서 나온 걸까? 오직 냉철한 눈으로 자신을 성찰하거나 현시대를 관찰한 결과일까? 선생님은 앉아서 생각하는 유의 사람이었다. 선생님 정도의 머리만 있으면, 가만히 앉아서 세상을 생각해도 저절로 그런 사고방식을 얻게 되는 걸까? 그렇게만 생각되지는 않았다. 선생님의 각오는 살아 있는 각오 같았다. 불에 타서 뼈대만 남은 석조 가옥과는 달랐다. 내 눈에 비치는 선생님은 분명히 사상가였다. 하지만 그 사상가가 도출해낸 결론의 이면에는 강렬한 사실이 깔려 있는 듯했다. 자신과는 거리가 먼 남의 사실이 아니라 자기 자신이 통절하게 맛본 사실, 피가 끓어오르거나 맥박이 멈출 만한 사실이 내재되어 있는 듯했던 것이다.

이건 내 맘대로 추측한 게 아니다. 선생님 본인이 이미 그렇다고 고백한 바 있다. 다만 그 고백이 뭉게구름 같았다. 내 머리 위에 정체를 알수 없는 두려운 것을 덮어씌웠다. 그리고 왜 두려운지는 나도 몰랐다.

고백은 너무 불투명했다. 그러면서도 분명히 내 신경을 전율시켰다.

나는 선생님의 그런 인생관의 기점으로 어떤 강렬한 연애 사건을 가정해보았다(물론 선생님과 사모님 사이에 일어난). 선생님이 예전에 사랑은 죄악이라고 한 말과 아울러 생각해보면, 조금 실마리가 풀리는 듯도 했다. 하지만 선생님은 실제로 사모님을 사랑한다고 내게 말했다. 그렇다면 두 사람의 사랑에서는 그런 염세에 가까운 각오가 생겨날 리 없었다. "과거에 그 사람 앞에서 무릎을 꿇었다는 기억이, 이번에는 그 사람의 머리 위에 발을 올려놓고 싶게 만들죠"라는 선생님의 말은 현대를 살아가는 사람이면 누구에게 갖다붙여도 될 말이었으므로, 꼭 선생님과 사모님 사이에만 해당하는 말은 아닐 것 같았다.

조시가야에 있는 누군지 모르는 묘—이것도 가끔 내 머릿속에 떠올랐다. 나는 그 묘가 선생님과 깊은 사연이 있는 사람의 묘라는 것을 알고 있었다. 선생님의 생활에 다가가면서도 가까이 갈 수 없었던 나는, 선생님의 머릿속에 생명의 단편斷片으로서 존재하는 그 묘를 내 머릿속에도 받아들였다. 하지만 내게 그 묘는 완전히 죽은 것이었다. 우리 사이에 있는 생명의 문을 여는 열쇠는 되지 않았다. 오히려 두 사람 사이에 버티고 서서 자유로운 왕래를 방해하는 마물 같았다.

그러던 중에 또 사모님과 마주앉아 얘기를 나눌 일이 생겼다. 때는 해가 짧아져 마음이 조급해지는 늦가을로, 누구나 몸조심을 요하는 으슬으슬 추운 계절이었다. 선생님 집 주변에서 도둑맞은 집들이 사나흘 연달아 나왔다. 도둑이 든 시각은 하나같이 초저녁이었다. 크게 돈 되는 물건을 훔쳐가진 않았지만, 도둑이 든 집에서는 꼭 뭔가가 없어졌다. 사모님은 불안에 떨었다. 그러던 어느 날 밤, 선생님이 집을 비우지 않으면 안 될 사정이 생겼다. 지방 병원에서 일하는 고향 친구가 상경하여, 선생님은 다른 친구 두세 명과 함께 밖에서 저녁식사를 해야 했던 것이다. 선생님은 사정을 설명하고 귀가할 때까지 내게 집을 봐 달라고 부탁했다. 나는 즉각 그러겠다고 했다.

16

내가 선생님 집에 간 것은 불이 하나둘씩 켜지기 시작한 저녁 무렵이었는데, 꼼꼼한 성격의 선생님은 벌써 집에 없었다. 사모님은 "약속 시간에 늦으면 미안하다면서 방금 나가셨어요"라며 나를 선생님의 서재로 안내했다.

서재에는 책상과 의자 외에도, 많은 책이 근사한 책등을 보이며 가지런히 꽂혀 책장 유리로 들어오는 전등 불빛을 받고 있었다. 사모님은 화로 앞에 깔아둔 방석 위에 나를 앉히고, "여기 있는 책이라도 좀 읽고 계세요"라며 권하고는 나갔다. 나는 마치 주인이 돌아오기를 기다리는 손님 같은 기분이 들어 편치 않았다. 정좌한 채 담배를 피웠다. 사모님이 자노마*에서 하녀에게 뭐라고 말하는 소리가 들렸다. 서재는 자노마 앞 툇마루 끝에서 꺾이는 모퉁이에 있어, 집 구조상 응접실보다도 더 떨어져 있어서 조용했다. 한참 들리던 사모님의 말소리가 멈춘 뒤로는 아무 소리도 나지 않았다. 나는, 도둑아, 들어오기만 해봐

---

* 부엌 옆에 딸린 방으로 식사를 하거나 차를 마시며 담소를 나누는 방.

라, 하고 버르며 꼼짝 않고 앉아 신경을 곤두세우고 있었다.

삼십 분쯤 지나 다시 서재 방 문에 얼굴을 보인 사모님은, "어머나" 하며 다소 놀란 표정으로 나를 보았다. 그러고는 손님으로 온 사람처럼 긴장한 자세로 앉아 있는 나를 우습다는 듯 쳐다보았다.

"그러고 있으면 힘들지 않나요."

"아뇨, 힘들지 않습니다."

"그래도 지루하실 텐데요."

"아뇨, 도둑이 들지도 모른다는 생각에 긴장하고 있으니 지루하지도 않습니다."

사모님은 손에 홍차 찻잔을 든 채 웃으면서 그냥 서 있었다.

"여기는 구석진 곳이라서 집을 지키기엔 마땅치 않은 것 같은데요." 내가 말했다.

"그럼, 다시 옮기기 귀찮겠지만 집 한가운데로 오세요. 지루할 것 같아서 차를 가지고 왔는데, 자노마도 괜찮다면 거기서 드릴 테니까."

나는 사모님 뒤를 따라 서재에서 나왔다. 자노마에서는 근사한 직사각형 목제 화로 위에서 쇠 주전자가 끓고 있었다. 나는 거기서 홍차와 카스텔라를 대접받았다. 사모님은 잠이 안 올까봐 못 마시겠다며 찻잔에는 손도 대지 않았다.

"선생님께서는 그래도 그런 모임에는 가끔 나가시나봐요?"

"아녜요, 거의 나가신 적이 없어요. 요즘은 사람 얼굴 보는 게 점점 더 싫어지시는 모양이에요."

그렇게 말하는 사모님은 별로 걱정하는 눈치도 아니었기에 나는 그만 대담해졌다.

"그러면 사모님만 예외인가봅니다."

"아네요, 나도 싫어하는 사람 중 하나예요."

"그건 아니죠." 나는 말했다. "아니라는 걸 잘 아시면서 사모님은 그렇게 말씀하시네요."

"왜 그렇게 생각해요?"

"제 생각에는, 선생님은 사모님을 좋아하게 돼서 세상이 싫어지신 것 같으니까요."

"공부를 많이 하신 분이라, 빈껍데기 같은 논리로 그럴듯하게 포장하는 솜씨가 보통이 아니네요. 세상이 싫어졌기 때문에 나까지 싫어진 거라고 볼 수도 있지 않을까요? 그런 식으로 말한다면."

"양쪽 다 맞는 말이지만, 이 경우엔 제 말이 더 옳을걸요."

"논쟁 같은 건 하기 싫어요. 남자들은 툭하면 논쟁하길 좋아하지만, 뭐가 재미있는지. 질리지도 않고 빈 잔을 잘도 주고받는구나 싶다니까요."

사모님의 말은 조금 매서웠다. 하지만 결코 듣기 거북할 정도로 신랄하지는 않았다. 사모님은 자신의 지적 수준이 높다는 사실을 상대방이 인정하게 만들고 자부심 같은 것을 느낄 만큼 현대적인 여성은 아니었다. 그보다는 더 밑바닥에 깔려 있는 마음을 소중히 여기는 듯했다.

17

나는 아직 할말이 더 있었다. 하지만 사모님에게 여차하면 논쟁하려 드는 남자처럼 비치는 건 곤란하겠다 싶어 참았다. 사모님은 다 마신 찻잔을 들여다보고는, 잠자코 있는 내 기분을 다독이듯이 "한 잔 더 드릴까요?" 하고 물었다. 나는 얼른 찻잔을 사모님 손에 건네주었다.

"몇 개 넣을까요? 한 개? 두 개?"

묘하게 생긴 것으로 각설탕을 집어올린 사모님은 내 얼굴을 보며 찻잔에 설탕을 몇 개나 넣을지 물었다. 사모님의 말투는 교태라고 할 정도는 아니더라도, 조금 전에 했던 매서운 표현을 애써 무마하려는 듯 애교스러웠다.

나는 말없이 홍차를 마셨다. 다 마시고 나서도 말을 하지 않았다.

"갑자기 말이 없어졌네요." 사모님이 말을 걸었다.

"무슨 말을 하든 또 논쟁하려 든다고 야단맞을 것 같아서요" 하고 나는 대답했다.

"그럴 리가요" 하고 사모님이 다시 답했다.

우리는 이렇게 또다시 대화를 나누기 시작했다. 그리하여 또 두 사람이 공통적으로 관심을 갖고 있는 선생님을 화제로 삼게 되었다.

"사모님, 아까 하던 얘기 좀더 해도 되겠습니까? 사모님한테는 제 말이 빈껍데기 같은 논리로 들렸는지 모르지만, 그냥 생각 없이 한 말이 아니에요."

"그럼 어디 해보세요."

"당장 사모님께서 갑자기 사라지신다면 선생님께서는 지금처럼 살아가실 수 있을까요?"

"그야 모르죠. 그런 건 남편한테 직접 물어봐야 하는 거 아닌가요? 나한테 물어볼 게 아니라."

"사모님, 저는 진지하게 여쭙는 겁니다. 그러니까 피해갈 생각 마세요. 솔직히 대답해주셔야 해요."

"솔직한 거예요. 솔직히 말해서 모르겠다는 거죠."

"그럼 사모님은 선생님을 얼마나 사랑하고 계신가요? 이건 선생님보다 사모님께 여쭙는 게 옳을 테니까, 사모님께 여쭤볼게요."

"그런 걸 꼭 정색하면서까지 물어볼 필요는 없을 텐데요."

"정색하고 물을 일은 아니다, 당연히 많이 사랑한다, 그런 말씀이십니까?"

"그런 셈이지요."

"그 정도로 선생님만 아시는 사모님이 갑자기 사라지신다면 선생님은 어떻게 되실까요? 이 세상 어디에도 흥미가 없어 보이는 선생님은, 사모님이 안 계신다면 어떻게 되실까요? 선생님 입장에서가 아니라 사모님 입장에서요. 사모님이 보실 때 선생님은 행복해지실까요, 불행해지실까요?"

"그야 내 입장에서는 말하나마나죠(남편은 그렇게 생각하지 않을지도 모르지만). 남편은 내가 없으면 불행해질 뿐이에요. 어쩌면 살아갈 수 없을지도 모르죠. 이렇게 말하면 자만심에 찬 여자로 보이겠지만, 난 지금 사람이 할 수 있는 범위 내에서는 충분히 남편을 행복하게 해주고 있다고 믿고 있어요. 어느 누구도 나만큼 남편을 행복하게 해줄 사람은 없다고까지 확신해요. 그러니까 이렇게 맘놓고 살죠."

"그런 믿음은 선생님 마음에도 잘 전해질 거라고 생각합니다만."

"그건 별개 문제죠."

"역시 선생님이 싫어하신다고 생각하시는 겁니까?"

"싫어한다고는 생각지 않아요. 싫어할 이유가 없으니까요. 하지만 남편은 세상을 싫어하잖아요. 세상이라기보다 요즘은 사람을 싫어하죠. 그러니까 그중 하나인 나도 좋아할 리 없지 않겠어요?"

그제야 사모님의, 선생님이 자신을 싫어한다는 말을 이해할 수 있었다.

18

나는 사모님의 이해력에 감탄했다. 사모님의 구식 일본 여성 같지 않은 태도도 나한테는 인상적이었다. 그러면서도 사모님은 그 무렵 유행하기 시작한 이른바 신식 어휘들은 거의 사용하지 않았다.

나는 여자와 깊이 교제해본 적 없는 어리숙한 청년이었다. 남자인 나는 이성에 대한 본능에서 여자를 늘 동경의 대상으로 꿈꿔왔다. 하지만 그 꿈은 정감 가는 봄날의 구름을 바라보는 듯한 기분처럼, 그저 막연한 것에 지나지 않았다. 그래서 실제로 여자 앞에 서면 가끔 평소 생각과 전혀 다르게 행동하는 일이 있었다. 나는 여자가 눈앞에 있으면 마음이 끌리기보다 도리어 그 상황에 묘한 반발심을 느꼈다. 그런데 사모님에게는 그런 기분이 전혀 들지 않았다. 보통 남녀 사이에 가로놓이는 사고방식의 장벽도 거의 느끼지 못했다. 나는 사모님이 여자라는 것을 잊었다. 나한테는 오직 선생님의 성실한 비평가이자 이해자로 보일 뿐이었다.

"사모님, 제가 요전에 선생님은 왜 세상에 나가서 활동을 안 하시는 거냐고 여쭤봤을 때 말씀하신 적 있잖아요. 원래는 그런 분이 아니었다고요."

"네, 그랬죠. 실제로 안 그랬거든요."

"어떠셨는데요?"

"학생이 원하고 있고 또 내가 원하는, 장래가 촉망되는 그런 분이셨어요."

"그러던 분이 왜 갑자기 변하셨나요?"

"갑자기가 아니에요. 점점 그렇게 변해갔어요."

"변해가는 동안에 사모님도 선생님과 함께 계시지 않았나요?"

"물론 같이 있었죠. 부부니까."

"그럼 선생님이 그렇게 변해버리신 원인을 잘 아실 만도 한데요."

"그러니까 답답하단 거예요. 학생한테 그런 소릴 들으니 마음이 괴로운데, 난 아무리 생각해도 짚이는 데가 없어요. 지금까지 남편한테 제발 솔직하게 말해달라고 몇 번이나 졸랐는지 몰라요."

"선생님께선 뭐라고 말씀하시던가요?"

"할말은 아무것도 없다, 걱정할 필요도 없다, 내 성격이 그렇게 변한 것뿐이다, 이런 말만 하고 더이상은 말해주질 않아요."

나는 잠자코 있었다. 사모님도 잠시 말을 끊었다. 하녀 방에 있을 하녀는 달그락 소리 하나 내지 않는다. 나는 도둑 때문에 왔다는 사실을 까맣게 잊어버렸다.

"나한테 책임이 있다고 생각하는 건 아니죠?" 하고 불쑥 사모님이 물었다.

"아뇨." 내가 대답했다.

"제발 숨기지 말고 말해줘요. 그런 생각이 든다면, 난 살을 도려내는

것보다 더 고통스러울 거예요." 사모님이 말했다. "이래 봬도 난 남편
을 위해서 할 수 있는 일은 다 하고 있다고 자부하거든요."

"그건 선생님도 인정하고 계시니까, 걱정 마세요. 제가 보증하니까,
안심하세요."

사모님은 화로의 재를 고르게 폈다. 그러고 나서 물병의 물을 쇠 주
전자에 부었다. 주전자의 물 끓던 소리가 갑자기 잠잠해졌다.

"더이상 참기 힘들어 내가 남편한테 물었지요. 나한테 고칠 점이 있
으면 얼마든지 말해달라, 고칠 수 있는 거라면 고치겠다고요. 그랬더
니 남편은, 당신한테 허물 같은 건 없다, 허물이 있는 건 나다, 하는 거
예요. 그런 말을 들으니 또 얼마나 슬프던지. 눈물이 나면서 내 나쁜
점이 뭔지 더 알고 싶어지더라고요."

사모님의 눈에는 눈물이 가득 고였다.

19

처음에 나는 이해심이 많은 여자라고 여기며 사모님을 대했다. 그런
생각으로 대화를 나누고 있자니, 점차 사모님의 태도가 변해갔다. 사
모님은 내 머리에 호소하는 대신 내 심장을 움직이기 시작했다. 자기
와 남편 사이에는 아무런 장벽도 없다, 없을 텐데도 역시 뭔가가 있다.
그래서 눈을 크게 뜨고 그것을 보려고 하면 역시 아무것도 없다. 사모
님이 고민하는 요점은 여기에 있었다.

사모님은 처음엔 세상을 바라보는 선생님의 눈이 염세적이라서 결

국 자기도 싫어하게 된 거라고 단언했다. 그렇게 단언했으면서도 그 말에 조금도 확신을 갖지 못했다. 속마음을 들여다보니 오히려 반대로 생각하고 있었다. 선생님은 자기를 싫어하다가 끝내 세상까지 싫어하게 된 거라고 추측한 것이다. 하지만 아무리 애써도 그 추측을 입증하여 사실로 만들 수는 없었다. 선생님의 태도는 어디까지나 남편다웠다. 친절하고 다정했다. 사모님은 의혹 덩이를 남편이 그날그날 보여주는 애정으로 감싸서 가슴 깊이 고이 간직해왔다가, 그날 밤 그 꾸러미를 내 앞에 펼쳐 보인 것이다.

"어떻게 생각해요?" 하고 물었다. "나 때문에 그렇게 된 걸까요, 아니면 학생이 말하는 세상에 대한 혐오인지 뭔지 때문에 그렇게 된 걸까요. 숨기지 말고 말해봐요."

나는 딱히 숨길 생각은 없었다. 하지만 내가 모르는 뭔가가 존재한다면 내가 뭐라고 대답하든 간에 사모님을 만족시킬 리 없다. 그리고 나는 거기에 내가 모르는 어떤 일이 있다고 믿었다.

"저는 잘 모르겠습니다."

그 순간 사모님은 기대가 빗나갔을 때의 실망스러운 표정을 지었다. 나는 얼른 말을 덧붙였다.

"하지만 선생님이 사모님을 싫어하지 않는다는 것만은 보증합니다. 선생님한테서 직접 들은 말을 그대로 전하는 거예요. 선생님은 거짓말을 하시는 분이 아니잖아요."

사모님은 아무 말도 하지 않았다. 잠시 후 이렇게 말했다.

"실은 약간 짚이는 데가 있긴 해요……"

"선생님이 그렇게 되신 이유에 대해서요?"

"네, 만일 그 일 때문에 그렇게 된 거라면 책임이 내게 있는 건 아니니까, 그것만으로도 마음이 훨씬 편해지겠지만……."

"어떤 일인데요?"

사모님은 머뭇거리며 무릎 위에 둔 자기 손을 바라보았다.

"듣고 판단해보세요, 얘기할 테니까."

"제가 판단할 수 있는 일이라면 해보겠습니다."

"모든 걸 다 얘기할 순 없어요. 그랬다면 야단맞을 테니까. 야단맞지 않을 정도만 말할게요."

나는 긴장되어 침을 삼켰다.

"남편이 대학 다닐 때, 아주 친한 친구가 있었어요. 그 친구가 졸업을 앞두고 죽었답니다. 갑자기 죽은 거죠."

사모님은 귀에 대고 속삭이듯이 작은 소리로 "실은 변사變死였어요"라고 말했다. "어떻게 그런 일이 생겼죠?"라고 되묻지 않을 수 없는 말투였다.

"더이상은 말할 수 없어요. 하지만 그 일이 있은 후부터죠, 남편의 성격이 점점 변해간 건. 난 그 친구가 왜 죽었는지 모르겠어요. 아마 남편도 모를 거예요. 하지만 그때부터 남편이 변한 걸 생각하면, 그 사건 때문일 것 같아요."

"조시가야에 있는 건 그 친구분의 묘인가요?"

"그 부분도 말하면 안 되니까 말하지 않겠어요. 하지만 사람이 친한 친구를 잃는다고 그렇게까지 변할 수 있는 걸까요? 난 그게 너무 알고 싶어요. 그러니까 학생이 그걸 좀 판단해주세요."

내 판단은 오히려 부정하는 쪽으로 기울어져 있었다.

20

나는 내가 알고 있는 사실이 허락하는 범위 내에서 사모님을 위로하고자 했다. 사모님 또한 가능한 한 내게 위로받고 싶은 듯이 보였다. 그래서 우리는 같은 문제를 가지고 얘기하고 또 얘기했다. 하지만 나는 애초부터 문제의 핵심을 파악하지 못하고 있었다. 사모님의 불안도 사실은 그 핵심을 둘러싼 엷은 구름과도 같은 의혹에서 비롯된 것이었다. 사건의 진상은 사모님도 잘 몰랐다. 알고 있다 해도 모든 걸 내게 말해줄 수는 없었다. 따라서 위로하는 나나 위로받는 사모님이나 함께 물결에 떠밀려다니는 형국이었다. 이리저리 떠밀리면서도 사모님은 끝까지 손을 뻗쳐 어설픈 내 판단에 매달리려고 했다.

열시경이 되어 현관 밖에서 선생님의 구두 소리가 들리자, 사모님은 갑자기 지금까지 있던 모든 일을 잊어버린 사람처럼, 앞에 앉아 있던 나는 내버려두고 일어나 나가버렸다. 그러고는 마침맞게 격자문을 열고 들어서는 선생님을 맞아들였다. 남겨져 있던 나도 사모님을 따라 나갔다. 하녀는 깜빡 잠이 들었는지 끝내 나오지 않았다.

선생님은 기분이 좋아 보였다. 그런데 사모님은 그보다 더 밝아 보였다. 방금까지만 해도 아름다운 눈에 글썽이던 눈물과 까만 눈썹이 모여 만든 여덟팔자를 기억하고 있던 나는, 그 변화를 신기해하며 눈여겨보았다. 만일 그 모습이 가식이 아니라면(실제로 가식으로는 보이지 않았지만), 바로 전까지 했던 사모님의 하소연은 분위기에 젖어 재미삼아 나를 상대로 꾸며낸 여자의 심심풀이 유희로 여길 수도 있었다. 하지만 그때의 나는 사모님을 그렇게까지 비판적으로 바라보고 싶지는 않았다. 오히려 사모님이 갑자기 눈부시게 밝아진 모습을 보고 안심했다. 이 정도라면 그렇게 걱정할 필요도 없었네, 하고 생각을 바꾸었다.

선생님은 웃으면서 "수고했어요. 도둑은 안 들어왔나요?" 하고 내게 묻더니 "안 들어와서 맥이 빠진 건 아니죠?" 하고 덧붙였다.

집으로 갈 때, 사모님은 "미안하게 됐어요" 하고 가볍게 목례했다. 그 어투는 바쁜데 시간을 허비하게 해서 미안하다기보다는, 모처럼 왔는데 도둑이 안 들어 미안하게 됐다는 농담처럼 들렸다. 사모님은 그렇게 말하면서, 아까 내주고 남은 카스텔라를 종이에 싸서 내 손에 쥐여주었다. 나는 그걸 기모노 소맷자락에 넣고, 사람의 왕래가 뜸해진 쌀쌀한 밤 골목길을 돌아 번화가 쪽으로 발걸음을 재촉했다.

나는 그날 밤의 일을 기억 속에서 꺼내 여기에 자세히 적었다. 적을 필요가 있기 때문에 적었는데, 솔직히 말하자면 사모님한테서 과자를 받아들고 집으로 올 때는 그날 밤의 대화가 그다지 중요하게 여겨지지 않았다. 그다음날 나는 점심을 먹으러 학교에서 돌아왔다가, 어제저녁 책상 위에 놔두었던 종이 꾸러미를 보고는 바로 초콜릿이 덮인 다갈색 카스텔라를 꺼내 한입 가득 베어 물었다. 그리고 먹으면서, 이 과자를 내게 준 두 남녀는 결국 행복한 한 쌍으로 세상에 존재하고 있음을 자각하며 맛을 음미했다.

가을이 저물고 겨울이 다 되도록 별다른 일은 생기지 않았다. 나는 선생님 집에 드나들면서 기모노를 뜯어서 빨고 다시 짓는 일 같은 걸 사모님에게 부탁했다. 그때까지 주반이라는 것을 입어본 적 없던 내가 셔츠 위에 까만 깃이 달린 주반을 겹쳐 입게 된 것*도 그 무렵부터였다. 자식이 없는 사모님은, 그런 일을 도와주는 게 오히려 덜 심심해서 건강상 좋다는 식으로 말했다.

"이건 베틀로 짰나봐요. 이렇게 좋은 옷감으로 기모노를 짓는 건 처음이에요. 근데 바느질하기가 너무 힘들어요. 바늘이 잘 안 들어가더라고요. 그 덕에 바늘을 두 개나 부러뜨렸답니다."

이런 불평을 할 때마저 사모님은 별로 귀찮아하는 기색이 없었다.

21

겨울이 왔을 때, 나는 뜻하지 않게 고향에 돌아가야만 할 일이 생겼다. 어머니한테서 온 편지에는, 아버지의 병세가 좋지 않은 방향으로 가고 있다는 말과 함께, 당장 무슨 일이 일어나진 않겠지만 연세가 연세니만큼 가능하면 시간을 내서 다녀가라는 당부가 곁들여 있었다.

아버지는 전부터 신장병을 앓고 있었다. 중년 이후의 사람들이 대체로 그렇듯이 아버지의 병도 만성이었다. 그 대신 조심하기만 하면 급작스러운 변화는 없을 거라 당사자나 가족들은 믿어 의심치 않았다. 실제로 아버지는 찾아오는 사람들에게 오직 섭생을 잘한 덕분에 오늘날까지 그럭저럭 버텨온 양 말하곤 했다. 어머니의 서신에는, 그러던 아버지가 뜰에 나가 무슨 일을 하다가 갑자기 현기증으로 쓰러졌다, 식구들은 가벼운 뇌출혈일 거라고 오판하고 바로 조치를 취했다, 나중

* 주반은 기모노 안에 받쳐 입는 기모노 모양의 속옷인데, 학생들은 귀찮아서 잘 입지 않았다.

에 의사가 아무래도 그게 아니고 역시 지병과 관계가 있는 거라고 진단을 내렸다. 그제야 졸도와 신장병이 연관됐다는 걸 알게 되었다고 쓰여 있었다.

겨울방학이 되려면 좀더 있어야 했다. 나는 학기가 끝날 때까지 기다려도 괜찮을 거라고 생각하며 하루이틀 미루고 있었다. 그런데 그 하루이틀 사이에, 자꾸만 아버지가 누워 있는 모습이랑 어머니가 걱정하는 얼굴이 눈앞에 어른거렸다. 그때마다 어떤 죄책감이 느껴져, 결국 내려가기로 결심했다. 나는 고향으로 돌아갈 여비를 송금받는 절차와 시간을 덜기 위해, 고향에 다녀온다는 인사도 드릴 겸 선생님한테 가서 필요한 돈을 잠시 빌리기로 했다.

선생님은 감기 기운이 있어서 응접실까지 나가기 힘들다고 하여, 나는 서재로 안내 받았다. 겨울 들어 좀처럼 볼 수 없었던 따사로운 햇살이 반갑게도 서재의 유리문을 통해 테이블보 위를 비추고 있었다. 선생님은 햇볕이 잘 드는 이 방에 커다란 화로를 갖다놓고, 삼발이 위에 얹은 양은 대야에서 올라오는 김을 쐬며 코가 막히지 않게 예방하고 있었다.

"차라리 큰 병이면 병원이라도 갈 텐데, 감기 기운 같은 건 그럴 수도 없고." 선생님은 쓴웃음을 지으며 내 얼굴을 쳐다봤다.

선생님은 병다운 병을 앓아본 적이 없는 사람이었다. 선생님의 말을 듣고 나는 웃음이 나왔다.

"저는 감기 정도라면 견뎌보겠지만, 그 이상의 병은 딱 질색이에요. 선생님도 그러실걸요. 한번 걸려보시면 아실 거예요."

"그런가요. 난 병에 걸릴 바엔 죽을병에 걸렸으면 좋겠어요."

나는 선생님의 이 말에 별로 신경쓰지 않았다. 바로 어머니의 편지 얘기를 하고는 돈을 빌려주십사 부탁했다.

"큰일이군요. 그 정도 돈은 지금 집에 있을 테니 가져가요."

선생님은 사모님을 불러, 내 앞에서 필요한 금액을 말했다. 안쪽에 있는 다기茶器장 비슷한 가구의 서랍에서 그 돈을 꺼내온 사모님은, 하얀 반지半紙를 깔고* 조심스럽게 그 위에 놓으면서 "걱정이 크시겠어요"라고 말했다.

"여러 번 쓰러지셨나요?" 하고 선생님이 물었다.

"편지에는 그런 말은 없었는데요―그렇게 자주 쓰러지는 병인가요?"

"그래요."

선생님의 장모가 우리 아버지와 같은 병으로 세상을 떠났다는 얘기를 처음으로 듣게 되었다.

"어차피 낫기 힘들겠지요" 하고 내가 물었다.

"그렇겠지요, 내가 대신해줄 수만 있다면 대신해드리고 싶지만―구토 증세는 있나요?"

"글쎄요, 그런 얘긴 없었으니까 아마 없을 겁니다."

"구토 증세가 없다면 아직 괜찮아요" 하고 사모님이 말했다.

나는 그날 밤 기차로 도쿄를 떠났다.

---

* 일본에서는 돈을 주고받을 때 하얀 종이에 싼다.

22

아버지의 병세는 생각만큼 나쁘지 않았다. 그래도 내가 도착했을 때는 이부자리 위에서 책상다리로 앉아, "다들 걱정하니까 그냥 참고 이렇게 가만히 있단다. 그만 털고 일어나도 되는데 말이다" 하고 말했다. 하지만 그다음날부터는 어머니가 말리는 것도 듣지 않고 끝내 자리를 걷어치우게 했다. 어머니는 마지못해 톡톡한 비단 이불을 개면서, "아버지께선 네가 돌아와줘서 갑자기 기운이 나시는 모양이구나" 하고 말했다. 내가 보기엔 아버지가 그다지 무리하시는 것 같지 않았다.

형은 업무상 멀리 떨어진 규슈에 가 있었다. 그래서 유사시가 아니면 쉽사리 부모의 얼굴을 보러 올 자유가 없는 처지였다. 여동생도 다른 지방으로 시집갔다. 동생 역시 갑작스러운 일이 닥쳤을 때 쉽게 불러들일 수 있는 형편이 아니었다. 삼 남매 중에서 제일 움직이기 쉬운 사람은 역시 학생인 나뿐이었다. 그런 내가 어머니의 말대로 학교 수업을 빼먹으면서까지 방학도 되기 전에 돌아와준 일에 아버지는 몹시 기뻐했다.

"이까짓 병 가지고 학교까지 못 가게 해서 미안하다. 괜히 네 엄마가 너무 과장해 편지를 써 보내서 그랬구나."

아버지는 입으로는 그렇게 말했다. 그렇게 말했을 뿐 아니라, 지금까지 누워 있던 이부자리를 걷어치우고 평소같이 무탈한 모습을 보여주었다.

"조심하지 않다가는 다시 더칠 수도 있어요."

나의 이런 걱정을 아버지는 유쾌하게, 그러면서도 아주 가볍게 받아들였다.

"괜찮다, 이제 평소처럼 조심만 하면 돼."

실제로 아버지는 괜찮아 보였다. 맘대로 집안을 돌아다녀도 숨차하지 않았고 현기증에도 시달리지 않았다. 다만 안색만은 보통 사람보다 몹시 안 좋았으나, 그건 어제오늘 시작된 증상이 아니었기에 우리는 별로 유념하지 않았다.

나는 선생님에게 여비를 빌려준 데 대한 감사의 편지를 썼다. 정월에 상경하여 빌린 돈을 갚겠으니 그때까지 기다려주십사 양해를 구했다. 그리고 아버지의 증세가 생각만큼 나쁘지 않다는 것, 현재 상태라면 당분간은 안심할 수 있다는 것, 현기증도 구토도 전혀 없다는 것 등을 썼다. 마지막으로 선생님 감기는 다 나으셨는지 문안글도 짤막하게 덧붙였다. 선생님의 감기를 사실 가볍게 봤기 때문에.

나는 편지를 부치면서 선생님의 답장을 전혀 기대하지 않았다. 부치고 나서 아버지, 어머니와 선생님 얘기를 나누면서 저멀리 떨어진 선생님의 서재를 상상했다.

"이번에 도쿄에 갈 때는 표고버섯이라도 갖다드리려무나."

"네, 근데 선생님께서 말린 표고버섯 같은 걸 드실까요."

"맛있진 않아도 싫어하는 사람은 별로 없으니까."

표고버섯과 선생님을 연관지어 생각하는 게 어색했다.

선생님한테서 답장이 왔을 때 나는 좀 놀랐다. 특히 편지 내용에 특별한 용건이 없는 데 더 놀랐다. 선생님이 답장을 보내준 것은 단순한 호의 같았다. 그렇게 생각하자 간략한 그 한 통의 편지가 나에겐 큰 기쁨이 되었다. 무엇보다 그건 내가 선생님한테서 받은 첫번째 편지였으므로.

첫번째라고 하면 나와 선생님 사이에 서신 왕래가 빈번했던 것 같지만, 사실은 결코 그렇지 않았음을 말해두고 싶다. 나는 선생님 생전에 딱 두 통의 편지밖에 받지 못했다. 한 통은 지금 말한 이 간략한 답장이고, 또 한 통은 선생님이 죽기 전에 특별히 내게 보낸 아주 긴 편지다.

아버지는 병의 성격상 운동을 삼가야 했기 때문에, 이부자리를 걷은 후에도 거의 집 밖으로는 나가지 않았다. 날씨가 아주 온화한 날 오후에 뜰로 나간 적이 한 번 있는데, 그때는 만일의 사태에 대비해 내가 옆에 바싹 붙어 있었다. 걱정되어 내 어깨를 짚으라고 했으나 아버지는 웃기만 할 뿐 듣지 않았다.

23

나는 심심해하는 아버지를 상대로 자주 장기를 두곤 했다. 두 사람 다 움직이기 싫어하는 성격이라, 고타쓰* 위에 장기판을 얹고 불을 쬐면서, 장기 말을 움직일 때만 할 수 없이 이불 속에서 손을 뺐다. 가끔씩 잡아둔 말이 없어져도 다음 판을 시작할 때까지 두 사람 다 모를 때도 있었다. 없어진 말을 어머니가 고타쓰 아래 재 속에서 찾아내 부젓가락으로 집어올리는 바람에 웃는 일도 있었다.

"바둑은 판도 두툼한데다 다리까지 붙어 있어서 고타쓰 위에선 두기

---

* 화로 위에 사각 나무틀을 씌우고 그 위에 이불을 덮어 사용하는 난방기구.

힘든데, 그에 비하면 장기판은 좋구나, 이렇게 뜨뜻한 데서 둘 수 있으니. 움직이기 싫어하는 사람한테는 딱 맞아. 한 판 더 두자."

아버지는 이기면 반드시 한 판 더 두자고 했다. 그러면서 졌을 때도 한 판 더 두자고 했다. 요컨대 이기건 지건 따뜻한 고타쓰 속에서 장기 두길 좋아하는 사람이었다. 처음엔 신기하기도 하고 이 노인네 같은 오락이 꽤나 흥미롭기도 했으나, 하루하루 날이 갈수록 내 젊은 혈기는 그 정도의 자극에 만족하지 못하게 되었다. 나는 가끔 사士나 차車를 쥔 주먹을 머리 위로 쭉 뻗으며 늘어지게 하품을 하기도 했다.

나는 도쿄 생각을 했다. 그러다가 넘쳐흐르는 심장의 혈류 속에서 활동, 활동 하고 두드리는 고동 소리를 들었다. 어떤 미묘한 의식 상태 속에서 희한하게도 그 고동 소리가 선생님의 힘으로 더 커져가는 것처럼 느껴졌다.

나는 맘속으로 아버지와 선생님을 비교해보았다. 두 사람 다 세간 사람들이 보기에는 살아 있는지 죽었는지 모를 정도로 조용한 사람들이다. 남들에게 전혀 인정받지 못한다는 면에서도 같다. 그런데도 장기 두길 좋아하는 아버지는 단순한 오락 상대로서도 내게 뭔가 부족했다. 여태껏 유흥을 목적으로 교유한 적이 없는 선생님은, 환락적인 교제에서 생기는 친근감 이상으로 어느새 내 머리에 영향을 주고 있었다. 머리라는 말은 너무 냉랭한 느낌이 드니까, 가슴이라는 말로 바꾸고 싶다. 살 속에 선생님의 힘이 파고들었다고 해도, 핏속에 선생님의 생명이 흐르고 있다고 해도, 당시의 내게는 조금도 과장으로 느껴지지 않았다. 나는, 아버지가 내 친아버지이고 선생님은 두말할 나위 없는 생판 남이라는 명백한 사실을 새삼 떠올리며, 처음으로 대단한 진리라도 발견한 사람처럼 놀랐다.

내가 지내기 지겨워지기 시작할 즈음, 아버지와 어머니도 점점 나를 오랜만에 만난 반가운 존재에서 늘 보던 존재로 보기 시작했다. 여름방학 같은 때 고향으로 돌아가면 누구든 다 경험하는 일이겠지만, 처음 일주일 동안은 떠받들며 환대해주다가 어느 시기를 넘기면 차차 가족의 관심이 식어 나중에는 없어도 그만인 사람처럼 무심하게 대하기 마련이다. 나도 고향에 내려와 그 시기를 넘겼다. 게다가 나는 귀향할 때마다 아버지도 어머니도 이해하지 못하는 이상한 면을 도쿄에서 지니고 왔다. 옛날에 비유하자면 유교 집안에 기독교 사상을 들여놓는 식으로, 내가 지니고 오는 것은 아버지와도 어머니와도 융화되지 않았다. 물론 나는 그걸 감추었다. 하지만 이미 몸에 배어 있는 것이라, 티를 내지 않으려 해도 은연중에 아버지나 어머니 눈에 띄었다. 나는 그만 더 있기가 싫어졌다. 하루빨리 도쿄로 가고 싶었다.

아버지의 병세는 다행히 현상태를 유지하고 있었고 더 나빠질 기미도 보이지 않았다. 만약을 대비해 특별히 멀리서 용한 의사를 불러 신중히 진찰 받아보았으나 역시 내가 알고 있는 것 외에 다른 이상은 없었다. 겨울방학을 며칠 남기고 나는 고향을 떠나기로 했다. 떠나겠다고 하자, 사람의 심리란 묘한 것인지 아버지도 어머니도 반대했다.

"벌써 가려고? 아직 좀 이르지 않니?" 하고 어머니가 말했다.

"사오일 더 있다 가도 되잖냐" 하고 아버지가 말했다.

나는 출발하기로 마음먹은 날짜를 바꾸지 않았다.

24

도쿄로 돌아와 보니 소나무 장식*은 어느새 치워져 있었다. 거리에는 찬바람만 불 뿐, 어디를 봐도 이렇다 할 만한 설 분위기는 찾아볼 수 없었다.

나는 곧장 선생님 댁에 돈을 갚으러 갔다. 갖다드리라는 표고버섯도 가는 길에 들고 갔다. 그냥 내놓기 멋쩍어서, 어머니가 이걸 갖다드리라고 했다는 말을 굳이 덧붙이며 사모님 앞에 내놓았다. 표고버섯은 새 과자 상자에 들어 있었다. 정중하게 감사 인사를 한 사모님은 옆방으로 가려고 일어서며 상자를 들다가 가벼운 데 놀랐는지, "이건 어떤 과자죠?" 하고 물었다. 사모님은 친해지고 나자 이럴 때 아주 구김살 없는 아이 같은 모습을 보였다.

두 사람 다 아버지 병에 대해 걱정스레 이것저것 질문하던 중에, 선생님은 이런 얘기를 했다.

"역시 아버님 병세를 들어보니 당장 무슨 일이 있을 것 같지는 않지만, 병이 병이니만큼 아주 조심하지 않으면 안 됩니다."

선생님은 신장병에 대해서 내가 모르는 것을 많이 알고 있었다.

"신장병에 걸렸는데도 모르고 살 수 있는 게 그 병의 특징입니다. 내가 아는 어떤 장교는 결국 그 병으로 죽었는데, 정말이지 거짓말처럼 갑자기 죽었지요. 옆에서 자던 부인이 간병할 틈도 없을 정도였으니까. 한밤중에 좀 괴롭다면서 부인을 깨웠는데 다음날 아침에는 이미

---

* 가정의 안녕을 지켜주는 세덕신(歲德神)을 맞이하기 위해 정초에 두는 장식. 도쿄는 1월 7일 정도까지 대문 옆 또는 현관 입구에 세워둔다.

죽어 있었대요. 그것도 부인은 남편이 자고 있는 줄로만 알았다나요."

지금까지 낙천적으로만 생각하고 있던 나는 덜컥 불안해졌다.

"저희 아버지도 그렇게 되실까요? 그렇지 않을 거라고 장담은 못하겠군요."

"의사는 뭐라고 했나요?"

"의사는 완치되긴 어렵다고 했어요. 하지만 당분간은 걱정없을 거래요."

"그러면 괜찮겠죠, 의사가 그렇게 말했다면야. 내가 지금 한 얘기는 병에 걸린 줄 모르고 있던 사람 얘기고, 게다가 건강에 무심한 군인이었으니까요."

나는 조금 안심했다. 선생님은 내 변화를 알아차리고 이렇게 덧붙였다.

"하지만 인간은 건강하든 병을 앓든 간에 약한 존재지요. 언제 무슨 일로 어떻게 죽을지 모르니까요."

"선생님께서도 그런 생각을 하고 계십니까?"

"아무리 내가 튼튼하다고 해도 그런 생각을 아주 안 할 수는 없지요."

선생님의 입가에는 미소가 얼핏 스쳤다.

"흔히 갑자기 쓰러져 죽는 사람이 있잖아요, 자연스레. 또 순식간에 죽는 사람도 있고요. 자연스럽지 않은 폭력으로."

"자연스럽지 않은 폭력이란 게 뭔가요?"

"나도 잘은 모르지만, 자살하는 사람들은 모두 자연스럽지 않은 폭력을 쓰잖아요."

"그러면 살해당하는 것도 역시 자연스럽지 않은 폭력 때문이로
군요."

"살해당하는 일은 전혀 생각해보지 않았는데. 듣고 보니 그렇기도
하군요."

그날은 그 얘기를 끝으로 하숙으로 돌아왔다. 돌아와서도 아버지
의 병에 관해서는 그다지 걱정되지 않았다. 선생님이 말한, 자연스럽
게 죽는다느니 자연스럽지 않은 폭력으로 죽는다느니 하는 말도 그 자
리에서나 희미한 인상으로 남았을 뿐, 그후로 내 머릿속에서는 아무런
구애도 받지 않았다. 나는 지금까지 몇 번이나 착수하려다 만 졸업논
문을 이제는 본격적으로 써야 한다는 데 생각이 미쳤다.

25

그해 6월에 졸업을 앞둔 나는 규정대로 어떻게든 논문을 4월 말까
지는 완성해야 했다. 2월, 3월, 4월 하고 손가락을 꼽아보며 남은 개월
수를 계산해본 나는 자신이 무슨 배짱으로 그랬는지 의아스러웠다. 다
른 친구들은 훨씬 전부터 자료를 모은다거나 노트에 정리를 한다거나
하며 옆에서 보기에도 바쁘게 움직였는데, 나만은 내내 아무것도 손대
지 않고 있었던 것이다. 오직 해가 바뀌면 본격적으로 시작하겠다는
결심만 하고서. 나는 그 결심대로 논문에 착수했다. 그러나 이내 막히
고 말았다. 지금까지 큰 주제를 허공에 그리며 골격만은 대강 갖춰놓
았다고 자신하던 나는, 머리를 쥐어짜며 고민하기 시작했다. 그러다가

논문 주제를 작게 잡기로 했다. 그리고 몇 번이고 다듬은 사상을 체계적으로 정리하는 번거로움을 덜기 위해, 그냥 책에 있는 내용을 짜깁기하고 거기에 적당한 결론을 약간 덧붙이기로 했다.

내가 선택한 주제는 선생님이 전문이라고 할 수 있는 것이었다. 예전에 주제를 정하기 위해 선생님의 의견을 물었을 때, 선생님은 괜찮을 것 같다고 말해주었다. 발등에 불이 떨어진 나는 당장 선생님 집으로 달려가서 내가 읽어야 할 참고 서적에 대해 물었다. 선생님은 알고 있는 모든 지식을 기꺼이 내게 제공해주었을 뿐 아니라 필요한 책도 두세 권 빌려주겠다고 했다. 하지만 그 주제에 관해 털끝만큼도 지도해주려고 하지는 않았다.

"요즘은 책을 별로 안 읽기 때문에 새로운 지식은 잘 몰라요. 교수님한테 물어보는 게 좋을 겁니다."

그때, 선생님은 한때 책에 빠져 살았는데 언제부턴가 무슨 이유에서인지 예전만큼 책에 흥미를 느끼지 않게 된 것 같다고 사모님에게 들었던 말이 문득 떠올랐다. 논문은 제쳐놓고 나는 내키는 대로 물어보기 시작했다.

"선생님은 왜 예전처럼 책에 흥미를 갖지 않으세요?"

"특별한 이유는 없지만…… 말하자면 아무리 책을 읽어봤자 그다지 훌륭해질 일도 없기 때문이겠지요. 그리고……"

"그리고 또 있으세요?"

"또 있다고 할 만한 건 아니지만, 예전에는 말이죠, 남 앞에 설 때나 남이 뭘 물어봤는데 모를 때면 부끄러워서 거북했는데, 요즘은 모른다는 게 그리 부끄러운 일이 아닌 것 같은 생각이 들다보니, 어느덧 무리

하면서까지 책을 읽으려는 의욕이 생기지 않게 됐나봅니다. 뭐, 단적으로 말하면 늙어버렸단 얘기죠."

선생님의 어조는 오히려 담담했다. 세상에 등을 돌린 사람의 쓴맛이 담기지 않은 만큼, 나는 별 느낌을 받지 못했다. 나는 선생님이 늙었다고도 생각하지 않았지만 그렇다고 훌륭하다고 감탄하지도 않고 돌아왔다.

그후 나는 거의 논문에게 저주받은 정신병자처럼 눈에 핏발을 세우며 몸부림쳤다. 일 년 전에 졸업한 친구들에게 이것저것 사정을 물어보기도 했다. 그중 한 친구는 마감날 인력거로 사무실까지 달려가 간신히 마감 시간을 맞췄다고 했다. 다른 친구는 다섯시를 십오 분 정도 넘기고 도착하는 바람에 하마터면 못 낼 뻔했는데, 주임교수의 선처로 겨우 접수시켰다고 했다. 나는 불안에 떨면서도 각오를 다졌다. 날마다 책상 앞에 앉아서 버틸 수 있을 때까지 논문을 썼다. 그러지 않을 때에는 어둑한 도서관 서고에 들어가 높다란 책꽂이를 이리저리 둘러보았다. 내 눈은 호사가가 골동품을 찾듯 책등에 박힌 금빛 글자들을 훑어나갔다.

매화꽃이 피기 시작하자 차갑던 바람은 점점 방향을 남쪽으로 바꾸어갔다. 한참을 그러더니 벚꽃 소식이 드문드문 내 귀에 들리기 시작했다. 그래도 나는 마차를 끄는 말처럼 앞만 보면서 논문에 박차를 가했다. 4월 하순이 되어 간신히 예정대로 논문을 완성할 때까지, 나는 끝내 선생님 댁의 문턱을 넘어서지 않았다.

26

　내가 자유로워진 것은, 겹벚꽃이 지고 난 가지에 어느샌가 파룻파룻 싹이 돋아나기 시작하는 초여름이었다. 나는 새장을 빠져나온 작은 새 같은 심정으로, 넓은 천지를 한눈에 바라다보며 자유롭게 날갯짓을 했다. 나는 즉시 선생님 집으로 향했다. 탱자나무 울타리의 거뭇한 가지에 파룻파룻 싹튼 움도, 석류나무의 마른 줄기에서 윤기 나는 다갈색 잎이 햇빛을 받아 보드랍게 반짝이는 모습도 가는 길마다 내 눈길을 끌었다. 그런 것들이 난생처음 보는 것처럼 신기하게만 느껴졌다.

　선생님은 기쁨에 겨운 내 얼굴을 보더니 "이제 논문은 다 끝났나요, 잘되었네요" 하고 말했다. 나는 "선생님 덕분에 무사히 끝냈습니다. 더이상 아무것도 할 일이 없네요" 하고 대답했다.

　실제로 그때 내가 해야 하는 모든 일이 다 끝나, 앞으로는 으스대며 놀아도 될 것 같은 홀가분한 기분이었다. 나는 완성한 논문에 만족했고 자신감도 충분히 있었다. 나는 선생님 앞에서 논문 내용을 신나게 떠들었다. 선생님은 여느 때처럼 "그렇군요"라든가 "그런가요?"라는 말로 응수해주었으나 그 이상의 비평은 조금도 덧붙이지 않았다. 나는 서운하다기보다도 김이 좀 빠졌다. 그래도 그날의 내 기력은 심드렁해 보이는 선생님의 태도에 역습을 시도할 만큼 왕성했다. 나는 파랗게 되살아나는 대자연 속으로 선생님을 끌어내고 싶었다.

　"선생님, 어디든 산책 나가시지요. 바깥으로 나가면 아주 기분이 상쾌해져요."

　"어디로 가나요?"

나는 어디든 상관없었다. 그저 선생님과 함께 교외로 나가고 싶을 뿐이었다.

한 시간쯤 후 선생님과 나는 목적한 대로 시내를 벗어나, 시골이라고도 도시라고도 할 수 없는 한적한 곳을 정처 없이 걸었다. 나는 홍가시나무 울타리에서 여린 잎을 따 풀피리를 불었다. 가고시마 출신 친구가 있는데 그 친구의 흉내를 내다가 저절로 익힌 풀피리를 나는 제법 불었다. 내가 득의양양하게 풀피리를 불어도 선생님은 무관심한 표정으로 딴 데를 보며 걸었다.

이윽고 무성한 여린 잎에 갇힌 듯한, 낮은 언덕에 있는 집 아래로 좁은 길이 보였다. 입구에 붙인 문패에 무슨무슨 원園이라고 쓰여 있어, 가정집이 아님을 바로 알 수 있었다. 선생님은 완만한 오르막 입구를 바라보며 "들어가볼까요?" 하고 물었다. 나는 얼른 "정원수 농원이네요"라고 답했다.

정원수 사이를 한번 돌아보고 안쪽으로 들어가니 왼쪽에 집이 있었다. 열어젖힌 장지문 안은 텅 비어 있고 사람 그림자도 보이지 않았다. 다만 처마밑에 놓아둔 커다란 어항 속에서 키우는 금붕어들이 움직이고 있었다.

"조용하네. 허락 없이 들어가도 괜찮으려나?"

"괜찮지 않을까요."

우리는 더 안쪽으로 들어갔다. 하지만 거기에도 사람의 모습은 보이지 않았다. 철쭉이 불타듯이 흐드러지게 피어 있었다. 선생님은 그중에서 키가 큰 주황색 꽃을 가리키며 "이건 기리시마*일 겁니다" 하고 말했다.

작약도 열 평 남짓한 땅에 심어두었는데, 아직 꽃이 필 시기가 아니라 꽃봉오리는 하나도 달려 있지 않았다. 선생님은 이 작약밭 옆에 있는 오래된 평상 같은 데에 큰대자로 누웠다. 나는 한쪽 빈자리에 걸터앉아서 담배를 피웠다. 선생님은 청명한 하늘을 바라보고 있었다. 나는 나를 감싸고 있는 어린 잎 색에 정신이 팔려 있었다. 그 어린 잎들의 색은 자세히 보니 하나하나 다 달랐다. 같은 단풍나무라도 같은 색을 가지에 달고 있는 나무는 하나도 없었다. 가느다란 삼나무 묘목 꼭대기에 던져 얹어두었던 선생님의 모자가 바람에 날려 떨어졌다.

27

나는 얼른 그 모자를 집어들었다. 군데군데 묻어 있는 벌건 흙을 손가락 끝으로 튕겨내면서 선생님을 불렀다.

"선생님, 모자가 떨어졌어요."

"고마워요."

몸을 반쯤 일으키고 모자를 받아든 선생님은 일어날 듯 말 듯 어정쩡한 자세로 이상한 질문을 했다.

"뜬금없는 질문이지만, 자네 집에는 재산이 많이 있나요."

"많다고 할 정도는 아닙니다."

"어느 정도나 되나요? 실례가 되겠지만."

＊ 4월 하순에서 5월 상순에 피는 철쭉. 미야자키 현 기리시마에서 자생한 데서 붙은 이름이다.

"어느 정도려나, 산과 논밭이 약간 있지 현금 같은 건 전혀 없을 겁니다."

선생님이 우리집 경제 사정에 대해 질문다운 질문을 한 것은 이때가 처음이었다. 나는 그때까지 선생님의 생활 형편에 관해 한 번도 물은 적이 없었다. 선생님과 처음 알게 되었을 때, 나는 선생님이 어떻게 놀면서 지낼 수 있는지 궁금했다. 그후에도 그 의문은 줄곧 내 뇌리에서 떠나지 않았다. 하지만 금전 문제를 선생님 앞에 노골적으로 들이대는 건 무례라고만 여겨 지금까지 삼가고 있었다. 어린 잎의 색깔로 눈의 피로를 풀던 내 마음에 문득 그 의문이 다시 떠올랐다.

"선생님은 어떠세요, 재산은 어느 정도 가지고 계신가요?"

"내가 재산이 많은 사람처럼 보입니까?"

오히려 선생님은 평소 복장이 검소한 편이었다. 게다가 식구 수도 적었다. 그래서 집도 결코 넓지는 않았다. 하지만 경제적으로 여유 있는 생활을 하고 있음은 외부인인 내 눈에도 여실했다. 요컨대 선생님네 형편은 사치스럽다고는 할 수 없으나 아끼느라 인색하게 굴 정도는 아니었다.

"그렇게 보여요." 내가 대답했다.

"그야 돈은 어느 정도 있지. 하지만 결코 부자는 아닙니다. 부자라면 더 큰 집이라도 지었겠죠."

이때 선생님은 일어나서 평상에 책상다리로 앉아 있었는데, 이렇게 말하고는 대나무 지팡이 끝으로 땅바닥에 동그라미를 그리기 시작했다. 다 그리더니 이번에는 지팡이를 똑바로 세워 꽂았다.

"이래 봬도 원래는 부자였는데."

선생님의 말은 반쯤 혼잣말 같았다. 그래서 바로 말을 이을 수 없던 나는 잠자코 있었다.

"이래 봬도 원래는 부자였답니다, 학생" 하고 바꿔 말한 선생님은 내 얼굴을 보며 미소 지었다. 그래도 나는 아무 말도 하지 않았다. 뭐라고 해야 좋을지 몰라 대답할 수 없었던 것이다. 그러자 선생님은 다시 얘기를 딴 데로 돌렸다.

"아버님 병세는 요즘은 어떠신가요."

나는 설 이후 아버지의 병세가 어떤지 알지 못했다. 다달이 고향에서 보내주는 우편환과 함께 오는 간략한 편지는 늘 그렇듯 아버지가 쓴 것이었는데, 아직까지 병에 대한 하소연은 거의 눈에 띄지 않았다. 게다가 필체도 반듯했다. 그런 병을 앓는 환자에게서 나타나는 수전증이 붓의 움직임을 흐트러뜨리는 일도 없었다.

"별다른 말이 없었으니까 이젠 괜찮은가봐요."

"괜찮으시다면 다행이지만—병이 병이니만큼."

"역시 가망이 없을까요? 하지만 당분간은 별일 없을 거예요. 별다른 말이 없었어요."

"그렇군요."

나는 선생님이 우리집 재산에 대해 물어보거나 아버지의 병세에 대해 물어보거나 하는 것을 일반적인 대화—가슴에 떠오르는 대로 말하는, 일반적인 대화로 여기며 듣고 있었다. 그런데 선생님 말의 밑바닥에는 이 두 가지를 연관시키고자 하는 중요한 의도가 있었다. 선생님 자신의 경험을 알 리 없는 나로서는 물론 그런 의도를 알아차리지 못했다.

28

"쓸데없는 참견인지는 몰라도, 집에 재산이 있다면 당장이라도 상속
분이 어떻게 되는지 알아둬야 할 겁니다. 아버님이 건강하실 때, 받을
수 있는 건 다 받아두는 게 어때요? 만일의 사태가 생긴 다음에 가장
골치 아파지는 게 유산 문제니까."

"네."

나는 선생님의 말에 특별히 귀를 기울이지 않았다. 우리집에서 그런
걱정을 하는 사람은, 나는 물론이고 아버지든 어머니든 아무도 없다고
믿고 있었다. 게다가 선생님이 한 말이 선생님치고는 너무나 현실적이
어서 나는 조금 놀랐다. 놀랐지만 연장자에 대한 평소의 존경심이 내
입을 다물게 했다.

"아버님이 돌아가실 것을 벌써부터 상정하고 그런 말을 한 게 듣기
싫었다면 용서해요. 하지만 인간은 누구나 죽기 마련이지. 아무리 건
강한 사람이라도 언제 죽을지는 모르는 거니까."

선생님의 말투에는 보기 드물게 불쾌함이 배어 있었다.

"전혀 그렇게 여기지 않습니다." 나는 부정했다.

"형제는 몇이나 되지요?" 하고 선생님이 물었다.

선생님은 그후 우리 가족은 몇 명인지를 묻고, 친척이 있는지도 물
어보고, 숙부와 숙모의 생활은 어떤지 질문하기도 했다. 그러다 마지
막에는 이렇게 물었다.

"다 좋은 사람들입니까?"

"특별히 나쁜 사람이라고 할 만한 사람은 없는데요. 대부분 시골 사

람이니까요."

"왜 시골 사람은 나쁘지 않다는 거죠?"

이런 추궁에 나는 난감해졌다. 하지만 선생님은 내게 대답을 생각할 여유조차 주지 않았다.

"시골 사람이 오히려 도시 사람보다 더 나쁘다고도 할 수 있어요. 그리고 자넨 지금, 친척 중에 이렇다 하게 나쁜 사람이 없는 것 같다고 말했지요. 그렇다면 이 세상에 나쁜 사람이라는 부류가 따로 있다고 생각하는 겁니까? 그렇게 판에 박은 듯한 악인이 세상에 있을 리 없지. 평상시에는 모두 착한 사람이에요, 적어도 모두 보통 사람입니다. 그러다 유사시가 되면 악인으로 돌변하니 무서운 거야. 그러니까 마음을 놓지 못해요."

선생님의 말은 거기서 끝날 것 같지 않았다. 나는 이쯤에서 다시 무슨 말을 하려고 했다. 그런데 뒤쪽에서 갑자기 개가 짖기 시작했다. 선생님도 나도 놀라서 뒤를 돌아다보았다.

평상 옆에서 뒤쪽으로 걸쳐 심어둔 삼나무 묘목 옆에 세 평 정도 얼룩조릿대가 땅이 보이지 않을 정도로 무성하게 자라 있었다. 개는 얼굴과 등을 얼룩조릿대 사이에서 내밀고 맹렬하게 짖어댔다. 그때 열 살 정도 된 아이가 뛰어와 개를 꾸짖었다. 아이는 모표가 붙은 검정색 모자를 쓴 채로 선생님 앞으로 와 인사했다.

"아저씨, 들어오실 때 집에 아무도 없었어요?" 하고 물었다.

"아무도 없었는데."

"누나랑 엄마가 부엌 쪽에 있었는데."

"그러냐, 계셨구나."

"네. 아저씨가 안녕하세요 하고 말을 걸고 들어오셨으면 좋았을 걸 그랬어요."

선생님은 쓴웃음을 지었다. 기모노 품속에서 똑딱이 지갑을 꺼내 5센짜리 백통전白銅錢을 아이 손에 쥐여주었다.

"어머니께 여기서 조금 쉬다 간다고 말씀드려라."

아이는 똘똘해 보이는 눈에 웃음기를 가득 담고 고개를 끄덕였다.

"지금 막 척후 대장이 됐어요."

아이는 그렇게 말하더니 철쭉꽃 사이로 아래쪽을 향해 뛰어 내려갔다. 개도 꼬리를 높이 감아올리고 아이 뒤를 따랐다. 잠시 후 같은 또래 아이 두세 명이 역시 척후 대장이 내려간 쪽으로 뛰어갔다.

29

선생님 얘기는 개와 아이 때문에 결말까지 가지 못하는 바람에, 나는 끝내 무슨 얘기인지 알지 못했다. 그때의 내게는 선생님이 염려하던 재산에 대한 걱정 같은 건 전혀 없었다. 내 성격상 또 당시의 상황상, 그때의 내게는 그런 이해관계에 신경을 쓸 여유가 없었던 것이다. 생각해보면 그건 내가 아직 사회에 나가지 않았기 때문이기도 했고 또 실제로 그런 상황에 놓여 있지 않았기 때문이기도 했겠지만, 하여튼 젊은 내게는 왠지 돈 문제라는 게 멀게만 느껴졌다.

선생님의 얘기 중에서 단 한 가지 꼭 끝까지 듣고 싶었던 것은, 인간은 유사시에 누구나 악인이 된다는 말의 의미였다. 그 말의 단순한 뜻이라면 나도 모르지는 않았다. 하지만 나는 그 말에 대해 좀더 알고 싶었다.

개와 아이가 사라진 다음, 어린 잎들의 넓은 농원은 또다시 원래의 정적으로 돌아갔다. 그리하여 우리는 침묵 속에 갇힌 사람처럼 한동안 움직이지 않았다. 화사하던 하늘빛이 점차 빛을 잃어갔다. 눈앞에 있는 나무는 대부분 단풍나무였는데, 그 가지에 흘러넘치듯이 싹을 틔운 어린 초록 잎들이 점점 어두워져가는 듯이 보였다. 멀리 큰길에서 덜컹덜컹 짐수레를 끌고 가는 소리가 들려왔다. 나는 이 동네 남자가 묘목 같은 것을 싣고 절이나 신사의 참뱃날에라도 맞춰 팔러 가는 거겠지 상상했다. 선생님은 그 소리를 듣더니 갑자기 명상에서 깨어난 사람처럼 일어섰다.

"이제 슬슬 돌아갑시다. 해가 꽤 길어진 것 같아도 역시 이렇게 느긋하게 있으니 어느새 날이 저무는군."

선생님 등에는 아까 평상 위에 누웠을 때의 흔적이 잔뜩 묻어 있었다. 나는 두 손으로 그것들을 털어주었다.

"고마워라. 나뭇진은 묻지 않았나요?"

"다 떨어졌어요."

"이 하오리는 바로 얼마 전에 지은 거라, 뭘 묻혀 가면 아내한테 한소리 들으니까. 고마워요."

우리는 걸어서 완만한 비탈 중간에 있는 집 앞으로 다시 왔다. 들어올 때는 사람 기척이 없던 툇마루에 주인아주머니가 열대여섯 살 된 딸하고 앉아 실패에 실을 감고 있었다. 우리는 큰 금붕어 어항 옆에서 "실례 많았습니다" 하고 인사했다. 여주인은 "아무 대접도 못했네요"

라며 답인사를 한 후에 아까 아이한테 준 백통전에 대한 인사치레를 했다.

문밖으로 나와 이삼백 미터 남짓 걸었을 때, 나는 마침내 선생님에게 말을 꺼냈다.

"아까 선생님께서 말씀하신, 인간은 누구나 유사시에 악인이 된다는 거 말입니다, 어떤 의미로 하신 말씀이신가요?"

"의미라고 해도 깊은 의미는 없어요—다시 말해 사실이 그렇다는 거지. 이론이 아니고."

"사실은 사실이라도, 제가 여쭙고 싶은 것은 유사시의 의미입니다. 도대체 어떤 경우를 가리키는 건가요?"

선생님은 웃음을 터뜨렸다. 마치 끝난 지 한참 된 얘기라 새삼 열심히 설명할 의욕이 생기지 않는다는 듯이.

"돈이죠. 돈을 보면 어떤 성인군자라도 금방 악인이 돼요."

나는 선생님의 대답이 너무 평범해서 실망스러웠다. 선생님이 기분이 나지 않았듯이, 나도 맥빠지는 기분이 되었다. 나는 고까운 마음을 감추고 성큼성큼 걷기 시작했다. 자연히 선생님은 조금씩 뒤처졌다. 선생님은 뒤에서 "잠깐만 있어봐" 하고 소리쳤다.

"그거 봐요."

"뭘 말입니까?"

"자네 기분도 내 대답 하나에 금방 변하지 않았나요?"

보조를 맞추기 위해 돌아서서 기다리고 있는 내 얼굴을 보며, 선생님은 그렇게 말했다.

30

그때의 나는 그런 선생님이 맘속으로 밉살스럽게 느껴졌다. 어깨를 나란히 하고 걷기 시작한 후에도, 묻고 싶은 게 있었지만 일부러 묻지 않았다. 그러나 선생님은 그런 내 기분을 아는지 모르는지 내게 전혀 관심을 갖지 않는 듯했다. 여느 때처럼 말없이 점잖고 차분하게 걸음을 옮기고 있어서, 나는 은근히 부아가 났다. 어떻게든 한번 선생님을 몰아붙여보고 싶었다.

"선생님."

"왜요?"

"선생님께선 아까 좀 흥분하셨죠. 그 농원 평상에서 쉬고 있을 때요. 저는 선생님께서 흥분하시는 걸 좀처럼 본 적이 없어서, 오늘은 선생님의 새로운 모습을 뵌 것 같네요."

선생님은 즉각 대답하지 않았다. 나는 선생님의 허를 찔렀다고 생각했다. 한편으로 비껴간 것 같기도 했다. 별수없어 더이상은 말하지 않기로 했다. 그런데 선생님이 갑자기 길가로 바싹 다가섰다. 그러더니 깔끔하게 손질된 산울타리 아래서 기모노 자락을 걷어올리고는 소변을 보았다. 나는 선생님이 일을 보는 동안 멀거니 그 자리에 서 있었다.

"실례했네요."

선생님은 그렇게 말하더니 또다시 걷기 시작했다. 나는 결국 선생님을 몰아붙이려던 생각을 단념했다. 우리가 걸어가는 길은 점점 번화해졌다. 지금까지 여기저기 비탈진 곳이나 평지에 보이던 넓은 밭이 더는 전혀 눈에 들어오지 않을 정도로 좌우에 집들이 늘어서 있었다. 그래도 간간이 택지의 구석진 곳에서는 완두콩 줄기가 대나무를 감고 올라가거나 철망 속에서 닭들이 놀고 있는 한가로운 풍경이 눈에 들어왔다. 시내에서 돌아오는 마차가 끊임없이 스쳐지나갔다. 이런 것들에 마음을 빼앗기던 나는, 아까까지 가슴속에 담아뒀던 궁금증을 어딘가에 떨어뜨리고 말았다. 선생님이 불현듯 아까 대화로 돌아갈 때까지 나는 사실 잊고 있었다.

"내가 아까 그렇게 흥분한 것처럼 보였습니까?"

"그렇게까지는 아니었지만, 조금……"

"아니, 그렇게 보였어도 상관없지. 사실 흥분했으니까. 나는 재산 얘기만 나오면 꼭 흥분합니다. 자네한테는 어떻게 보일지 모르겠지만, 난 이래 봬도 집착이 아주 강한 사람이니까. 남한테서 받은 굴욕이나 피해는 십 년이 지나든 이십 년이 지나든 안 잊으니까."

선생님의 말투는 아까보다 더 흥분해 있었다. 하지만 내가 놀란 것은 결코 그 말투 때문이 아니었다. 오히려 선생님의 말이 내 귀에 호소하는 의미 그 자체 때문이었다. 선생님의 입에서 그런 자백을 들을 줄이야, 너무나 듣고 싶어하던 내게도 뜻밖이었다. 나는 선생님의 성격이 그렇게 집착이 강하리라고는 여태 짐작조차 못했다. 나는 선생님을 훨씬 더 약한 사람이라고 믿고 있었다. 그리고 그 약하고 고상한 성품에 내 정감의 뿌리를 두고 있었다. 일시적인 부아를 삭이지 못해 선생님한테 좀 대들어보고 싶던 나는 그 말 앞에서 움츠러들었다. 선생님은 이렇게 말했다.

"난 사람한테 속았어요. 그것도 피를 나눈 친척한테 속았지요. 난 그 일을 결코 잊지 못합니다. 우리 아버지 앞에서는 착한 사람인 척하던 그들은 아버지가 돌아가시자마자 용서할 수 없는 파렴치한으로 돌변했어요. 난 그들한테서 받은 굴욕과 피해를 어릴 적부터 지금까지 짊어지고 살아왔습니다. 아마도 죽기 직전까지 짊어지고 살아가겠지요. 죽을 때까지 그 일을 잊지 못할 테니까. 하지만 나는 아직 복수를 하지 않고 있어요. 생각해보면 현재 난 개인에 대한 복수 이상의 복수를 하고 있는 셈이지. 그들만 증오하는 게 아니라, 그들이 대표하는 인간이라는 존재를, 일반적으로 증오하는 법을 배웠으니까. 난 그걸로 충분하다고 생각합니다."

나는 위로의 말조차 입 밖으로 꺼낼 수 없었다.

31

그날의 대화는 더이상 진전 없이 그것으로 끝났다. 내가 오히려 선생님의 태도에 위축되어, 더 진전시킬 엄두가 나지 않았던 것이다.

우리는 시市 외곽에서 전차를 탔는데, 차 안에서는 거의 입을 떼지 않았다. 전차에서 내려 얼마 안 가 헤어져야 했다. 헤어질 때 선생님은 또 변해 있었다. 평소보다 밝은 표정으로 "앞으로 유월 전까지는 가장 마음 편한 시기가 되겠군요. 어쩌면 평생에 가장 마음 편할 때일지도 모르지. 실컷 즐기도록 해요"* 하고 말했다. 나는 웃으며 모자를 벗고

---

* 당시 도쿄대학 문과대학 졸업예정자는 4월 말까지 졸업논문을 낸 후 6월 1일부터 구술시험을 봤다.

인사했다. 그때 나는 선생님의 얼굴을 보며, 도대체 선생님은 마음속 어디에서 모든 사람을 증오하고 있는 걸까 의아해했다. 그 눈, 그 입, 그 어디에도 염세의 그림자는 보이지 않았다.

나는 사상 문제에 대해 선생님에게 많은 도움을 받았음을 고백한다. 하지만 같은 문제로 도움을 받으려고 해도 받을 수 없을 때가 종종 있었던 것도 사실이다. 선생님의 얘기는 때로는 요령부득으로 끝났다. 그날 교외에서 두 사람 사이에 오고간 대화도 그런 요령부득의 일례로 내 가슴속에 남았다.

무람없는 나는, 어느 날 끝내 그런 생각을 선생님한테 솔직하게 털어놓았다. 선생님은 웃었다. 나는 이렇게 말했다.

"제 머리가 나빠서 이해를 못하는 거야 어쩔 수 없지만, 잘 알고 계시는 것까지도 명확하게 말씀을 안 해주시는 건 너무하세요."

"나는 아무것도 숨기는 게 없는데."

"숨기고 계십니다."

"자넨 내 사상이라든가 견해 같은 것과 내 과거를 혼동하고 있는 건 아닙니까? 나는 보잘것없는 사상가지만, 내 머리로 정리해낸 결론을 무조건 남한테 숨기거나 하지는 않습니다. 숨길 필요가 없으니까. 하지만 내 과거를 속속들이 자네한테 얘기해야 한다고 하면, 그건 또 다른 문제지요."

"다른 문제라고는 생각지 않습니다. 선생님의 과거가 만들어낸 사상이기 때문에 과거에 무게를 두는 겁니다. 이 두 가지를 떼어놓으면 저한테는 거의 가치 없는 게 되지요. 저는 혼을 불어넣지 않은 인형을 받는 것만으로는 만족하지 못합니다."

선생님은 어이없다는 듯 내 얼굴을 쳐다봤다. 궐련을 들고 있던 손끝이 조금 떨렸다.

"자넨 당돌하군."

"진지할 뿐입니다. 진지하게 선생님의 인생에서 교훈을 얻고 싶은 거예요."

"내 과거를 들춰내서라도 말인가요?"

들춰낸다는 말이 갑자기 섬뜩한 느낌으로 내 귀에 박혔다. 지금 내 앞에 앉아 있는 사람이 한 죄인일 뿐 평소에 존경하던 선생님이 아닌 것 같았다. 선생님의 얼굴은 창백했다.

"학생은 정말 진지한 겁니까?" 하고 선생님은 확인했다. "나는 과거의 업보 때문에 남을 믿지 못해요. 그래서 실은 자네도 믿지 못하고 있지. 하지만 어쩐지 자네만은 믿고 싶군요. 자넨 의심하기엔 너무 단순해 보이니까. 난 죽기 전에 단 한 사람이라도 좋으니까 남을 믿어보고 죽고 싶어요. 학생은 그 단 한 사람이 돼줄 수 있겠습니까? 돼주겠어요? 진정 진지한 겁니까?"

"만일 제 목숨이 진실한 것이라면, 지금 제가 말씀드린 것도 진실한 것입니다."

내 목소리는 떨렸다.

"알겠어요" 하고 선생님이 말했다. "얘기해주지. 내 과거를 남김없이 자네한테 얘기해주겠어요. 그 대신…… 아니, 그건 됐고. 하지만 내 과거는 자네한테 그다지 도움이 되지 않을지도 몰라요. 듣지 않는 편이 나을지도 몰라. 그리고—지금은 얘기해줄 수 없으니까 그런 줄 알아요. 적당한 시기가 와야만 할 수 있는 얘기니까."

나는 하숙집으로 돌아와서도 어떤 압박 같은 것을 느꼈다.

32

내 논문은 교수의 눈에 내가 평가한 만큼 좋게 보이지는 않았던 듯하다. 그래도 예정대로 논문이 통과되었다. 졸업식 날, 곰팡내 나는 낡은 동복을 고리짝에서 꺼내 입었다. 졸업식장에 줄지어 있자니, 너 나할 것 없이 더워 죽겠다는 표정을 짓고 있었다. 나는 바람이 통하지 않는 두꺼운 모직으로 밀봉된 몸을 주체하지 못했다. 잠시 서 있는데도 손에 쥔 손수건이 축축해질 정도였다.

나는 졸업식이 끝나자마자 집으로 돌아와 옷을 홀랑 벗었다. 하숙집 2층 창문을 열고 졸업장을 망원경처럼 둘둘 말아 그 구멍으로 보이는 만큼 세상을 멀리 바라보았다. 그러다가 졸업장을 책상 위로 던지고 방 한가운데 큰대자로 드러누웠다. 드러누운 채 나는 자신의 과거를 돌아봤다. 또 자신의 미래를 상상했다. 그러자 그 사이에서 일획을 긋고 있는 이 졸업장이란 것이, 의미가 있는 듯도 하고 또 의미가 없는 듯도 한 이상한 종이로 여겨졌다.

그날 밤 나는 선생님 집에 저녁 초대를 받아 갔다. 전부터, 만일 내가 졸업한다면 그날의 만찬은 다른 데가 아닌 선생님네 식탁에서 함께하자고 약속해두었던 것이다.

식탁은 약속대로 응접실 툇마루 가까이에 마련되어 있었다. 빳빳하게 풀이 서고 무늬가 도드라진 식탁보가 청결하니 산뜻하게 전등 불빛을 반사시키고 있었다. 선생님 집에서 식사를 할 때면 언제나 서양요리점에서나 볼 법한 하얀 리넨 식탁보 위에 밥그릇이나 젓가락이 놓였다. 그것도 반드시 갓 세탁한 새하얀 식탁보였다.

"칼라나 커프스하고 다를 게 없지. 때가 낀 걸 쓸 바에야 차라리 애초에 색깔이 있는 걸 쓰든가. 하얀 걸 쓰려면 순백색이어야 해."

그런 말을 듣고 보니 과연 선생님은 결벽주의자였다. 서재 같은 데도 언제나 정리정돈이 잘되어 있었다. 정리정돈과 거리가 먼 내게는 선생님의 그런 성격이 가끔 눈에 확 들어오곤 했다.

"선생님은 결벽증이 있으시죠" 하고 전에 사모님한테 말했을 때, 사모님은 "하지만 옷 같은 것은 그다지 신경쓰지 않아요"라고 대답했다. 옆에서 그 말을 듣고 있던 선생님은 "사실은 난 정신적으로 결벽증이 있지요. 그래서 늘 괴롭습니다. 생각해보면 정말이지 한심한 성격이야"라고 말하며 웃었다. 정신적으로 결벽증이 있다는 건 흔히 말하는 신경질적이라는 뜻인지 아니면 윤리적으로 결벽이 심하다는 뜻인지 나로서는 알 수가 없었다. 사모님도 잘 모르는 것 같았다.

그날 밤 나는 바로 그 새하얀 식탁보를 사이에 두고 선생님과 마주 앉았다. 사모님은 우리 두 사람을 좌우에 두고, 혼자 마당이 바라다보이는 자리에 앉았다.

"축하합니다"라고 말하며, 선생님이 나를 위해 축배를 들어주었다. 나는 이 축배에 그다지 기쁨을 느끼지 못했다. 물론 내 마음 자체가 이 말에 반향을 일으킬 만큼 뛰어오를 듯한 기쁨을 누리지 못하는 것도 하나의 원인이었다. 그러나 선생님의 말투에도 결코 내 기쁨을 부추길 만큼 들뜬 어감은 담겨 있지 않았다. 선생님은 웃음 지으며 축배를 들었다. 나는 그 웃음 속에서 고약한 아이러니는 조금도 느끼지 못했다. 그와 동시에 진정으로 축하하는 마음도 읽을 수 없었다. 선생님의 웃음은 '세상 사람들은 이런 경우에 곧잘 축하한다 말하고 싶어하데요' 라고 말하는 듯했다.

사모님은 나한테 "정말 잘됐어요. 아버님, 어머님께서도 기뻐하시지요"라고 말해주었다. 나는 문득 병환중인 아버지 생각이 났다. 어서 졸업장을 갖고 가 보여드리고 싶었다.

"선생님은 졸업장을 가지고 계신가요?" 내가 물었다.

"어떻게 했더라—아직 어디에 챙겨두었으려나?" 선생님이 사모님한테 물었다.

"네, 분명히 어디 넣어두었을 거예요."

두 사람 다 졸업장이 있는 장소를 잘 모르고 있었다.

33

식사를 시작하자 사모님은 옆에 앉아 있던 하녀를 옆방으로 보내고 직접 시중을 들어주었다. 그렇게 하는 것이 가깝게 지내는 손님에 대한 선생님 집안의 관례인 것 같았다. 처음 한두 번은 나도 좀 거북했지만, 횟수가 거듭되면서 사모님에게 밥그릇을 내미는 일이 아무렇지도 않아졌다.

"차 드릴까요? 밥? 잘 드시네요."

사모님 쪽에서도 편하게 스스럼없이 말하기도 했다. 그러나 그날은 날씨가 날씨니만큼, 그렇게 놀림 받을 정도로 식욕이 동하지 않았다.

"벌써 그만 먹다뇨. 요즘 양이 많이 줄었네."

"양이 준 게 아니고요. 더워서 밥이 들어가질 않네요."

사모님은 하녀를 불러 상을 치우게 한 후, 아이스크림과 과일을 가져오게 했다.

"이거 집에서 만든 거예요."

일이 별로 없는 사모님은 손수 아이스크림을 만들어 대접할 정도로 여유가 있는 듯했다. 나는 두 번이나 더 달라고 했다.

"자네도 드디어 졸업을 했는데, 앞으로 뭘 할 생각인가요?" 하고 선생님이 물었다. 선생님은 툇마루 쪽으로 몸을 조금 움직여 문지방 옆 장지문에 기대고 있었다.

나는 그저 졸업했다는 자각만 있을 뿐, 앞으로 무엇을 하고자 하는 목적도 없었다. 선뜻 대답하지 못하는 나를 보고 사모님은 "교사?" 하고 물었다. 그 말에도 대답을 못하자, 이번에는 "그럼 관리?" 하고 또 물었다. 나도 선생님도 웃음을 터뜨렸다.

"솔직히 아직 뭘 하겠다는 생각도 없어요. 실은 직업을 가져야 한다는 생각도 전혀 해본 적이 없거든요. 무엇보다 어떤 게 좋은지 어떤 게 나쁜지 직접 경험해보지 않으면 모르니까, 선택하기 어려울 수밖에 없는 것 같아요."

"그것도 그러네요. 하지만 학생은 필시 재산이 있으니까 그런 한가한 소리를 할 수 있는 거예요. 그게, 형편이 어려운 사람 같아봐요. 그렇게 학생처럼 느긋하게 못 있죠."

내 친구 중에는 졸업하기 전부터 중학교 교사 자리를 찾던 친구가 있었다. 나는 내심 사모님의 말이 옳다고 생각했다. 하지만 이렇게 말했다.

"선생님 영향을 좀 받은 것 같습니다."

"좋은 영향을 받지 않고서." 사모님이 말했다.

선생님은 쓴웃음을 지었다.

"영향은 받아도 좋은데, 그 대신 요전에도 말한 대로 아버지가 살아계실 때 받을 재산은 받아두도록 해요. 그러지 않으면 반드시 문제가 생겨."

나는 선생님과 함께 교외로 나갔을 때 넓은 정원수 농원 안에서 얘기를 나누었던, 그 철쭉꽃이 만발했던 5월 초를 떠올렸다. 그때 돌아오는 길에 선생님이 흥분한 어조로 강조하던 말이 다시 귓가에 맴돌았다. 강렬했을 뿐만 아니라, 심지어 무시무시하기까지 한 말이었다. 하지만 사실 관계를 모르는 나로서는 이해할 수 없는 말이기도 했다.

"사모님, 댁에는 재산이 아주 많으신가요?"

"왜 그런 말을 묻죠?"

"선생님께 여쭤봐도 안 가르쳐주시니까요."

사모님은 웃으면서 선생님 얼굴을 쳐다보았다.

"가르쳐줄 만큼은 없기 때문이겠죠."

"그래도 어느 정도 있으면 선생님처럼 살 수 있는 건지, 고향에 가서 아버지한테 담판 지을 때 참고하려고 그러니까 가르쳐주세요."

선생님은 뜰 쪽을 바라보며 못 들은 척 담배를 피우고 있었다. 상대는 자연히 사모님이 되었다.

"얼마만큼 있다고 말할 정도는 아니에요. 그냥 이렇게 그럭저럭 먹고 살 수 있을 정도예요—그건 그렇다 치고 학생은 앞으로 무슨 일이든 꼭 해야 해요. 남편처럼 빈둥거리고 있으면……"

"빈둥거리고 있는 건 아니지."

선생님은 얼굴만 이쪽으로 조금 돌리고 사모님의 말을 부정했다.

34

나는 그날 밤 열시가 넘어서 선생님 집을 나왔다. 이삼일 안에 고향으로 돌아갈 생각이었으므로 나는 자리에서 일어서기 전에 잠깐 작별 인사를 했다.

"당분간 또 못 뵐 것 같습니다."

"9월에는 다시 돌아올 거죠?"

나는 이미 졸업을 했기 때문에 꼭 9월에 돌아올 필요도 없었다. 더구나 한창 더운 8월을 도쿄까지 와서 보낼 생각도 없었다. 내게는 직장을 구하기 위해 투자할 소중한 시간이란 개념이 없었다.

"아마 9월쯤이 될 겁니다."

"그럼 잘 지내다 오세요. 우리도 이번 여름엔 어디 여행을 갈지도 모른답니다. 꽤 더울 것 같으니까. 가게 되면 또 그림엽서라도 보낼 게요."

"가시게 된다면, 어디로 가실 예정인데요?"

선생님은 이런 대화를 싱긋이 웃으며 듣고 있었다.

"아니, 아직은 갈지 안 갈지도 몰라요."

자리에서 일어서려는데, 선생님은 갑자기 나를 붙잡고 "참, 아버님 병세는 좀 어떠신가요" 하고 물었다. 나는 아버지 건강에 대해서 거의 아는 바가 없었다. 고향에서 별말이 없는 한 나빠지지는 않았겠지 정도로 생각하고 있었다.

"그렇게 만만하게 여길 병이 아닙니다. 요독증이 생기면 가망이 없으니까."

나는 요독증이라는 말도 그 뜻도 몰랐다. 요전 겨울방학에 고향에서 의사와 만났을 때도 그런 용어를 전혀 듣지 못했다.

"정말로 잘 보살펴드리세요" 하고 사모님도 말했다. "독이 뇌로 퍼지면 그걸로 끝이에요. 웃을 일이 아니에요."

경험이 없는 나는 걱정을 하면서도 웃고 있었다.

"어차피 가망 없는 병이라니까 아무리 걱정해봐야 소용없겠죠."

"그렇게 각오하고 있다면 더 말할 필요도 없겠지만."

사모님은 옛날에 같은 병으로 돌아가셨다는 친정어머니 생각이라도 났는지, 가라앉은 어조로 이렇게 말하고는 고개를 숙였다. 나도 아버지의 운명이 참으로 안쓰러웠다.

그때 선생님이 갑자기 사모님을 쳐다봤다.

"시즈, 당신이 나보다 먼저 죽을까?"

"왜요?"

"왜긴, 그냥 물어보는 거지. 아니면 내가 당신보다 먼저 죽으려나. 대개는 남편이 먼저 죽고 부인이 남는 게 일반적이긴 한데 말이야."

"꼭 그렇지만도 않아요. 하지만 남자가 아무래도, 우선 나이가 더 많잖아요."

"그러니까 먼저 죽는다는 논리군. 그러면 나도 당신보다 먼저 저세상에 가겠는걸."

"당신은 특별한 경우고요."

"그럴까?"

"건강하시잖아요. 앓은 적이 거의 없고. 그러니까 뭘로 보나 제가 먼저겠죠."

"당신이 먼저일까?"

"네, 분명히 제가 먼저일 거예요."

선생님은 내 얼굴을 쳐다보았다. 나는 웃었다.

"근데 만일 내가 먼저 죽는다면 말이야. 어떻게 할래?"

"어떻게 하긴요……"

사모님은 말을 잇지 못했다. 선생님의 죽음을 상상하자 사모님의 가슴에 잠시 비애가 엄습한 모양이었다. 하지만 다시 얼굴을 들었을 때는 기분이 싹 바뀌어 있었다.

"어떻게 하긴, 뭐 할 수 없죠, 안 그래요? 노소부정老少不定이란 말도 있으니까."

사모님은 나를 보며 짐짓 농담처럼 이렇게 얼버무렸다.

35

나는 떼었던 엉덩이를 다시 붙이고 얘기가 일단락될 때까지 두 사람의 말상대를 하게 되었다.

"자네는 어떻게 생각하나요?" 선생님이 물었다.

선생님이 먼저 죽을지 사모님이 먼저 세상을 뜰지, 애당초 내가 판단할 수 있는 문제가 아니었다. 나는 그저 웃기만 했다.

"사람의 수명은 저도 잘 모르겠습니다."

"그것만은 정말로 수명 문제니까요. 태어날 때 이미 정해진 햇수를 받고 나오는 거니까 알 수 없지요. 시아버님과 시어머님은 거의 같으셨어요, 돌아가신 게."

"돌아가신 날짜가 말입니까?"

"그렇다고 날짜까지 같기야 했겠어요. 하지만 거의 비슷했어요. 뒤따라 돌아가셨죠."

이건 처음 듣는 얘기였다. 신기하게 여겨졌다.

"어쩌다 그렇게 뒤따라 돌아가셨는데요?"

사모님은 내 질문에 대답하려고 했다. 선생님은 못하게 막았다.

"그런 얘긴 그만하지, 재미없으니까."

선생님은 쥐고 있던 부채를 일부러 팔락팔락 부쳤다. 그러면서 사모님을 돌아보았다.

"시즈, 내가 죽으면 이 집 당신한테 줄게."

사모님은 웃음을 터뜨렸다.

"주시는 김에 땅도 주세요."

"땅은 내 게 아니니까 못 주지. 그 대신 내가 갖고 있는 건 전부 당신한테 줄게."

"아주 고맙네요. 하지만 꼬부랑 글씨 책들은 받아봤자 써먹을 데도 없어요."

"헌책방에 팔면 되지."

"팔면 얼마나 받는데요?"

선생님은 얼마쯤일 거라 대답하지 않았다. 하지만 선생님의 얘기는 자신의 죽음이라는 머나먼 문제에서 쉽게 벗어나지 못했다. 그리고 그 죽음은 반드시 사모님보다 먼저 찾아올 거라 가정하고 있었다(물론 장난 같은 가벼운 어조였지만). 사모님도 처음엔 실없는 농담으로 여기고 응수하는 듯이 보였다. 그러던 것이 어느새 감상적인 여자의 마음을 우울하게 만들었다.

"내가 죽으면, 내가 죽으면, 왜 자꾸 그러시는 거예요. 됐으니까 죽는단 소리는 이제 그만하세요. 불길하게. 당신이 먼저 죽으면 뭐든지 당신 원하시는 대로 해드릴 테니까, 그럼 되잖아요."

선생님은 뜰 쪽을 쳐다보며 웃었다. 그리고 사모님이 싫어하는 얘기는 더이상 하지 않았다. 나도 너무 오래 지체되자 그만 자리에서 일어섰다. 선생님과 사모님은 현관까지 나와주었다.

"아버님 잘 돌봐드리세요" 하고 사모님이 말했다.

"9월에 또 보죠." 선생님이 말했다.

나는 인사를 하고 현관문 밖으로 발을 내디뎠다. 현관과 대문 사이에 있는 잎이 무성한 물푸레나무 한 그루가, 내 발길을 가로막듯이 밤그늘 속에 가지를 치고 있었다. 나는 두세 걸음 움직이면서 거무스레한 잎으로 뒤덮인 가지들을 바라보며, 가을이 되면 필 꽃과 그 향내를 떠올렸다. 나는 전부터 마음속으로 선생님 집과 이 물푸레나무를 떼어놓을 수 없는 관계처럼 함께 기억하고 있었다. 무심코 그 나무 앞에 서서, 이 집 현관에 다시 들어설 올가을 생각으로 옮겨갔을 때, 지금까지 현관 문틈으로 새어나오던 전등 불빛이 탁 꺼졌다. 선생님 부부가 안으로 들어간 모양이다. 나는 홀로 어두운 골목으로 나왔다.

나는 곧장 하숙집으로 향하지 않았다. 고향으로 가기 전에 준비해야 할 물건들도 있었고 맛있는 음식으로 가득찬 배를 편하게 해줄 필요도 있었기 때문에 그길로 번화가 쪽으로 갔다. 거리는 아직 초저녁이었다. 볼일도 없어 보이는 남녀들이 줄줄이 오가는 사이에서, 오늘 나와 함께 졸업한 친구를 만났다. 그 친구는 나를 억지로 어느 술집으로 데리고 갔다. 나는 거기서 맥주 거품처럼 기염을 토하는 그의 상대가 돼주어야만 했다. 하숙집으로 돌아온 것은 열두시가 넘어서였다.

36

나는 그다음날도 더위를 무릅쓰고 부탁받은 물건들을 사러 다녔다. 편지로 주문을 받았을 때는 대수롭지 않게 여겼는데, 막상 나서보니 몹시 귀찮았다. 전차 안에서 땀을 닦고 있자니, 남의 시간을 뺏고 수고를 끼칠 거라는 생각을 전혀 하지 않는 시골 사람들이 밉살스러워졌다.

나는 이번 여름을 무의미하게 보내고 싶지 않았다. 고향에 가서 할 일을 미리 짜놓았기 때문에 그걸 이행하는 데 필요한 책도 구입해야 했다. 한나절은 마루젠 2층*에서 보낼 작정이었다. 나는 관련 깊은 분야의 책들이 놓인 책장 앞에 서서 처음부터 끝까지 한 권씩 점검해나

---

* 외국 서적이나 문구류 등을 취급하던 대형서점. 2층에서는 외서를 취급했다.

갔다.

사야 할 물건 중에서 가장 애를 먹은 것은 여성용 한에리*였다. 나이 어린 점원에게 얘기했더니 이것저것 꺼내서 보여주긴 했으나, 막상 사려고 하니 어떤 것을 골라야 할지 정할 수 없었다. 게다가 값도 가늠할 수 없었다. 값이 쌀 것 같아 물어보면 엄청 비싸거나, 비쌀 것 같아 묻지도 않으면 오히려 아주 싸거나 했다. 또 아무리 비교해봐도 어디서 가격 차이가 나는지 통 알 수 없기까지 했다. 정말이지 난감했다. 그리하여 왜 진작 사모님한테 도움을 청하지 않았을까 내심 후회했다.

나는 가방을 샀다. 물론 싸구려 국산품에 지나지 않았지만, 그래도 금장식 같은 게 번쩍거려 시골 사람들을 압도시키기에는 충분했다. 가방을 사라는 건 어머니의 주문이었다. 졸업하면 가방을 새로 사서 거기에 선물들을 다 넣어 가지고 오라고, 굳이 편지에 적어넣은 것이다. 그 구절을 읽으며 나는 웃음을 터뜨렸다. 어머니의 의도를 모르는 바는 아니나, 그 말이 좀 우스웠기 때문이다.

나는 선생님과 사모님에게 작별 인사를 할 때 말한 대로, 사흘 후 기차로 도쿄를 떠나 고향으로 갔다. 지난겨울 이래 아버지 병에 관해 선생님한테 여러 가지 주의사항을 들은 나는, 가장 걱정해야 할 입장이면서도, 어쩐 일인지 그 사항들을 그다지 마음에 두지 않았다. 오히려 아버지가 돌아가신 후 혼자 남을 어머니가 안쓰럽게 여겨졌다. 그럴 정도였으니까 나는 마음속 어딘가에서 이미 아버지가 돌아가실 걸 각오하고 있었던 듯하다. 규슈에 있는 형한테 보낸 편지에도, 나는 아버

---

* 기모노 속옷에 덧대는 장식용 깃.

지가 도저히 전과 같은 건강을 되찾을 가망이 없을 거라고 썼다. 한번은, 회사 업무로 바쁘겠지만 이번 여름에는 가능한 한 시간을 내서 얼굴만이라도 보이고 가라는 말까지 썼다. 게다가 노인네 두 분이서만 시골에 사니 몹시 적적하실 것이다, 우리도 자식으로서 죄송스럽기 짝이 없다는 등 감상적인 문구까지 적어넣었다. 나는 실제로 마음에서 우러나오는 대로 썼다. 하지만 쓰고 난 후의 기분은 쓸 때와는 많이 달라져 있었다.

나는 기차 안에서 그런 모순에 대해 생각했다. 생각하다보니 변덕이 심한 자신이 경박한 인간처럼 여겨졌다. 기분이 나빠졌다. 나는 또다시 선생님 부부를 떠올렸다. 특히 이삼일 전 저녁식사에 초대받았을 때의 대화를 상기했다.

"누가 먼저 죽을까?"

그날 밤 선생님과 사모님 사이에 오갔던 질문을 나는 혼자 입속으로 되뇌어보았다. 그리고 그 질문에는 어느 누구도 자신 있게 답할 수 없을 거라고 생각했다. 하지만 상대편이 먼저 죽는다는 걸 알게 된다면 선생님은 어떻게 할까. 사모님은 어떻게 할까. 선생님도 사모님도 지금 같은 생활을 해나갈 수밖에 없을 거라는 생각이 들었다(죽음이 가까워진 아버지를 고향에 두고 자식인 내가 아무것도 할 수 없는 것처럼). 나는 인간이 헛된 것임을 깨달았다. 인간의 힘으로 어쩌지 못하는, 타고난 경박성이 헛된 것임을 깨달았다.

부모님과 나

1

고향으로 돌아와서 뜻밖이라고 생각한 것은, 아버지의 건강이 요전에 봤을 때와 별반 다르지 않다는 사실이었다.

"오, 돌아왔구나. 그래도 졸업을 할 수 있어서 참 잘됐다. 잠깐 기다리거라, 얼굴 좀 씻고 오마."

아버지는 마당에 나와 뭔가를 하고 있었다. 낡은 밀짚모자 뒤에 햇빛가리개 삼아 묶어놓은 색바랜 손수건을 펄럭거리며, 우물이 있는 뒤란으로 돌아갔다.

웬만한 사람은 학교에 들어가면 졸업하는 건 당연하다고 여기던 나는, 기대 이상으로 기뻐하는 아버지를 보니 겸연쩍었다.

"졸업을 할 수 있어서 참 잘됐다."

아버지는 이 말을 몇 번이나 되풀이했다. 나는 속으로 아버지의 기뻐하는 모습과, 졸업식 날 밤 선생님 집 식탁에서 "축하합니다"라고 말했을 때의 선생님 표정을 비교했다. 입으로는 축하하면서 내심 별것 아닌 일로 여기는 선생님이, 별일도 아닌 것을 특별한 일처럼 기뻐하는 아버지보다 오히려 고상해 보였다. 나중에는 아버지의 무지에서 오는 촌스러움에 짜증이 났다.

"대학 졸업한 게 뭐 그리 대단하다고 그러세요. 졸업하는 사람이 매년 몇백 명씩이나 되는데."

나는 끝내 이런 식으로 되받았다. 그러자 아버지가 섭섭한 표정을 지었다.

"꼭 대학을 졸업했다고 잘됐다는 게 아니다. 그야 대학 졸업은 분명 잘된 일이지만, 내 말엔 좀더 다른 의미가 있느니라. 네가 그걸 이해해준다면……"

나는 그다음 말을 기다렸다. 아버지는 말하고 싶지 않은 듯했으나, 이윽고 이렇게 말했다.

"결국은 나한테 잘됐다는 얘기다. 너도 알다시피 난 병자 아니냐. 작년 겨울에 널 봤을 때, 이제 서너 달 더 견디려나 생각했었지. 그랬는데 다행히 운이 좋아 지금까지 이렇게 살아 있잖냐. 거동이 불편해지지도 않고 이렇게. 그런 참에 네가 졸업까지 했다. 그러니 기쁘지 않겠냐. 애지중지 키운 아들이 내가 죽고 없을 때 졸업하는 것보다 아직 멀쩡할 때 졸업해주는 게 부모 입장에서는 기쁜 거란다. 배운 게 많은 너야 그깟 대학 졸업한 것 가지고 잘됐다, 잘됐다 하니 듣기 싫겠지. 하지만 입장을 바꿔 생각해보려무나, 생각이 달라질 게다. 그러니까 이번 졸업은 너보다도 나한테 잘된 일인 게야. 알았느냐?"

나는 한마디도 하지 못했다. 너무 죄송해서 용서도 빌지 못하고 고개를 숙였다. 아버지는 괜찮은 듯이 행동하면서도 죽음을 각오하고 있었던 모양이다. 그것도 내가 졸업하기 전에 죽을 거라고 생각했던 것 같다. 내 졸업이 아버지에게 얼마나 중요한 일이었는지 짐작도 못하다니 나는 정말이지 바보였다. 나는 가방 안에서 졸업장을 소중한 물건 다루듯 꺼내 아버지와 어머니에게 내밀었다. 졸업장은 뭔가에 눌려 원래 모습을 잃고 있었다. 아버지는 접힌 곳을 정성스레 폈다.

"이런 건 말아서 손에 들고 와야지."

"안에 심이라도 넣고 오면 좋았을걸" 하고 어머니도 옆에서 거들었다.

아버지는 잠시 졸업장을 바라보더니 일어나 도코노마*로 가지고 가서, 누구든 금방 볼 수 있는 정면에 세워놓으려고 했다. 평소의 나 같으면 바로 한마디했겠지만, 그때는 평소의 내가 아니었다. 아버지나 어머니의 뜻에 거역할 마음이 조금도 들지 않았다. 나는 잠자코 아버지가 하는 대로 보고만 있었다. 질 좋은 담황색 종이로 만든 졸업장은 한번 접힌 자국이 생기니 아버지 뜻대로 되지 않았다. 적당한 위치에 놓자마자 제풀에 쓰러져버렸다.

---

* 객실 한쪽에 바닥을 높여 만든 공간. 족자를 걸거나 꽃꽂이를 놓는다.

2

나는 어머니를 따로 불러 아버지 병세에 대해 물어봤다.

"아버지는 기운이 나시는지 저렇게 마당에 나가시거나 움직이시는데, 그래도 괜찮으신가요?"

"이제 아픈 데가 없으신 모양이야. 거의 다 나았나봐."

어머니는 의외로 태평했다. 도시에서 멀리 떨어진 산골이나 농촌에 사는 여인네들이 그렇듯이, 어머니도 그런 병에 대해서는 전혀 아는 바가 없었다. 그렇지만 요전에 아버지가 졸도했을 때만 해도 그토록 놀라고 그토록 걱정하더니, 하고 나는 혼자 속으로 이상하게 여겼다.

"하지만 의사 선생님은 그때 아무래도 어렵겠다고 선고했잖아요."

"그러니까 사람 몸만큼 불가사의한 것도 없는 것 같아. 그만큼 의사 선생님이 어렵다고 했는데, 지금까지 쌩쌩하시니 말이다. 나도 처음엔 걱정돼서, 되도록 몸을 움직이면 안 된다고 생각했지. 근데 알잖냐, 아버지 성격을. 조심은 하시지만 고집이 세니까. 본인이 괜찮다고 생각하면 내 말은 당최 들으려고 하지 않으셔."

나는 일전에 돌아왔을 때 굳이 이불을 개키게 하고 수염을 깎았던 아버지의 모습과 행동을 떠올렸다. "이제 괜찮다. 괜히 네 엄마가 수선을 피우는 것뿐이다"라고 했던 그때의 아버지 말을 생각해보면, 꼭 어머니만 탓할 일도 아니었다. '그래도 옆에서 조금은 조심하라고 시키셔야죠' 하고 말하려던 나는, 결국 꾹 참고 아무 말도 하지 않았다. 그저 아버지의 병에 대해 내가 알고 있는 지식 전부를, 가르치듯이 일러주었다. 물론 그 대부분은 선생님과 사모님한테서 들은 정보에 지나지 않았다. 어머니는 별로 흥미로워하지도 않았다. 그저 "어머나, 같은 병이었단 말이지. 안됐구나. 몇에 돌아가셨다던? 그분은" 같은 질문만 했다.

나는 할 수 없이 어머니는 놔두고 아버지한테 직접 얘기하러 갔다. 아버지는 나의 조언을 어머니보다는 진지하게 들어주었다. "옳은 말이다, 네 말대로야. 하지만 내 몸은 어차피 내 몸이고, 내 몸을 관리하는 법은 오랜 경험상 나 자신이 제일 잘 알고 있지 않겠냐" 하고 말했다. 그 얘기를 들은 어머니는 쓴웃음을 지으며 "그거 봐라" 하고 말했다.

"근데 말씀은 그렇게 하셔도 아버진 각오하고 계시던데요. 이번에 제가 졸업하고 돌아온 걸 아주 기뻐하시는 것도 바로 그래서예요. 살아 있는 동안엔 졸업하지 못할 거라고 생각했는데, 건강할 때 졸업장을 갖고 왔으니 그게 기쁘다고 아버지가 직접 말씀하시더라고요."

"그야 입으로는 그렇게 말씀하시지만 말이다. 속으로는 아직 괜찮은 줄 알고 계시단다."

"그런가요."

"아직 십 년이고 이십 년이고 버틸 수 있다고 생각하시지. 하긴 가끔은 나한테도 불안해하는 말씀을 하시지만 말이다. 나도 이 상태로는 오래 못 갈 거다, 내가 죽으면 당신은 어떻게 할 거냐, 혼자서 이 집에 살 생각이냐, 하면서."

나는 갑자기 아버지가 죽고 어머니 혼자 남았을 때의, 넓고 오래된 시골집을 상상해보았다. 이 집에서 아버지 한 사람이 빠져도, 이제까지처럼 유지되어갈까. 형은 어떻게 할까. 어머니는 뭐라고 하실까. 그런 생각을 하는 나는 이 집을 떠나 도쿄에서 맘 편히 살아갈 수 있을까. 나는 눈앞에 있는 어머니를 보면서 선생님의 충고—아버지가 건강하실 때 상속 받을 것은 받아두라고 한 충고를 문득 떠올렸다.

"뭐, 자기 입으로 죽는다, 죽는다 하는 사람치고 죽는 사람 못 봤으니까 안심은 된다만. 아버지도 죽는다, 죽는다 하면서 앞으로 몇 년이나 더 사실지 누가 아냐? 그것보다도 별말 없이 건강한 사람이 더 위험할 수도 있지."

나는 논리에서 나온 건지 통계에서 나온 건지 알 수 없는 이 진부한 어머니의 말을 묵묵히 듣고 있었다.

3

나를 위해 팥밥을 지어* 손님을 초대하자는 얘기가 어머니와 아버지 사이에서 나왔다. 귀향한 그날부터 꼭 이런 일이 생길 것만 같아 나는 속으로 은근히 겁먹고 있었다. 나는 즉각 반대했다.

"너무 유난 떨고 그러지 마세요."

나는 시골 손님들이 싫었다. 먹고 마시는 일을 최종 목적으로 찾아오는 그치들은 뭐든 건수만 있다면 좋아라 하는 사람들뿐이었다. 나는 어렸을 때부터 그들 사이에 끼는 게 괴로웠다. 더군다나 그 사람들이 나를 위해 오게 된다면 내 고통은 한층 더 심해질 게 뻔했다. 하지만 부모님 앞에서 그런 야비한 사람들을 불러모아 잔치를 벌이는 건 그만

---

* 일본에서는 축하할 일이 있을 때 팥밥을 짓는다.

두자고 말하기는 어려웠다. 그래서 그냥 너무 유난 떨지 말자고만 주장했다.

"자꾸 유난 떤다고 하는데, 뭐가 유난이라는 거냐? 일생에 두 번 있는 일도 아니잖니, 손님을 초대하는 건 당연한 거야. 한사코 안 하겠다는 건 또 뭐냐."

어머니는 나의 대학 졸업을 마치 며느리라도 얻은 것만큼이나 큰 경사로 받아들이는 모양이었다.

"잔치를 안 해도 되지만, 안 하면 또 안 한다고들 야단이니까."

이건 아버지의 말이었다. 아버지는 동네 사람들이 뒤에서 수군거릴 일을 염려하고 있었다. 실제로 이런 때에 예측한 대로 일이 돌아가지 않으면 금방 흉을 볼 사람들이었다.

"도쿄와는 달리 시골 사람들은 말이 많으니까."

아버지는 이런 말도 했다.

"아버지 체면도 있고." 어머니도 덧붙였다.

나는 내 고집만 부릴 수도 없었다. 하여간 두 분이 하시고 싶은 대로 두는 게 좋겠다는 생각이 들었다.

"제 말은 절 위해서라면 하지 마시라는 거예요. 뒤에서 뭐라고 하는 게 듣기 싫으시다면 그건 또 얘기가 다르죠. 어머니와 아버지께 누가 되는 일을 제가 왜 굳이 고집을 부리겠어요."

"무슨 말이 그리 많으냐?"

아버지는 못마땅한 표정을 지었다.

"뭐 꼭 너를 위해서만 하는 건 아니라고 아버지가 말씀하신 건 아니지만, 너도 사람 사는 도리 정도는 알고 있잖니."

일이 이쯤 되니 어머니는 역시 여자인 만큼 종잡을 수 없는 소리를 했다. 말수로는 아버지와 나 두 사람을 합쳐도 못 당해낼 만큼 길게.

"공부를 많이 시켜놓으면 사람이 일일이 따지게 되는 게 문제야."

아버지는 그저 이 말밖에 하지 않았다. 하지만 나는 이 짧은 말 속에서 아버지가 평소 내게 품고 있던 불만이 무엇인지 알았다. 나는 그때 내 말이 버릇없었다는 생각은 못하고, 아버지의 불만만 언짢게 여겼다.

아버지는 그날 밤 다시 마음을 바꿔, 손님은 언제 부르는 게 좋겠느냐고 내 사정을 물어보러 왔다. 사정이 좋고 나쁘고를 따질 것 없이 그저 오래된 시골집에서 빈둥거리며 지내고 있는 내게 그렇게 물어본다는 건, 아버지가 내게 지고 들어온다는 얘기였다. 나는 너그러운 아버지에게 두말 않고 꼬리를 내렸다. 나는 아버지와 의논하여 잔치 날짜를 정했다.

그날이 되기도 전에 나라에 큰일이 생겼다. 메이지 천황이 병석에 누웠다는 소식이었다.* 신문을 통해 즉각 전국에 알려진 이 사건은, 약간의 우여곡절을 거쳐 겨우 성사되려던 한 시골집의 졸업 축하 잔치를 먼지처럼 가볍게 날려버렸다.

"아무래도 안 하는 게 좋겠구나."

안경을 쓰고 신문을 보던 아버지가 이렇게 말했다. 아버지는 속으로 자신의 병 생각까지 하고 있는 듯했다. 나는 바로 얼마 전 졸업식장에 예년대로 행차했던 천황 폐하를 떠올렸다.

---

* 메이지 45년(1912) 7월 20일, 궁내성은 메이지 천황이 요독증으로 혼수상태에 빠졌다고 발표했다.

4

몇 안 되는 식구에게는 지나치게 넓고 오래된 시골집이 쥐죽은듯 고요한 가운데, 나는 고리짝을 열고 책을 꺼내 읽기 시작했다. 왜 그런지 마음이 안정되지 않았다. 정신 없이 돌아가는 도쿄의 하숙집 2층에서, 달리는 전차 소리를 아득하게 들으며 책장을 한 장 한 장 넘기던 때가 훨씬 더 의욕적으로 맘 편하게 공부할 수 있었다.

나는 툭하면 책상에 엎드려 졸았다. 때로는 베개까지 꺼내다 아예 낮잠을 자기도 했다. 잠이 깨면 매미 소리가 들렸다. 비몽사몽간에 듣는 매미 소리는 별안간 귀청을 따갑게 때렸다. 그 소리를 가만히 듣고 있자면 이따금 슬퍼졌다.

나는 펜을 들고 이 친구 저 친구에게 짧은 엽서나 긴 편지를 썼다. 어떤 친구는 도쿄에 남아 있었다. 또 어떤 친구는 멀리 고향에 가 있었다. 답장을 주는 친구도 있었고, 소식이 없는 친구도 있었다. 물론 나는 선생님을 잊지 않았다. 원고지에 가는 글씨로 세 장 정도, 고향에 돌아온 후의 나를 주제 삼아 적어 보내기로 했다. 봉투를 봉하면서 선생님이 과연 아직 도쿄에 계실지 궁금해졌다. 선생님이 사모님과 함께 집을 비우는 경우에는, 으레 쉰쯤 된 기리사게*의 여인이 와서 집을 봐주곤 했다. 내가 언젠가 선생님한테 누구냐고 물어보자 선생님은 누구일 것 같으냐고 되물었다. 나는 그 사람을 선생님의 친척으로 착각했다. 선생님은 "난 친척이 없어요" 하고 말했다. 선생님은 고향에 있는

---

* 머리카락을 어깨 길이만큼 자르고 뒤쪽으로 묶어 늘어뜨린 머리형. 에도 시대부터 메이지 시대까지, 남편을 잃은 무사 가문의 여자가 이런 머리형을 했다.

친척들하고 일절 소식을 끊고 살았다. 내가 궁금해하던, 집 봐주러 오는 그 여인은 선생님과는 연관이 없는 사모님 쪽 친척이었다. 나는 선생님에게 편지를 보낼 때, 폭 좁은 오비를 뒤로 대충 묶은 그 사람의 모습을 문득 떠올렸다. 만약 선생님과 사모님이 어딘가 피서라도 떠난 다음에 이 편지가 도착한다면, 기리사게를 한 그 할머니는 편지를 선생님의 행선지까지 배달시킬 만큼 재치가 있고 친절할까, 하는 생각을 했다. 기실 그 편지에는 이렇다 하게 중요한 용건도 쓰여 있지 않다는 걸 나는 잘 알고 있었다. 단지 외로울 뿐이었다. 그래서 선생님한테서 답장이 오길 기대했다. 하지만 답장은 끝내 오지 않았다.

아버지는 지난겨울에 내가 돌아왔을 때만큼 장기를 두고 싶어하지 않았다. 장기판은 먼지가 쌓인 채 도코노마 구석에 치워져 있었다. 특히나 천황 폐하의 발병 이후 아버지는 가만히 생각에 잠겨 있는 듯 보였다. 날마다 신문이 오길 기다렸다가 제일 먼저 읽었다. 다 읽은 후에는 굳이 내게 갖다주었다.

"읽어보거라. 오늘도 천자님에 대해 자세히 나와 있다."

아버지는 천황 폐하를 항상 천자님이라고 불렀다.

"황송하게도 천자님 병도 내 병과 비슷한 것 같구나."

이렇게 말하는 아버지 얼굴에는 어두운 근심이 깔려 있었다. 이런 말을 들은 내 가슴에는 아버지가 언제 또 쓰러질지 모른다는 걱정이 스쳤다.

"하지만 좋아지시겠지. 나처럼 보잘것없는 사람도 아직 이렇게 팔팔하니까."

아버지는 자신이 건강하다고 보증하면서도, 당장에라도 닥칠지 모르는 위험을 예감하고 있는 듯했다.

"아버지는 병을 무척 두려워하고 계세요. 어머니가 말씀하신 것처럼 십 년이고 이십 년이고 살 생각은 아니신 것 같던데요."

어머니는 내 말을 듣고 당혹스러운 표정을 지었다.

"그럼 또 장기라도 좀 두자고 말해보렴."

나는 도코노마에서 장기판을 꺼내 먼지를 닦았다.

5

아버지의 기력은 점점 떨어져갔다. 나를 놀라게 했던, 손수건을 덧댄 낡은 밀짚모자는 자연히 쓸 일이 없어졌다. 나는 거무스름하게 바랜 채 선반 위에 놓인 그 모자를 볼 때마다 아버지가 안쓰러웠다. 아버지가 예전처럼 가볍게 몸을 움직일 때는 좀더 쉬면 좋을 텐데 하고 걱정했다. 아버지가 꿈쩍도 않게 되자, 역시 건강하니까 움직일 수 있었던 거라는 생각이 들었다. 나는 아버지의 건강에 대해 어머니와 자주 얘기했다.

"심적 타격이 커서 그래" 하고 어머니가 말했다. 어머니는 천황 폐하의 병과 아버지의 병을 관련지어 생각했다. 나는 꼭 그렇게 생각되지만은 않았다.

"심적 타격만은 아니에요, 정말로 몸이 안 좋아지신 건 아닐까요? 아무래도 정신 쪽보다 육체적 건강이 더 나빠지신 것 같은데."

나는 이렇게 말하면서, 속으로 다시 한번 멀리서 용한 의사라도 불러 한번 봐달라고 할까 고민했다.

"올여름은 너도 재미없겠구나. 어렵게 졸업을 했는데, 축하 잔치도 못하고 아버지도 저런 상태시니. 그런데다 천자님도 자리보전하고 계시고—차라리 네가 집에 오자마자 잔치를 할 걸 그랬다."

내가 귀향한 날이 7월 5일인가 6일이었고, 아버지와 어머니가 내 졸업 축하 잔치를 하자는 말을 꺼낸 게 그로부터 일주일 뒤였다. 그리고 마침내 정한 날짜는 또 일주일도 더 뒤였다. 시간에 구애받지 않는 느긋한 시골 생리 덕분에 나는 원하지 않는 사교의 고통에서 벗어난 거나 마찬가지였는데, 나를 이해 못하는 어머니는 그런 내 기분을 전혀 눈치채지 못하는 것 같았다.

천황 폐하의 승하 소식이 보도되었을 때, 아버지는 신문을 손에 들고 "아아, 아아" 하고 탄식했다.

"아아, 아아, 천자님도 끝내 승하하셨구나. 나도……"

아버지는 그다음 말을 잇지 못했다.

나는 검정색 얇은 천을 사러 읍내로 나갔다 왔다. 그 천으로 깃봉을 감싸고 천을 9센티미터 폭으로 길게 잘라, 깃대 끝에 매달아서 대문 옆에 비스듬히 꽂아놓았다. 국기도 까만색 오라기도 바람 없는 공기 속에 축 늘어졌다. 우리집의 오래된 대문 지붕은 엮은 짚으로 덮여 있었다. 비를 맞고 바람에 시달린 짚단은 오래전에 변색되어 엷은 잿빛으로 바랜데다 여기저기가 울퉁불퉁했다. 나는 혼자 문밖으로 나가 까만색 오라기와, 하얀색 모슬린 천과, 그 안에 그려진 빨간색 원을 바라보았다. 깃발들이 지저분한 초가지붕을 배경으로 늘어선 모습도 바라보았다. 전에 선생님이, "학생네 집은 어떤 구조로 되어 있나요? 우리 고향과는 많이 다르려나"라고 묻던 일이 떠올랐다. 나는 내가 태어난 이 오래된 집을 선생님에게 보이고 싶었다. 그와 동시에 선생님에게 보이는 게 부끄럽기도 했다.

나는 다시 혼자 집안으로 들어갔다. 내 책상이 있는 방으로 가서 신문 기사를 읽으며 머나먼 도쿄를 이래저래 상상했다. 일본에서 제일 큰 도시가 얼마나 어두운 분위기 속에서 어떻게 움직여갈까 상상으로 화면들을 그려보았다. 나는 그 까만 물결 속에서도 움직이지 않으면 안 되는 도시의 불안과 어수선함 속에서 한 점의 등불 같은 선생님 집을 봤다. 나는 그때 그 등불이 소리 없는 소용돌이 속으로 휘말려들어가는 걸 알아차리지 못했다. 얼마 지나지 않아 그 불빛 역시 획 꺼지고 말 운명을 눈앞에 두고 있다는 것 역시 알아차리지 못했다.

나는 이번 사건에 대해 선생님에게 편지를 쓰려고 붓을 들었다. 열 줄 정도 쓰다가 그만두었다. 쓴 것은 갈기갈기 찢어 쓰레기통에 던져버렸다(선생님한테 그런 글을 써 보내봤자 소용도 없을 테고, 전례로 미루어보아 아무래도 답장을 줄 것 같지도 않아서). 나는 외로웠다. 그래서 편지를 쓴 것이다. 답장이 오길 바란 것도 그 때문이었다.

6

8월 중순경에 나는 한 친구한테서 편지를 받았다. 그 편지에는 지방 중학교의 교사 자리가 났는데 가지 않겠느냐고 쓰여 있었다. 경제적인 이유로 그런 자리를 직접 알아보고 다니던 친구였다. 이 자리도 처음에는 자기한테 온 것인데, 더 좋은 지방에 가기로 정해져 남은 자리를 내게 주려고 일부러 알려준 것이었다. 나는 즉시 답장을 써서 거절했다. 친구들 중에는 교사 자리를 얻으려고 몹시 애쓰는 이도 있으니 그런 사람한테 알려주면 고마워할 것이라고 썼다.

답장을 보낸 다음, 나는 아버지와 어머니에게 그 얘기를 했다. 아버지나 어머니나 내가 거절한 일에 이의는 없는 듯했다.

"그런 데까지 안 가도, 앞으로 좋은 자리가 나오겠지."

이렇게 말해주는 이면에서 나는 부모님이 내게 과분한 희망을 걸고 있다는 사실을 읽었다. 세상 물정에 어두운 부모님은 갓 졸업한 내게 과분한 지위와 수입을 기대하고 있는 것 같았다.

"좋은 자리라고 해도, 요즘은 그렇게 입에 맞는 자리가 좀처럼 없어요. 특히 형하고 저는 전공도 다르고 시대도 다르니까, 저희를 똑같이 취급하시면 곤란합니다."

"하지만 대학을 졸업한 이상 적어도 독립해서 살아가지 않으면 우리도 곤란하다. 남들이 댁의 둘째아들은 대학 졸업하고 나서 뭘 하느냐고 물었을 때 대답도 못해서야 어디 얼굴을 들고 다니겠냐."

아버지는 얼굴을 찌푸렸다. 아버지의 사고방식은 오래 살아온 마을 밖으로 나갈 줄 몰랐다. 동네 사람들한테 대학을 졸업하면 월급은 얼마나 받을 수 있는 거냐는 질문을 받기도 하고, 한 백 엔 정도는 되는 거냐는 소리를 듣기도 한 아버지는, 그런 사람들에게 체면이 설 수 있도록, 졸업하자마자 내가 취직해주기를 바라고 있는 것이다. 부모 입장에서 보면, 드넓은 수도를 근거지로 삼으려는 나는, 마치 거꾸로 서서 걸어다니는 괴이한 인간과 다를 바 없었다. 나도 사실 그런 인간 같다는 생각이 들 때가 있었다. 내 생각을 솔직하게 밝히기에는 너무도 거리감이 있는 아버지와 어머니 앞에서 나는 잠자코 있을 수밖에 없었다.

"이럴 때야말로 네가 선생님, 선생님 하고 찾는 분한테 부탁드리면 안 되겠니?"

어머니는 선생님을 그런 식으로밖에 받아들이지 못했다. 그 선생님은 나한테 고향으로 돌아가면 아버지 살아생전에 빨리 재산을 분배받으라고 권유하던 사람이었다. 졸업을 했으니 취직자리를 알아봐주겠다고 나설 사람이 아니었다.

"그 선생님은 뭘 하시는 분이냐?" 아버지가 물었다.

"아무 일도 안 하세요." 내가 대답했다.

나는 훨씬 전부터 선생님이 아무 일도 안 한다는 사실을 아버지한테도 어머니한테도 말해두었다. 그러니 아버지는 아마도 그 사실을 기억하고 있을 터였다.

"아무 일도 안 한다니, 또 무슨 까닭이 있기에? 네가 그토록 존경할 정도의 사람이라면 뭔가 하고 있을 법도 하다만."

아버지는 이렇게 말하며 빈정거렸다. 아버지 생각으로는, 쓸모 있는 사람은 모두 세상에 나가 걸맞은 자리에서 일하는 법이다. 필경 쓸모가 없는 사람이니까 놀고 있는 거라는 결론을 내린 것 같았다.

"나 같은 사람도, 월급은 안 받을지언정 놀고먹진 않는다."

아버지는 이런 말도 했다. 나는 그래도 여전히 입을 다물었다.

"네가 말하는 것처럼 훌륭한 분이라면, 분명히 어떤 자리든 찾아주실 게다. 부탁은 해봤니?" 하고 어머니가 물었다.

"아뇨" 하고 나는 대답했다.

"그러니까 가만히 계시나보다. 왜 부탁을 안 하는 게야. 편지라도 보내보렴."

"네."

나는 건성으로 대답하고 그 자리에서 나왔다.

7

아버지는 병세가 악화되는 것을 눈에 띄게 두려워했다. 그렇다고 의사가 올 때마다 귀찮게 물어서 상대방을 곤란하게 만드는 성격도 아니었다. 의사도 조심하며 아무 말도 하지 않았다.

아버지는 사후의 문제를 생각하고 있는 듯했다. 적어도 자기가 죽고 없을 때의 집안일을 상상해보는 것 같았다.

"자식들을 공부시키는 게 좋다고만 할 수도 없구나. 어렵게 공부를 시켜놓으면 도통 집으로 돌아오려고 하지 않으니, 이래서야 부모자식 사이를 뚝 떼어놓기 위해 공부시킨 것과 뭐가 다르냐."

학문을 한 결과 형은 지금 먼 지역에 살고 있다. 교육을 받은 탓에 나 또한 도쿄에서 살 각오를 다졌다. 자식들을 이렇게 키운 아버지가 푸념하는 것도 무리는 아니었다. 오랫동안 살아온 시골집에 오직 홀로 남겨질 어머니를 그려본 아버지의 상상은 당연히 쓸쓸한 내용일 수밖에 없었다.

우리집은 움직일 수 없는 것이라고 아버지는 믿어 의심치 않았다.

그 집에 사는 어머니 또한 목숨이 붙어 있는 한 움직일 수 없는 것이라고 믿고 있었다. 자기가 죽은 다음에 이 외로운 아내를 텅 빈 집에 혼자 남겨두는 것 역시 너무나도 불안했다. 그러면서도 도쿄에서 좋은 직장을 구하라고 나한테 강요하고 싶어하는 아버지의 머리에는 모순이 있었다. 나는 그 모순을 의아하게 여기면서도, 그 덕에 도쿄로 갈수 있게 된 것을 기뻐했다.

나는 부모님 앞에서는 직장을 구하기 위해 가능한 한 노력을 다하고 있는 것처럼 가장하지 않을 수 없었다. 나는 선생님에게 편지를 써서, 집안 사정을 자세히 설명했다. 혹시 내 능력으로 할 수 있는 일이 있다면 뭐든지 할 테니까 알선해달라고 부탁했다. 선생님이 내 부탁을 들어주지 않을 거라고 생각하면서도 이 편지를 썼다. 한편으로는 들어주려고 한들 세상과 단절하다시피 사는 선생님으로서는 어쩔 수 없으리라고 생각하면서도 이 편지를 썼다. 그러면서도 선생님한테서 내 편지에 대한 답장이 꼭 오리라고 믿으며 썼다.

편지를 봉해서 부치기 전에 나는 어머니한테 물었다.

"어머니 말씀대로 선생님한테 편지를 썼어요. 한번 읽어보세요."

어머니는 내 예상대로 편지를 읽지 않았다.

"썼니? 그럼 빨리 부치렴. 그런 건 누가 시키지 않더라도 미리미리 네가 알아서 했어야지."

어머니는 나를 아직 어린애로 여겼다. 나도 실제로 아이가 된 듯한 느낌이 들었다.

"하지만 편지를 썼다고 해결되는 건 아녜요. 어차피 제가 9월쯤에 도쿄로 가야 할 거예요."

"그야 그럴지도 모르겠다만, 또 어쩌면 좋은 자리가 날지도 모르는 일이니 미리 부탁해둬서 나쁠 건 없잖니."

"네. 하여튼 답장이 꼭 올 테니까, 오면 그때 다시 얘기해요."

나는 이런 일에서는 빈틈없는 선생님을 믿고 있었다. 선생님한테서 답장이 오길 은근히 기다렸다. 하지만 내 기대는 끝내 빗나갔다. 선생님한테서는 일주일이 지나도록 아무 소식도 오지 않았다.

"아마 어디 피서라도 가신 모양이에요."

나는 어머니에게 변명 비슷한 말을 해야만 했다. 그리고 그 말은 어머니에게 하는 변명이자 내 마음에게 하는 변명이기도 했다. 억지로라도 어떤 사정을 가정해 선생님의 무응답을 변호하지 않고는 불안한 마음을 떨칠 수 없었다.

나는 가끔 아버지가 병에 걸렸다는 사실을 잊었다. 차라리 하루빨리 도쿄로 가버릴까 하는 생각도 했다. 아버지 본인도 병에 걸렸다는 사실을 잊곤 했다. 미래를 걱정하면서도 미래에 대한 대책은 전혀 세우지 않았다. 나는 끝내 선생님이 충고한 재산 분배 문제를 아버지한테 꺼낼 기회조차 얻지 못했다.

8

9월 초가 되자 나는 드디어 다시 도쿄로 떠나기로 했다. 아버지에게는 당분간 여태 학비를 보내준 것처럼 지원해달라고 부탁했다.

"여기서 이러고 있어봤자 아버지가 원하시는 직장을 구할 수 있는 것도 아니니까요."

나는 아버지가 바라는 직장을 구하러 도쿄로 간다는 양 말했다.

"물론 취직자리가 생길 때까지만 부탁드려요"라고도 했다.

나는 내심 그런 자리는 결코 내 차례까지 돌아오지 않을 것이라고 생각했다. 하지만 세상 돌아가는 사정에 어두운 아버지는 어디까지나 그 반대 상황을 믿고 있었다.

"그야 짧은 기간 동안일 테니 어떻게든 마련해보마. 그 대신 길어지면 안 된다. 좋은 직장을 구하는 즉시 독립해야 해. 원래는 학교를 나오면, 나온 다음날부터 남의 도움 없이 살아가야 하는 법이다. 요즘 젊은 애들은 돈 쓸 줄만 알았지, 돈 벌 생각은 전혀 안 한다니까."

아버지는 이 밖에도 이런저런 잔소리를 했다. 그중에는 "옛날에는 자식들이 부모를 먹여살렸는데, 요즘 부모는 자식들 부양만 하다 끝난다니까"라는 말도 있었다. 나는 그런 말들을 묵묵히 듣고만 있었다.

잔소리가 한바탕 끝났나 싶었을 때, 나는 조용히 그 자리에서 나오려고 했다. 아버지는 언제 가느냐고 물었다. 나로서는 빠르면 빠를수록 좋았다.

"어머니한테 날을 봐달라고 하거라."

"그러겠습니다."

그때의 나는 아버지 앞에서 몹시 다소곳했다. 가능하면 아버지의 심기를 건드리지 않고 고향을 떠나고 싶었다. 아버지는 또다시 나를 붙들었다.

"네가 도쿄로 가고 나면 우리집은 또다시 적적해지겠지. 사는 사람이라곤 나하고 네 어머니뿐이니까. 내 몸이라도 성하면 좋을 텐데, 지금 상태로는 언제 어떤 일이 갑자기 생길지도 모르고."

나는 성심껏 아버지를 위안하고 내 책상이 있는 방으로 돌아왔다. 흩어져 있는 책들 사이에 앉아, 허전해하던 아버지의 모습과 말을 몇 번이고 반추해봤다. 그때 또 매미 우는 소리를 들었다. 그 소리는 요전까지 들어왔던 소리와는 다른, 쓰르라미 소리였다. 여름에 고향으로 내려와 귀 따가운 매미 소리를 가만히 앉아서 듣고 있노라면, 어쩐지 슬퍼지는 일이 종종 있었다. 내 애수는 언제나 이 곤충의 격렬한 울음 소리와 함께 마음속 깊이 파고드는 듯이 느껴졌다. 그럴 때면 나는 언제나 혼자 꼼짝 않고 자기 자신을 응시했다.

내 애수는 이번 여름 귀향한 후부터 점차 정조情調가 바뀌어갔다. 유지매미 소리가 쓰르라미 소리로 바뀌듯, 나를 둘러싼 사람들의 운명이 커다란 윤회 속에서 조금씩 움직여가는 것 같았다. 적적해 보이는 아버지의 모습과 말을 반추하면서, 편지를 보내도 답장을 주지 않는 선생님을 다시 떠올렸다. 선생님과 아버지는 정반대의 인상을 준다는 점에서, 서로 비교될 때도 연상될 때도 함께 내 머릿속에 떠오르곤 했다.

나는 아버지에 대해 거의 모든 것을 알고 있었다. 만일 아버지를 떠난다면, 부모자식간의 애틋한 미련이 남을 뿐이다. 선생님에 대해서는 아직 모르는 게 많았다. 얘기해주겠다고 약속한 선생님의 과거도 아직 들을 기회가 없었다. 요컨대 선생님은 내겐 어슴푸레한 어둠이었다. 나는 꼭 그 어둠을 통과하여 밝은 데로 나가야만 직성이 풀릴 것 같았다. 선생님과 관계가 끊어지는 건 내게 크나큰 고통이었다. 나는 어머니한테 좋은 날짜를 잡아달라고 하여 도쿄로 떠날 날짜를 정했다.

9

드디어 내가 떠날 날이 다 되었을 때(아마도 이틀 전 저녁 무렵이었을 텐데), 아버지는 또 갑자기 쓰러졌다. 나는 그때 책과 옷가지를 챙겨넣은 고리짝을 끈으로 꽁꽁 묶고 있던 참이었다. 아버지는 목욕을 하고 있었다. 아버지 등을 씻어주러 들어간 어머니가 큰 소리로 나를 불렀다. 나는 알몸으로 어머니에게 안겨 있는 아버지를 보았다. 그래도 방으로 옮겨오자 아버지는 이제 괜찮다고 말했다. 나는 만일의 경우를 대비해 머리맡에 앉아서 찬 물수건으로 아버지 머리를 식히다가, 아홉시쯤이 되어서야 겨우 저녁을 먹는 둥 마는 둥 했다.

다음날이 되자 아버지는 걱정했던 것보다 기력을 많이 회복했다. 말리는 것도 듣지 않고 걸어서 변소에도 갔다.

"이제 괜찮다."

아버지는 작년 말 쓰러졌을 때 내게 했던 말을 또 반복했다. 그때는 아버지가 말한 대로 정말 괜찮았다. 나는 어쩌면 이번에도 그럴지 모르겠다고 생각했다. 하지만 의사는 오직 조심하는 길만이 최선이라고 주의를 줄 뿐, 아무리 물어도 더이상 설명해주지 않았다. 나는 불안한 마음에 출발 날짜가 다 되도록 도쿄로 떠날 생각을 못하고 있었다.

"아버지 상태를 좀더 보고 나서 떠날까봐요."

"그렇게 해다오" 하고 어머니가 부탁했다.

어머니는 아버지가 앞마당에 나가거나 뒤란으로 내려가거나 할 기운이 있을 때는 아무 걱정도 하지 않다가, 이런 일이 일어나면 또 필요 이상으로 걱정하거나 마음을 졸이거나 했다.

"넌 오늘 도쿄로 가기로 했던 것 아니냐?" 하고 아버지가 물었다.

"네, 좀 미뤘습니다." 내가 대답했다.

"나 때문이냐?" 아버지가 또 물었다.

나는 잠깐 주저했다. 그렇다고 하면 아버지 병이 위중하다고 입증하는 거나 마찬가지였다. 나는 아버지의 신경을 예민하게 만들고 싶지 않았다. 하지만 아버지는 내 심중을 잘 간파하고 있는 듯했다.

"미안하구나"라고 하며 마당으로 눈길을 돌렸다.

나는 내 방으로 돌아와, 방바닥에 아무렇게나 놓여 있는 고리짝을 바라보았다. 고리짝은 언제라도 들고 나갈 수 있도록 단단히 묶인 채로 있었다. 나는 그 앞에 멍하니 서서 다시 끈을 풀까 생각했다.

나는 엉거주춤 앉아 있을 때 같은 불안정한 기분으로 사나흘을 더 보냈다. 그런데 아버지가 또다시 졸도했다. 의사는 절대 안정을 취하라고 했다.

"왜 또 쓰러지셨을까?" 하고 어머니가 아버지에게 안 들리도록 나지막하게 말했다. 어머니의 얼굴에는 불안한 빛이 역력했다. 나는 형과 여동생한테 전보를 칠 준비를 했다. 하지만 누워 있는 아버지는 거의 아픈 사람 같지 않았다. 얘기할 때 보면 감기에 걸렸을 때와 똑같았다. 그런데다 식욕은 평소보다도 더 좋았다. 옆에서 그만 먹으라고 해도 좀처럼 말을 듣지 않았다.

"어차피 죽을 건데 맛있는 거라도 먹고 죽을란다."

나한테는 '맛있는 거'라는 아버지의 말이 우스꽝스럽게도 비참하게도 들렸다. 아버지는 맛있는 것을 맛볼 수 있는 도쿄에는 살아보지 못했던 것이다. 밤이 되면 찰떡 같은 걸 구워달래서 우적우적 씹어 먹었다.

"어째 저리 마른다냐? 역시 정신적으로는 강한 면이 있는지도 모르겠구나."

어머니는 걱정해야 할 일에 오히려 희망을 걸고 있었다. 그러면서도 병에 걸렸을 때나 쓰는 '마른다'는 옛말을 뭐든지 먹으려 든다는 뜻으로 쓰고 있었다.*

큰아버지가 문병을 오자, 아버지는 자꾸만 붙들며 못 가게 했다. 적적하니까 더 있으라는 게 주된 이유였으나, 어머니나 내가 먹고 싶은 만큼 못 먹게 한다는 불만을 토로하는 것도 그 목적 중 하나인 것 같았다.

10

아버지의 병세는 일주일 이상 별 차도가 없었다. 나는 그사이에 규슈에 있는 형에게 긴 편지를 써서 부쳤다. 여동생한테는 어머니더러 보내라고 했다. 나는 속으로, 아마도 이게 아버지의 건강에 관해 두 사람에게 보내는 마지막 편지가 되리라 생각했다. 그래서 두 사람에게 위독해지면 전보를 칠 테니까 즉시 오라는 내용도 담았다.

형은 직장 일로 바빴다. 여동생은 임신중이었다. 그러니 아버지의 임종이 눈앞에 닥치지 않는 한 오라고 하기가 쉽지 않았다. 그렇다고

---

* 옛날 일본에서는 당뇨병처럼 자꾸 목이 마르는 병이나 아무리 먹어도 먹은 것 같지 않고 살도 계속 빠지는 병을 '마르는 병'이라고도 불렀다.

어렵사리 시간을 내 오긴 왔는데 한발 늦었다는 소리를 듣는 것도 싫었다. 나는 전보 칠 적기를 정하는 데 남모를 책임을 느꼈다.

"정확하게 언제라고 말하기는 힘듭니다. 하지만 언제든 위독해질 수 있다는 사실만은 염두에 두십시오."

기차역이 있는 읍내에서 불러온 의사는 내게 이렇게 말했다. 나는 어머니와 의논해서, 의사에게 소개받은 읍내 병원 간호사를 한 사람 고용하기로 했다. 하얀 옷을 입은 여자가 머리맡에 와서 인사를 하자, 아버지는 의아한 표정을 지었다.

아버지는 죽을병에 걸렸다는 것은 진작부터 자각하고 있었다. 그러면서도 코앞에 닥친 죽음 그 자체는 알아차리지 못했다.

"조만간 나으면 한번 더 도쿄에 놀러가봐야겠다. 사람이란 언제 죽을지 모르는 거니까. 하고 싶은 일은 뭐든지 살아 있을 때 해봐야지."

어머니는 할 수 없이 "그때는 나도 데려가주세요" 하고 장단을 맞췄다.

아버지는 때로는 몹시 적적해했다.

"내가 죽으면 어머니 잘 보살펴야 한다."

이 '내가 죽으면'이라는 말에 나는 어떤 기억이 떠올랐다. 도쿄를 떠나기 전, 선생님이 사모님에게 몇 번이나 그 말을 되풀이한 건 내 졸업식날 저녁이었다. 나는 미소를 띤 선생님의 얼굴과, 불길한 소리를 한다며 귀를 막던 사모님의 모습을 떠올렸다. 그때의 '내가 죽으면'은 단순한 가정이었다. 지금 내가 들은 말은 언제 일어날지 모르는 사실이었다. 나는 선생님한테 사모님이 응대하던 대로 따라할 수 없었다. 하지만 무슨 말로든 아버지를 위로해야만 했다.

"그런 마음 약한 소리는 하지 마세요. 곧 나으시면 도쿄로 놀러가신다면서요? 어머니랑 함께. 이번에 가시면 분명히 깜짝 놀라실 거예요, 너무 많이 변해서. 전차 노선만 해도 새로 생긴 게 많거든요. 전차가 다니게 되면 자연히 거리도 바뀌고, 게다가 시市나 구區 개정*도 있고요. 도쿄가 움직이지 않는 시간은 하루 스물네 시간 중에 일 분도 없을걸요."

나는 하는 수 없이 불필요한 말까지 했다. 아버지는 그래도 만족스러운 듯 내 얘기를 듣고 있었다.

병자가 있다보니 자연히 집에 들락거리는 사람이 늘었다. 근처에 사는 친척들은 이틀에 한 사람꼴로 돌아가며 문병을 왔다. 그중에는 비교적 멀리 살아서 평소에 소원하게 지내던 친척도 있었다. "어떤가 싶었는데, 이 정도면 괜찮구먼. 말하는 데도 지장 없고, 무엇보다 얼굴이 전혀 축나지 않았으니"라는 말을 남기고 가는 사람도 있었다. 내가 귀향했을 때에는 쥐죽은듯 고요하던 집안이 이렇게 시끌시끌해지기 시작했다.

그런 상황 속에서 차도가 없던 아버지의 병태는 좋지 않은 방향으로 옮겨가고 있었다. 나는 어머니와 큰아버지와 의논하여 마침내 형과 여동생에게 전보를 쳤다. 형한테서는 바로 가겠다는 답장이 왔다. 매제한테서도 곧 출발하겠다는 연락이 있었다. 여동생은 전번 임신 때 유산을 했기 때문에 이번에야말로 습관성이 되지 않도록 몸조심시키고 있다고 매제가 이미 말했으니, 여동생 대신 본인이 올지도 몰랐다.

---

* 1888년 「도쿄 시·구 개정조례」가 공포되어 1917년에 마무리되었다.

이렇게 안정되지 않은 분위기 속에서, 나는 그래도 조용히 앉아 있을 여유가 있었다. 때로는 책을 펼쳐 10페이지나 읽을 수 있는 시간이 생기기도 했다. 꽁꽁 묶어두었던 내 고리짝은 어느샌가 풀리고 말았다. 필요할 때마다 그 안에서 이런저런 물건을 꺼냈다. 나는 도쿄를 떠날 때 마음속으로 정했던 여름 동안의 계획을 돌이켜보았다. 내가 실천한 것은 계획의 3분의 1에도 못 미쳤다. 지금까지 이런 찜찜함을 나는 몇 번이나 경험했다. 하지만 이번 여름만큼 계획이 지지부진한 적도 드물었다. 사람이란 게 다 그렇지 뭐 하고 자위하다가도 나는 몹시 속이 상했다.

이런 찜찜함 속에서도 나는 한편으로는 아버지의 병태를 걱정했다. 아버지가 돌아가신 후의 상황을 그려봤다. 그리고 그와 동시에 한편으론 선생님을 떠올렸다. 나는 찜찜한 기분의 양끝에 지위, 학력, 성격이 전혀 다른 두 사람을 놓고 바라보았다.

내가 아버지 머리맡을 떠나, 여기저기 널려 있는 책 틈바구니에서 혼자 팔짱을 끼고 앉아 있자니 어머니가 얼굴을 디밀었다.

"낮잠이라도 좀 자려무나. 너도 피곤할 텐데."

어머니는 내 심정을 이해하지 못했다. 나 또한 어머니가 이해해주길 바랄 만큼 어린애는 아니었다. 나는 괜찮다고 했다. 어머니는 그래도 방문 앞에 서 있었다.

"아버지는요?" 내가 물었다.

"지금 곤히 주무시고 계신다" 하고 어머니가 대답했다.

어머니는 얼른 방안으로 들어오더니 내 옆에 앉았다.

"선생님한테선 아직 아무 소식도 없니?" 하고 물었다.

어머니는 이전에 내가 한 말을 믿고 있었다. 그때 나는 선생님한테서 답장이 꼭 올 거라고 장담했다. 그러면서도 아버지나 어머니가 원하는 답장이 오리라고는 전혀 기대하지 않았다. 나는 어머니를 안심시키려다가 속인 거나 진배없는 결과를 초래한 셈이다.

"한번 더 편지를 보내보렴." 어머니가 말했다.

써봤자 소용없는 편지를 몇 통이든 써서 그게 어머니에게 위안이 된다면, 마다할 내가 아니었다. 그렇지만 그런 용건으로 선생님을 재촉한다는 건 내게 고통이었다. 나는 아버지한테 꾸중을 듣거나 어머니를 속상하게 하는 일보다 선생님에게 경멸당하는 게 훨씬 더 두려웠다. 저번 부탁에 대해 아직까지 답장이 없는 것도 어쩌면 그런 이유가 아닐까 하는 억측까지 했다.

"편지를 쓰는 건 문제가 아니지만, 그런 일은 편지로 써봤자 해결이 나지 않아요. 역시 제가 도쿄에 가서 직접 부탁하고 다녀야지."

"하지만 아버지가 저러시니 언제 도쿄로 가게 될지 모르잖니."

"그러니까 못 가죠. 나으시든 안 나으시든 결정나기 전까진 있을 생각입니다."

"그야 두말할 필요도 없지. 당장이라도 어떻게 될지 모르는 중환자를 내버려두고, 어떻게 나 몰라라 도쿄로 간단 말이냐?"

나는 처음엔 아무것도 모르는 어머니가 내심 안타까웠다. 그런 한편 이 와중에 어머니가 왜 이런 문제를 꺼내는 건지 이해할 수 없었다. 내가 아픈 아버지를 놔두고 조용히 앉아 책을 보는 여유를 가지는 것처럼, 어머니도 눈앞에 있는 병자를 잊고 다른 생각을 할 만큼 마음에 여유가 생겼나 싶어 의아스러웠다. 그때 "실은 말이다" 하며 어머니가 말을 꺼냈다.

"실은 아버지가 살아 계실 때 네 취직자리가 정해지면 얼마나 마음이 놓이실까 싶어서 그래. 지금 같아선 어려울지도 모르겠다만, 그렇더라도 아직 저렇게 말씀도 잘하시고 정신도 또렷하시니 이럴 때 효도해서 기쁘게 해드리려무나."

딱하게도 나는 효도를 할 수 없는 처지에 있었다. 나는 끝내 선생님에게 단 한 줄도 편지를 쓰지 않았다.

12

형이 집에 도착했을 때 아버지는 누워서 신문을 읽고 있었다. 아버지는 평소에도 만사를 제쳐놓고 신문만은 꼭 읽는 습관이 있었는데, 자리보전하고부터는 무료해서인지 더 신문을 찾았다. 어머니도 나도 굳이 말리지 않고 되도록 아버지가 원하는 대로 놔두었다.

"그러실 정도로 기운이 있으시면 괜찮은 편이시네요. 아주 안 좋아지셨나 생각하면서 왔는데, 꽤 좋아 보이시는걸요."

형은 이런 말을 하며 아버지와 얘기했다. 그 호들갑스러운 말투가 내게는 오히려 부자연스럽게 들렸다. 그러더니 아버지 앞에서 물러나와 나와 마주앉았을 때는 반대로 어두워졌다.

"신문 같은 거 보시게 하면 안 되는 거 아니냐?"

"나도 그렇게 생각하는데, 읽지 않고는 못 배기시니 도리 없지 뭐."

형은 내 변명을 잠자코 듣고 있었다. 그러더니 "이해는 하시는 걸까" 하고 물었다. 형은 아버지의 이해력이 병 때문에 평소보다 많이 떨어졌다고 본 모양이다.

"그건 문제없어요. 아까 이십 분 정도 머리맡에 앉아서 이런저런 얘기를 나눴는데, 이상한 점은 전혀 없었거든요. 저런 상태라면 어쩌면 한동안 괜찮으실지도 모르죠."

형과 비슷하게 도착한 매제의 의견은 우리보다 훨씬 낙관적이었다. 아버지는 매제에게 여동생에 대해 이것저것 물었다. "홑몸이 아니니까 함부로 기차 같은 걸 타서 흔들리는 일이 없도록 하는 게 좋네. 무리해서 문병을 오거나 하면 되레 우리가 걱정되니까"라고 말했다. "조만간 나으면 아기 얼굴이라도 보러 오랜만에 내 쪽에서 가면 되니까 괜찮네"라고도 말했다.

노기 대장*이 죽었을 때도, 아버지는 누구보다 먼저 신문에서 그 사실을 알았다.

"큰일났다, 큰일났어" 하고 외친 것이다.

아무것도 모르던 우리는 그 갑작스러운 말에 깜짝 놀랐다.

"그땐 마침내 정신이 이상해지신 줄 알고 가슴이 털컥했어" 하고 나중에 형이 내게 말했다. "저도 실은 깜짝 놀랐어요." 매제도 같은 생각이었다는 듯이 말했다.

그 무렵의 신문은 사실 시골 사람들에게는 매일매일 기다려지는 기

---

* 노기 마레스케. 육군 대장. 메이지 천황의 운구차가 성을 나서는 조포(弔砲) 소리를 듣고, 아내와 함께 자택에서 순사했다.

사로 가득했다. 나는 아버지 머리맡에 앉아 꼼꼼하게 다 읽었다. 읽을 시간이 없을 때는 슬그머니 내 방으로 가져와서 빠짐없이 읽었다. 내 눈은 군복을 입은 노기 대장과 궁녀 같은 복장을 한 그 부인의 모습을 오래도록 떨치지 못했다.

비통한 바람이 시골 구석구석까지 불어와 졸음에 빠지려는 초목들을 한바탕 뒤흔들어놓았을 때, 나는 뜻밖에 선생님이 보낸 전보 한 통을 받았다. 양복 입은 사람만 봐도 개가 짖어대는 시골에서는 한 통의 전보만으로도 큰 사건이었다. 전보를 받은 어머니 역시 놀란 모습으로, 나를 굳이 사람이 없는 데로 불러냈다.

"무슨 일이니" 하며, 내가 봉투를 뜯는 동안 옆에 서서 기다렸다.

전보에는 한번 만나고 싶은데 올 수 있겠느냐는 내용이 간단히 적혀 있었다. 나는 고개를 갸웃거렸다.

"필시 부탁해두었던 취직 건일 게다" 하고 어머니가 지레짐작했다.

나도 어쩌면 그럴지도 모르겠다고 생각했다. 하지만 그렇다고 생각하기에는 좀 이상했다. 아무튼 형과 매제까지 집에 불러놓은 내가, 누워 있는 아버지를 두고 모르는 척 도쿄로 갈 수는 없는 노릇이었다. 나는 어머니와 의논한 후, 갈 수 없다는 전보를 치기로 했다. 아버지의 병세가 갈수록 위독해져서라고 이유를 되도록 간략하게 덧붙여 보냈지만, 그것으로는 마음이 놓이지 않아 자세한 사정을 편지로 써서 그날중으로 부쳤다. 부탁한 취직 건이라고 믿어 의심치 않는 어머니는 "상황이 너무 안 좋을 때라 도리가 없구나" 하며 아쉬운 표정을 지었다.

13

내가 쓴 편지는 꽤나 길었다. 어머니나 나나 이번에야말로 선생님이 무슨 말이든 해줄 거라고 기대했다. 그런데 편지를 부친 지 이틀 만에 내 앞으로 또 전보가 왔다. 거기에는 오지 않아도 된다는 문구밖에 없었다. 나는 전보를 어머니에게 보여주었다.

"아마 자세한 내용은 편지에다 쓸 생각이시겠지."

어머니는 어디까지나 선생님이 나를 위해 취직자리를 주선해준다고만 해석하는 듯했다. 나도 어쩌면 그럴지도 모르겠다고 생각했으나, 평소의 선생님으로 미루어볼 때 아무래도 이상했다. '선생님이 취직자리를 알아봐준다.' 그런 일은 있을 수 없는 일처럼 보였다.

"아무튼 제 편지는 아직 도착하지 않았을 테니까, 이 전보는 그전에 보내신 게 틀림없어요."

나는 어머니에게 이렇게 뻔한 소리를 했다. 어머니 역시 그렇게 생각하며 "그렇겠지" 하고 대답했다. 내 편지를 읽기 전에 선생님이 그 전보를 쳤다는 사실이, 선생님의 의중을 헤아리는 데 아무 도움도 되지 않는다는 것을 알고도 남으면서.

그날은 마침 주치의가 읍내에서 원장을 모시고 오기로 한 날이라, 어머니와 나는 더이상 전보 건에 대해 얘기를 나눌 시간이 없었다. 두 의사는 가족들이 지켜보는 가운데 환자에게 관장 등을 해주고 돌아 갔다.

아버지는 의사에게 절대안정을 취하라는 말을 들은 이래, 대소변도 누운 채로 남의 손을 빌려 처리하고 있었다. 깔끔한 성격인 아버지는 처음에는 강력히 거부했으나, 몸이 말을 듣지 않자 도리 없이 누운 자리에서 마지못해 일을 보았다. 그러다 병세가 악화되면서 점점 신경이 무뎌진 건지, 날이 갈수록 아무렇지 않게 배설을 했다. 가끔 이불이나 요를 적셔, 옆에 있는 사람이 눈살을 찌푸리는데도 정작 본인은 태연했다. 하긴 병의 특성상 소변의 양은 극히 줄었다. 의사는 그걸 우려했다. 식욕도 점차 떨어져갔다. 가끔씩 뭘 먹고 싶어하긴 했으나, 혀로 맛볼 뿐 목구멍 아래로는 조금밖에 넘기지 못했다. 좋아하던 신문을 손에 들 기력도 없었다. 베개 옆에 있는 돋보기안경은 까만 안경집에 들어간 채 나올 줄을 몰랐다. 4킬로미터 정도 떨어진 곳에 사는 어릴 적부터 친한 친구 사쿠 아저씨가 문병을 왔을 때, 아버지는 "아, 사쿠 왔나" 하더니 초점 없는 눈을 사쿠 아저씨한테로 돌렸다.

"사쿠야, 어서 와. 넌 건강해서 좋겠다. 난 이제 틀렸어."

"그런 소리 마, 넌 자식을 둘이나 대학까지 공부시켰겠다, 몸이 좀 아파서 그렇지 아쉬울 게 뭐 있나? 날 봐. 마누라도 먼저 갔지. 자식도 없지. 그냥 이렇게 숨만 쉬고 산다. 건강하면 뭘 하나, 사는 낙이 없는데."

관장을 한 것은 사쿠 아저씨가 왔다 가고 이삼일 지나서였다. 아버지는 의사 덕분에 아주 시원해졌다며 좋아했다. 자신의 수명이 늘어나기라도 한 것처럼 기분좋아 보였다. 곁을 지키던 어머니도 덩달아 기분이 좋아졌는지, 아니면 병자한테 활력을 불어넣어주고 싶어서 그랬는지, 선생님한테서 온 전보 얘기를 꺼내며 마치 아버지가 원하던 대로 도쿄에 내 직장을 찾은 것처럼 말했다. 옆에 있던 나는 민망스러웠으나, 어머니의 말을 막을 수 없어서 잠자코 듣고만 있었다. 아버지는 기쁜 표정을 지었다.

"그거 참 잘되었네요" 하고 매제도 거들었다.

"어떤 직장인진 아직 모르냐?" 형이 물었다.

나는 이제 와서 그 말을 부정할 용기가 없었다. 자신도 무슨 말인지 모를 모호한 대답을 하고는 얼른 자리를 떴다.

14

아버지는 마지막 순간을 기다릴 정도로 병세가 악화되다가, 잠시 주춤하는 듯했다. 가족들은 매일 밤 운명의 마지막 선고가 오늘일까 내일일까 마음을 졸이며 잠자리에 들곤 했다.

아버지는 옆에서 지켜보는 사람들이 힘들어할 만큼 고통스러워하지는 않았다. 그런 점에서는 오히려 간병하기 수월했다. 유사시를 대비해 누군가 한 사람씩 교대로 뜬눈으로 지켰고, 나머지 가족들은 시간을 봐서 각자 자기 잠자리로 들어가도 지장이 없었다. 어쩌다가 잠을 못 이루던 날, 나는 어렴풋이 환자의 신음 소리를 들은 것 같아, 오밤중에 이불을 제치고 나와 확인차 아버지 머리맡까지 가본 적이 있었다. 그날 밤은 어머니가 지키는 날이었다. 그런데 어머니는 아버지 옆에서 팔을 베개 삼아 잠들어 있었다. 아버지도 깊은 잠 속에 가만히 놔둔 사람처럼 조용히 자고 있었다. 나는 살금살금 걸어나와 다시 내 잠자리로 돌아왔다.

나는 형과 함께 한 모기장에서 잤다. 매제만은 손님 대접을 받아 따로 떨어진 손님방에서 잤다.

"세키 씨도 안됐네. 저렇게 며칠이나 못 가고 붙잡혀 있으니."

세키는 매제의 성이었다.

"그래도 그렇게 바쁜 몸도 아니니까 저렇게 있어주는 거겠지. 매제 보다도 형이 더 난처한 거 아냐? 이렇게 오래 머물게 돼서."

"난처하긴 하지만 할 수 없지. 다른 일도 아니고."

형과 나란히 잠자리에 누워 이런 대화를 나눴다. 형의 머릿속에도 내 가슴속에도, 아버지는 어차피 가망이 없을 거란 생각이 있었다. 어차피 가망이 없을 바에야 하는 생각도 있었다. 우리는 자식으로서 아버지가 돌아가시길 기다리고 있는 셈이었다. 하지만 자식으로서 그런 말을 입에 담는 것은 꺼렸다. 그러면서도 어떤 생각을 하고 있는지는 서로 잘 알았다.

"아버지는 아직도 나을 거라고 믿으시는 모양이던데." 형이 내게 말했다.

실제로 형이 말한 것처럼 그렇게 보일 때가 없지 않았다. 동네 사람들이 문병을 오면 아버지는 굳이 만나겠다고 고집을 부렸다. 만나면 내 졸업 축하 잔치를 열지 못하게 돼 미안하다는 말을 빼놓지 않았다. 그 대신 병이 나으면 보자는 말도 가끔씩 덧붙였다.

"네 졸업 축하 잔치는 못하게 돼서 잘됐다. 나 때는 얼마나 힘들었는지" 하며 형은 내 기억을 들쑤셨다. 알코올에 절어 법석을 떨던 그때의 난잡한 모습들이 떠올라 나는 쓴웃음을 지었다. 마실 것과 먹을 것을 강요하며 돌아다니던 아버지의 모습도 쓸쓸하게 내 눈에 어렸다.

우리는 그다지 사이가 좋은 형제는 아니었다. 어릴 때는 잘 싸웠고,

언제나 나이 어린 내가 울었다. 대학에 들어간 후 전공이 달라진 것도 성격이 완전히 다른 데서 비롯되었다. 대학 시절의 나는, 특히 선생님을 알고 지내게 된 이후의 나는 멀리서 형을 바라보며 언제나 동물적이라고 생각했다. 오랫동안 형을 만나지 못했기 때문에, 또 멀리 떨어져 살았기 때문에, 시간상으로나 거리상으로 형은 내게 언제나 머나먼 존재였다. 그랬는데 이렇게 오랜만에 만나고 보니 따뜻한 형제애가 어디선가 저절로 솟아났다. 상황이 상황인 것도 크게 작용했다. 우리 두 사람에게 공통분모인 아버지, 그 아버지가 숨을 거두려는 머리맡에서 형과 나는 악수를 한 것이다.

"넌 앞으로 어떻게 할래?" 하고 형이 물었다. 나는 전혀 다른 방향으로 형에게 질문을 던졌다.

"우리집 재산은 대체 얼마나 될까?"

"난 몰라. 아버지는 아직 아무 말씀도 안 하시니까. 근데 재산이래봤자 돈으로 치면 뻔할 뻔자겠지."

어머니는 또 어머니대로 선생님의 답장이 안 오는 걸 걱정했다.

"아직도 편지가 안 온 거야?" 하면서 나를 봤았다.

15

"선생님, 선생님, 하는 사람이 대체 누구냐?" 하고 형이 물었다.

"요전에 말해줬잖아." 내가 대답했다. 나는 자기가 물어보고도 남의 대답을 금방 잊어버리는 형이 못마땅했다.

"듣기는 들었는데."

필시 듣긴 들었어도 잘 모르겠다는 뜻이리라. 내 입장에서는 억지로 형에게 선생님을 이해시킬 필요는 없었다. 하지만 부아가 났다. 또 그 형다운 면이 나오는구나 하는 생각이 들었다.

내가 선생님, 선생님 하면서 존경하는 이상, 그 사람은 반드시 저명 인사여야만 한다고 형은 생각했다. 적어도 대학교수 정도는 될 거라고 추측했다. 이름도 없는 사람, 아무 일도 안 하는 사람, 그런 사람에게 무슨 가치가 있냐. 형의 사고방식은 그런 면에서 아버지하고 똑같았다. 다만 아버지는 능력이 없어서 놀고 있는 거라고 속단한 데 비해, 형은 뭔가 할 수 있는 능력이 있는데도 빈둥거리며 논다면 못쓰는 인간이라는 식으로 표현했다.

"에고이스트는 못써. 아무 일도 안 하며 살겠다는 생각은 뻔뻔스러운 배짱에서 나오는 거니까. 인간은 자기가 갖고 있는 능력을 가능한 한 발휘하지 않으면 안 돼."

나는 형에게 자신이 사용한 에고이스트란 말의 의미를 제대로 알기나 하는 거냐고 되묻고 싶어졌다.

"그래도 그 사람 덕분에 직장을 구했다니 다행이구나. 아버지도 기뻐하시는 것 같던데."

형은 이어서 이런 말을 덧붙였다. 선생님한테서 확실한 편지가 오지 않은 이상, 나는 그렇다고 믿을 수도 없었고 또 그렇다고 말할 용기도 없었다. 어머니의 지레짐작으로 모두에게 그런 식의 얘기가 퍼진 지금으로서는, 느닷없이 그런 게 아니라고 부정할 수도 없는 노릇이었다. 어머니의 성화가 아니더라도, 나는 선생님의 편지가 오길 고대했다.

그리고 부디 그 편지에 다들 생각하고 있는 것 같은 취직 소식이 들어 있으면 좋겠다고 바랐다. 죽음을 목전에 둔 아버지를 봐서라도, 그런 아버지를 조금이나마 안심시키고 싶어하는 어머니를 봐서라도, 또 일을 하지 않으면 사람도 아닌 것처럼 말하는 형을 봐서라도, 그 밖에도 매제나 큰아버지나 고모를 봐서라도 나는 전혀 구애받지 않던 일에 신경을 쓰지 않을 수 없었다.

아버지가 누런색의 이상한 액체를 토했을 때, 나는 예전에 선생님과 사모님에게서 들은 위험이라는 말을 떠올렸다. "저렇게 오랫동안 누워 계시니 위가 나빠질 만도 하지"라고 말하는 어머니의 얼굴을 보면서, 아무것도 모르는 그 앞에서 눈물지었다.

나와 자노마에서 마주치자 형은 "들었냐?" 하고 물었다. 의사가 가기 직전에 형에게 한 말을 들었느냐는 의미였다. 나는 설명을 기다릴 것도 없이 그 의미를 잘 알고 있었다.

"너, 이 집으로 돌아와서 집안을 관리할 생각은 없어?" 형이 나를 돌아봤다. 나는 아무 대답도 하지 않았다.

"어머니 혼자서는 아무래도 사시기 힘들 거야." 형이 또 말했다. 형은 나를 흙냄새나 맡으며 썩어도 아깝지 않은 인간으로 보고 있었다.

"책 읽는 건 시골에서도 충분히 할 수 있고, 게다가 취직할 필요도 없으니 딱 좋잖아."

"형이 돌아오는 게 순서지" 하고 내가 말했다.

"난 그렇겐 안 돼." 형이 한마디로 거절했다. 형은 장차 세상에 나가 일해보겠다는 의욕으로 가득차 있었다.

"네가 싫다면, 뭐 큰아버지한테라도 부탁드려야겠지만, 그렇게 되면 어머니는 너든 나든 모셔야겠지."

"어머니가 이 집을 떠나실지 안 떠나실지, 그게 더 큰 의문인걸."

형제는 아버지가 아직 세상을 뜨기도 전에, 아버지가 저세상 사람이 된 후의 일에 관해 이런 식의 대화를 나눴다.

16

아버지는 때때로 헛소리를 했다.

"노기 대장께 죄송하구나. 정말이지 면목이 없어. 아니, 저도 곧 뒤를 따라서."

이런 말을 불쑥불쑥 하곤 했다. 어머니는 불길하게 여겼다. 되도록 온 가족이 머리맡에 앉아 있길 바랐다. 정신이 온전할 때마다 외로움을 타는 아버지도 그러길 바라는 듯했다. 특히 방안을 둘러보다 어머니가 보이지 않으면 아버지는 반드시 "오미쓰는?" 하고 물었다. 묻지 않더라도 눈빛이 묻고 있었다. 종종 나는 어머니를 부르러 일어났다. "뭐 필요한 거 있어요?" 하며 어머니가 하던 일을 제쳐놓고 달려왔는데, 아버지는 그냥 어머니 얼굴만 응시할 뿐 아무 말도 안 할 때도 있었다. 그런가 하면 뜬금없는 소리를 하기도 했다. 느닷없이 "오미쓰, 당신한테도 여러 가지로 고생 많이 시켰지"라는 등 다정한 말을 건넬 때도 있었다. 그런 소리를 들으면 꼭 어머니는 눈물지었다. 그러고 나서는 꼭 건강하던 옛날 아버지 모습을 떠올리며 비교해보는 듯했다.

"저렇게 마음 약해진 소리를 하시지만, 옛날에는 나한테 얼마나 못

되게 굴었는데."

어머니는 아버지한테 빗자루로 등을 맞았을 때 얘기를 했다. 지금까지 몇 번이나 그 얘기를 들어온 나와 형은, 예전과는 완전히 다른 기분으로 어머니의 말을 아버지의 기념품처럼 귀에 담았다.

아버지는 자기 눈앞에 어렴풋이 비치는 죽음의 그림자를 보면서도, 아직 유언 비슷한 말도 꺼내지 않았다.

"지금이라도 여쭤볼 필요가 있는 거 아닐까?" 형이 내 얼굴을 쳐다보았다.

"글쎄" 하고 나는 대답했다. 우리가 나서서 그런 걸 묻는다는 게 환자에게 좋을 수도 있고 나쁠 수도 있겠다고 생각했다. 둘이서는 결정을 짓지 못해 결국 큰아버지한테 의논했다. 큰아버지도 고개를 갸웃거렸다.

"하고 싶은 말이 있는데 못하고 죽는 것도 아쉬울 테고, 그렇다고 해서 이쪽에서 재촉하는 것도 나쁠지 모르지."

얘기는 결국 흐지부지되고 말았다. 그러던 중 혼수상태가 왔다. 늘 그렇듯이 아무것도 모르는 어머니는, 그저 잠을 자는 거라고만 여기고 오히려 좋아했다. "저렇게 푹 주무시면 옆에 있는 사람들도 편하지 뭐"라면서.

아버지는 한 번씩 눈을 뜨고, 아무개는 어디 갔느냐며 별안간 찾기도 했다. 그 아무개란 조금 전까지 바로 옆에 앉아 있던 사람에 한했다. 아버지의 의식에는 어두운 곳과 밝은 곳이 있어서, 밝은 곳만이 어둠을 꿰매어가는 하얀 실처럼 일정한 거리를 두고 이어져 있는 듯했다. 어머니가 혼수상태를 일상적인 수면으로 착각한 것도 무리는 아니었다.

그러다가 혀가 꼬여갔다. 무슨 말을 하다가도 말꼬리가 흐려져 알아듣지 못하고 끝나는 때가 많았다. 그러면서도 말을 시작할 때는 위독한 환자라고는 볼 수 없을 정도로 힘있는 목소리로 말했다. 우리는 물론 보통 때보다 더 큰 목소리로 귓가에 대고 말해야 했다.

"머리를 차게 하니까 기분이 좋으세요?"

"응."

나는 간호사와 함께 아버지의 물베개를 갈고 새 얼음을 넣은 얼음주머니를 이마 위에 올려놓았다. 아무렇게나 깨어져 뾰족뾰족한 얼음 조각이 주머니 안에서 자리잡을 동안, 나는 아버지의 벗어진 이마 끝에서 얼음주머니를 살짝 누르고 있었다. 그때 형이 복도를 따라 들어와 말없이 편지 한 통을 내 손에 건네주었다. 놀고 있는 왼손을 내밀어 우편물을 받아든 나는 이상한 기분이 들었다.

그 편지는 보통 편지보다 훨씬 무거웠다. 일반적인 봉투를 쓰지도 않았다. 일반 봉투에 들어갈 분량도 아니었다. 반지半紙로 싸서 풀로 꼼꼼히 붙였다. 나는 형의 손에서 편지를 받아들었을 때, 바로 등기라는 걸 알았다. 뒷면을 보니 거기엔 선생님의 이름이 정중하게 쓰여 있었다. 손을 뗄 수 없던 나는 즉시 뜯어볼 수가 없어 일단 기모노 품속에 넣어두었다.

17

그날은 병세가 유달리 나빠 보였다. 내가 변소에 가려고 자리를 떴을 때, 복도에서 마주친 형은 "어디 가냐" 하고 보초병처럼 날카롭게 물었다.

"아무래도 상태가 심상치 않으니까 가급적 자리를 비우지 말거라" 라며 주의를 주었다.

나도 그럴 생각이었다. 품속에 든 편지는 펴보지도 못하고 다시 병실로 갔다. 아버지는 눈을 뜨고서, 어머니한테 주위에 앉아 있는 사람들의 이름을 물었다. 어머니가 이 사람은 누구고 저 사람은 누구라며 일일이 설명해줄 때마다 아버지는 고개를 끄덕였다. 끄덕이지 않을 때는 어머니가 소리 높여, 아무개 씨라고요, 아시겠어요? 하고 강조하기도 했다.

"참으로 신세 많이 지고 있습니다."

아버지는 이렇게 말했다. 그러고는 또다시 혼수상태에 빠졌다. 머리맡에 둘러앉아 있던 사람들은 말없이 잠시 동안 환자의 상태를 지켜보았다. 이윽고 한 사람이 일어나 옆방으로 갔다. 그러자 또 한 사람이 일어났다. 마침내 나도 세번째로 일어나 내 방으로 왔다. 아까 품속에 넣어둔 우편물을 열어보는 게 목적이었다. 물론 환자의 머리맡에서도 얼마든지 가능한 일이었다. 그러나 편지지의 분량이 너무 많아 그 자리에서 단번에 다 읽을 수는 없었다. 나는 어렵사리 시간을 만들어 편지를 읽는 데 썼다.

섬유질이 질긴 포장지를 찢다시피 하여 뜯었다. 안에서 나온 건 줄이 가로세로로 쳐진 칸 속에 반듯이 글이 적힌 원고 같은 것이었다. 싸기 쉽도록 두 번 접혀 있었다. 읽기 편하도록, 나는 접혀 있던 양지洋紙를 반대로 접었다 폈다.

나는 이 많은 분량의 종이와 잉크가 어떤 소식을 전하려는 걸까 싶어 놀랐다. 동시에 환자도 신경쓰였다. 이 편지를 다 읽기도 전에 아버지에게 무슨 일이 일어날 거다, 적어도 형이든 어머니든 큰아버지든 분명 나를 부를 거다, 그런 예감이 들었다. 마음 편히 선생님이 쓴 편지를 읽을 수가 없었다. 나는 안절부절못하며 첫 페이지를 읽었다. 그 페이지에는 다음과 같이 적혀 있었다.

"자네가 내 과거에 대해 물었을 때 대답할 수 없었던, 용기 없던 나는, 이제야 자네에게 그걸 솔직하게 털어놓을 자유를 얻었다고 믿습니다. 하지만 이 자유는 자네가 상경하길 기다리는 동안에 다시 잃을, 현세적인 자유에 지나지 않습니다. 따라서 이 자유를 이용할 수 있을 때 이용하지 않으면 내 과거를 자네 머리에 간접 경험으로서 알려줄 기회를 영영 놓치고 말 겁니다. 그러면 그때 그토록 굳게 했던 약속이 완전히 거짓말이 되겠죠. 그래서 나는 입으로 해야 할 말을 펜으로 대신하기로 했습니다."

거기까지 읽고 나는 비로소 이 긴 편지가 무슨 목적으로 쓰였는지를 똑똑히 알 수 있었다. 내 취직자리, 그런 것 때문에 편지를 보내는 수고를 할 리 없다는 건 진작 알고 있었다. 하지만 펜을 잡는 걸 싫어하는 선생님이, 어째서 그 과거를 이렇게나 길게 써서 내게 보일 생각이 든 것일까. 선생님은 왜 내가 상경할 때까지 기다리지 못하는 걸까.

'자유를 얻었으니까 얘기하겠다, 하지만 그 자유는 다시 영원히 사

라져버리는 것이다.'

나는 이렇게 속으로 되뇌며 그 의미를 파악해보려 고심했다. 갑자기 불안감이 몰려왔다. 나는 그다음을 계속 읽어보려고 했다. 그때 병실 쪽에서 나를 소리쳐 부르는 형의 목소리가 들렸다. 나는 또다시 놀라서 일어섰다. 복도를 뛰다시피 하여 모두가 모여 있는 방으로 갔다. 드디어 아버지에게 마지막 순간이 왔음을 각오했다.

18

병실에는 어느새 의사가 와 있었다. 되도록 병자를 편하게 해주려는 배려에서 또 관장을 시도하는 중이었다. 간호사는 어젯밤의 피로를 풀기 위해 별실에서 자고 있었다. 이런 일에 익숙지 않은 형은 선 채로 우물쭈물하고 있었다. 내 얼굴을 보더니 "네가 좀 도와드려라" 하고는 자기는 앉아버렸다. 형 대신 나는 기름종이를 아버지 엉덩이 밑에 대거나 하며 거들었다.

아버지는 한결 편해 보였다. 삼십 분 정도 머리맡에 앉아 있던 의사는 관장 결과를 확인하고 나서, 다시 오겠다며 돌아갔다. 돌아갈 때, 만일 이상이 생기면 언제든지 불러달라는 말도 덧붙였다.

나는 금방이라도 무슨 일이 생길 것만 같은 병실에서 빠져나와 다시 선생님의 편지를 읽으려고 했다. 하지만 마음이 전혀 안정되지 않았다. 책상 앞에 앉자마자 또 형이 큰 목소리로 불러댈 것 같았다. 그리고 이번에 부르면 그게 마지막이 될 거라는 두려움에 손이 떨렸다.

나는 선생님의 편지를 그냥 무의미하게 페이지만 넘겨보았다. 내 눈은 칸을 꼼꼼하게 메운 글자를 보았다. 하지만 그걸 읽을 여유는 없었다. 대충 훑어볼 여유조차 여의치 않았다. 나는 맨 마지막 페이지까지 차례로 넘겨보고서, 다시 원래대로 접어 책상 위에 놓으려고 했다. 그때 문득 마지막에 가까운 문장 하나가 내 눈에 들어왔다.

"이 편지가 자네 손에 들어갈 때쯤이면 나는 이미 이 세상에 없겠지요. 이미 죽고 없을 겁니다."

나는 심장이 멎는 것 같았다. 지금까지 술렁이던 가슴이 단번에 얼어붙는 느낌이었다. 나는 다시 페이지를 거꾸로 넘겼다. 그리고 한 장에 한 줄 정도씩 거꾸로 읽어나갔다. 나는 짧은 시간 내에 내가 알아야 하는 사실을 알고 싶어, 어른거리는 문자를 눈으로 꿰뚫어보려 애썼다. 그때 내가 알려고 한 것은 오직 하나, 선생님의 안부뿐이었다. 선생님의 과거, 일찍이 선생님이 내게 얘기하겠다고 약속한 어두운 과거, 그런 건 이미 필요 없었다. 나는 페이지를 거꾸로 넘기다가 애가 달아 내게 필요한 정보를 쉽게 전해주지 않는 긴 편지를 접어버렸다.

나는 또다시 아버지의 상태를 보러 병실 문 앞까지 갔다. 아버지의 베갯머리는 의외로 조용했다. 무척 피로한 얼굴로 맥없이 앉아 있는 어머니를 손짓으로 불러내, "어떠세요, 좀?" 하고 물었다. 어머니는 "별 변화 없으시다"라고 말했다. 나는 아버지 코앞에 얼굴을 대고 "어떠세요, 관장을 해서 기분이 좀 좋아지셨어요?" 하고 물었다. 아버지는 고개를 끄덕였다. 그러고는 또렷한 목소리로 "고맙다"라고 했다. 아버지의 정신은 의외로 흐리멍덩하지 않았다.

나는 다시 병실을 나와 내 방으로 돌아왔다. 시계를 보며 기차 시간

144

표를 알아봤다. 후다닥 일어나 오비를 고쳐매고 선생님의 편지를 기모노 소매 안에 넣었다. 그러고 나서 부엌 쪽 문으로 나왔다. 나는 정신없이 의사 집으로 달려갔다. 아버지가 앞으로 이삼일 더 버틸 수 있는지 그 점을 확인하고 싶었다. 주사든 뭐든 쓸 수 있는 방법을 다 써서 연명하게 해달라고 부탁하려고 했다. 의사는 마침 출타중이었다. 나는 의사가 돌아오길 마냥 기다리고 있을 시간이 없었다. 마음도 진정되지 않았다. 나는 인력거로 기차역까지 서둘러 갔다.

나는 기차역의 벽에 종이를 대고 연필로 어머니와 형에게 편지를 썼다. 편지는 아주 간단했지만 아무 말도 않고 가는 것보다는 낫다 싶어, 그걸 급히 집에다 전해달라고 인력거꾼에게 부탁했다. 그러고는 마음을 다잡고서 도쿄행 기차에 올라타고 말았다. 굉음을 울리며 달리는 삼등 열차 안에서, 나는 소매 안에서 다시 선생님의 편지를 꺼내 비로소 처음부터 끝까지 읽었다.

선생님과 유서

1

……이번 여름에 나는 자네한테서 편지를 두세 통 받았습니다. 도쿄에서 좋은 직장을 얻고 싶으니 잘 부탁한다는 말이 쓰여 있었던 것은 아마 두번째 받은 편지라고 기억합니다. 그 편지를 읽고 나서 나는 뭔가 해주고 싶다고 생각했습니다. 적어도 답장만은 써야 할 것 같았습니다. 하지만 솔직히 말해서 나는 자네 부탁에 아무런 노력을 기울이지 않았습니다. 알다시피 교제 범위가 좁다기보다도 세상에서 외톨이로 살아가고 있다는 말이 딱 맞는 내게는, 그런 노력을 나서서 할 여지조차 없었지요. 하지만 문제는 그게 아닙니다. 사실은 나 자신을 어떻게 하면 좋을지 고민하던 중이었습니다. 이대로 사람 사는 세상에 남겨진 산송장처럼 살아갈 것인지, 아니면…… 그때의 나는 '아니면'이란 말을 마음속에서 되풀이할 때마다 소름이 돋곤 했습니다. 절

벽 끝까지 달려가 밑이 보이지 않는 낭떠러지를 내려다본 사람처럼 나는 비겁했습니다. 그리고 많은 비겁한 사람이 번민하는 만큼 번민했습니다. 미안한 말이지만, 그때의 내게는 자네라는 존재가 거의 안중에 없었다고 해도 과언이 아닙니다. 좀더 솔직히 말하자면, 자네의 직장이나 자네의 호구지책, 그런 것은 내게 아무 의미가 없었습니다. 어찌되든 상관없는 일이었습니다. 나는 그럴 상황이 아니었던 것입니다. 자네의 편지를 편지꽂이에 꽂아놓고 팔짱을 낀 채 앉아서 생각했습니다. 집에 재산도 어느 정도 있다는 사람이 뭐가 답답해서 졸업한 지 얼마 되지도 않았는데 직장, 직장 하며 안달하는 걸까. 멀리 있는 자네를 나는 오히려 못마땅한 시선으로 바라봤습니다. 답장을 했어야 하는데 하지 못한 미안함에 이런 소리를 변명 삼아 털어놓습니다. 자네의 부아를 돋우려고 일부러 예의 없이 쓴 게 아닙니다. 내 진심은 뒷부분을 읽어보면 잘 알게 되리라 믿습니다. 어쨌거나 무슨 말이든 답장을 써 보내야 할 시점에 묵묵부답이었으니, 그 태만했던 죄에 대해 사과합니다.

그후 나는 자네에게 전보를 쳤습니다. 사실대로 말하자면, 그때 나는 자네를 만나고 싶었습니다. 그래서 자네가 원하던 대로 내 과거를 자네를 위해 얘기해주고 싶었습니다. 자넨 답전答電에서 지금은 도쿄로 갈 수 없다고 거절했고, 나는 실망감에 한동안 전보만 응시했습니다. 자네도 전보만으로는 마음이 놓이지 않았던지 또다시 장문의 편지를 보내줘서, 상경할 수 없는 자네의 사정을 잘 이해했습니다. 자네를 무례한 사람이라 여길 이유는 아무것도 없습니다. 소중한 아버님께서 위독하신데 어찌 내버려두고 집을 비울 수 있겠습니까. 아버님이 위중하시다는 걸 잊고 있던 나야말로 생각이 짧았습니다—사실 자네에게 전보를 쳤을 때, 아버님이 아프시다는 걸 잊고 있었습니다. 자네가 도쿄에 있을 때는 치료가 쉽지 않은 병이니까 주의해야 한다고 그토록 충고했던 주제에. 나는 이렇게 모순된 인간입니다. 어쩌면 내 사고력의 문제라기보다도 내 과거가 나를 압박한 결과, 이런 모순된 인간으로 변했는지도 모릅니다. 이 점에서도 나는 내가 자기중심적이라는 걸 인정합니다. 용서해주기를 바랍니다.

자네의 편지—자네에게서 온 마지막 편지—를 읽었을 때, 나는 잘못했다는 생각을 했습니다. 그래서 그런 내용의 답장을 쓰려고 펜을 들었다가, 한 줄도 못 쓰고 내려놓았습니다. 어차피 쓸 거라면 이 편지처럼 써보내고 싶었기에, 그리고 이런 편지를 쓰기에는 시기상조였기에 그만둔 것입니다. 내가 다시 오지 않아도 된다는 간단한 전보를 친 것은 그 때문이었습니다.

2

그리고 얼마가 지난 후 나는 이 편지를 쓰기 시작했습니다. 평소에 펜을 들지 않던 나는, 사건이나 생각이 내 뜻대로 잘 써지지 않는 게 무척 고통스러웠습니다. 하마터면 자네에 대한 내 의무를 포기할 뻔했습니다. 하지만 제아무리 그만두자고 펜을 내려놓아도 소용없었습니다. 한 시간도 채 안 돼 다시 쓰고 싶어졌으니까요. 자네가 보기엔, 이런 내 마음이 의무 수행을 중요시하는 내 성격 탓이라고 여길지도 모르겠군요. 그건 나도 부정하지 않겠습니다. 자네도 알다시피 나는 세상과 거의 교유가 없는 고독한 사람이라, 의무라고 할 만한 의무는 전후좌우를 아무리 둘러봐도 찾기 힘듭니다. 의도적이었는지 저절로 그렇게 됐는지는 몰라도, 나는 가능한 한 의무를 최소화하는 생활을 해왔습니다. 하지만 의무에 냉담해서 그렇게 된 것은 아닙니다. 오히려 너무 예민한 성격이라 자극을 견뎌낼 만한 정력이 없었기 때문에, 자네가 봐온 바와 같은 소극적인 나날을 보내게 된 것입니다. 그러니 일단 약속을 한 이상은 그걸 지키지 않으면 마음이 불편합니다. 자네를 상대로 이런 불편한 생각을 품지 않기 위해서라도, 내려놓은 펜을 다시 들어야만 했습니다.

게다가 나는 쓰고 싶었습니다. 의무와는 별개로 내 과거를 쓰고 싶었습니다. 내 과거는 나만의 경험이니, 나만의 소유라고 해도 뭐랄 사람이 없겠죠. 그걸 남에게 얘기하지 않고 죽는 건 안타깝다고도 볼 수 있을 겁니다. 나 역시 그런 생각이 좀 듭니다. 다만 받아들이지 못하는 사람에게 얘기하느니 차라리 내 경험을 내 목숨과 함께 묻어버리는 편을 택하고 말겠습니다. 실제로 내 앞에 자네라는 한 남자가 존재하지 않았더라면, 내 과거는 내 과거로서 끝내 간접적으로나마 남에게 알려지는 일 없이 사라졌을 겁니다. 몇천만 명이나 되는 일본인 중에서 나는 오직 한 사람, 자네에게만 내 과거를 얘기해주고 싶은 겁니다. 자네는 진실한 사람이니까. 자네는 진지하게 내 인생 그 자체에서 산 교훈을 얻고 싶다고 했으니까.

나는 어두운 인간 세계의 그림자를 가차없이 자네의 머리 위로 쏟아붓겠습니다. 하지만 두려워하지는 마세요. 어두운 면을 가만히 지켜보고 그중에서 자네에게 참고가 될 만한 부분만 자기 것으로 만드세요. 내가 어둡다고 한 것은 물론 윤리적으로 어둡다는 말입니다. 나는 윤리적으로 태어난 사람입니다. 또 윤리적으로 성장한 사람입니다. 나의 윤리적인 사고방식은 지금의 젊은이들과는 많이 다를지도 모르겠습니다. 하지만 어떻게 다르건 간에 나 자신의 것입니다. 임시방편으로 돈을 주고 빌려온 옷이 아닙니다. 그러므로 앞으로 발전하려는 자네에게는 어느 정도 참고가 되리라고 생각합니다. 현대의 사상 문제에 대해 자주 내게 의견을 물었던 일을 기억하고 있겠지요. 그럴 때 내가 어떻게 응대했는지도 기억하고 있을 겁니다. 자네의 의견을 경멸까지는 하지 않았지만 나는 결코 존중할 수가 없었습니다. 자네의 사고방식에는 아무런 근거도 없었고, 자신의 과거를 갖기에는 자네는 너무나 젊었기 때문입니다. 나는 때때로 웃어넘겼습니다. 그때마다 자넨 서운한 듯한 표정을 지어 보였죠. 그러던 끝에 내 과거를 자네 앞에 두루마리 그림처럼 펼쳐 보여달라고 요구했습니다. 나는 그때 처음으로 자네를 존중하게 됐습니다. 예의고 뭐고 없이 내 가슴속에 살아 숨쉬는 어떤 것을 움켜쥐고 싶어하는 의지를 보여줬기 때문입니다. 내 심장을 갈라 따뜻하게 흐르는 피를 빨아들이려고 했기 때문입니다. 그때 난 살아 있었습니다. 죽기는 싫었습니다. 그래서 훗날을 기약하고 자네 요구를 들어주지 않았죠. 나는 이제 자진해서 내 심장을 갈라, 심장의 피를 자네 얼굴에 끼얹으려 합니다. 내 심장의 고동이 멎었을 때, 자네 가슴에 새 생명이 깃들 수만 있다면 나는 만족합니다.

3

내가 부모를 여읜 것은 스무 살이 채 안 되었을 때였습니다. 언젠가 아내가 자네에게 얘기한 걸로 기억하는데, 두 분 다 같은 병으로 돌아가셨습니다. 더구나 자네가 의아하게 여겼듯이, 거의 동시라고 해도 될 만큼 잇달아 세상을 떠난 것입니다. 사실을 말하자면 아버지는 장티푸스라는 무서운 병에 걸려 있었습니다. 그 병이 옆에서 간호하던 어머니에게 옮은 것입니다.

나는 두 분의 외동아들이었습니다. 집에는 상당한 재산이 있었기 때문에 오히려 너그러운 성품으로 자라났습니다. 내 과거를 돌아보며, 나는 그때 부모님만 돌아가시지 않았더라면, 하다못해 아버지든 어머니든 한 분만이라도 좋으니 살아 계셨더라면, 지금까지도 그 너그러운 마음을 유지할 수 있었을 거라고 생각하곤 합니다.

나는 부모를 잃고 혼자 남겨져 망연자실했습니다. 지식도 없고 경험도 없고 또 사리를 분별할 능력도 없었습니다. 아버지가 돌아가실 때 어머니는 그 곁을 지킬 수 없었습니다. 어머니가 돌아가실 때 어머니에게는 아버지의 죽음조차 알리지 못했습니다. 어머니는 그 사실을 눈치채고 있었는지, 아니면 주변 사람들 말대로 아버지가 회복중이라고 믿고 있었는지 그건 모릅니다. 어머니는 모든 것을 오직 작은아버지에게 부탁했습니다. 마침 그 자리에 있던 나를 힘없이 가리키면서 "아무쪼록 얘를 잘 보살펴주세요"라고 말했습니다. 나는 그전부터 부모의 승낙하에 도쿄로 떠날 예정이었는데, 어머니는 그 일까지 아울러 부탁할 생각인 것 같았습니다. 그래서인지 "도쿄로" 하고 덧붙이려는

데, 작은아버지가 바로 말을 가로채며 "물론이죠, 아무 걱정 마세요"라고 대답했습니다. 어머니는 심한 열을 견뎌낼 수 있는 체질이었을까요. 작은아버지는 "대단한 분이라니까" 하며 내게 어머니를 칭찬했습니다. 하지만 그 부탁이 정말로 어머니의 유언이었는지는 지금 생각해봐도 잘 모르겠습니다. 어머니는 물론 아버지가 걸린 무시무시한 병의 이름을 알고 있었습니다. 그리고 본인이 그 병에 전염된 것도 숙지하고 있었습니다. 하지만 그 병으로 목숨을 잃게 될 것을 예측했는지 어떤지는 의심의 여지가 얼마든지 있지 않았나 싶습니다. 그런데다 어머니가 열이 오를 때 한 말은, 아무리 조리가 있고 명확한 말이었더라도 어머니 머릿속에 기억의 잔영으로조차 남지 않는 일이 종종 있었습니다. 그러고 보면…… 하지만 그런 것은 문제가 아닙니다. 다만 그런 식으로 어떤 일을 하나하나 분석해보거나 이런저런 측면으로 생각해보거나 하는 버릇이 벌써 그때 자리를 잡았다는 것입니다. 이런 면은 자네에게 미리 말해두지 않으면 안 된다고 생각해서인데, 꼭 들려주고 싶은 과거 얘기와는 크게 관련이 없는 이런 기술이 오히려 실례實例로서는 더 도움이 되리라 생각합니다. 자네도 그런 줄 알고 읽어나가기 바랍니다. 그런 성질이 윤리적으로 개인의 행위나 동작에까지 영향을 미쳐, 이후 나는 점점 더 타인의 도의심을 의심하게 된 것이라고 생각합니다. 그런 것이 나의 번민이나 고뇌에 적극적으로 큰 영향을 끼쳤음은 두말할 나위도 없으니 염두에 두기 바랍니다.

얘기가 빗나가면 헷갈리기 쉬우므로 아까 하던 얘기로 돌아가죠. 그래도 나는 이런 긴 편지를 쓰면서도 나와 같은 처지에 놓인 사람과 비교한다면 어쩌면 다소 침착한 편이 아닌가 합니다. 세상이 잠들면 들리기 시작하는 전차 소리도 이미 끊겼습니다. 창문 밖에서는 어느새 애달피 우는 풀벌레 소리가 아련히 들려와 이슬 맺힌 가을을 슬며시 생각나게 합니다. 아무것도 모르는 아내는 옆방에서 천진하게 곤히 자고 있습니다. 펜을 쥐고 글을 쓰기 시작하니, 한 획 한 획이 그어질 때마다 펜 끝에서 소리가 납니다. 나는 되레 차분한 마음으로 종이 앞에 앉아 있습니다. 익숙지 않아 펜이 딴 데로 빗나갈지는 모르겠으나, 머리가 혼란스러워져 펜이 제멋대로 나가는 일은 없을 거라 생각합니다.

4

어찌됐든 홀로 남겨진 나는 어머니가 시킨 대로 작은아버지를 의지할 수밖에 달리 방법이 없었습니다. 작은아버지 역시 남겨진 모든 일을 도맡아 처리해주었습니다. 그리고 내가 원하는 대로 도쿄로 떠날 수 있도록 도와주었습니다.

도쿄로 나온 나는 고등학교에 들어갔습니다. 그 당시의 고등학교 학생들은 지금보다도 훨씬 거칠고 살벌했습니다. 내가 아는 친구 중에는 한밤중에 어떤 직공과 싸우다 상대방 머리를 게다로 때려 상처를 입힌 사람이 있었지요. 술에 취해 벌어진 일이라, 정신없이 치고받던 중에 교모를 직공에게 뺏기고 말았어요. 그런데 모자 안쪽에는 마름모꼴의 흰 천조각에 본인 이름이 떡하니 적혀 있었습니다. 그것 때문에 일이 커져서, 경찰서에서 학교로 연락이 갈 뻔했죠. 그런 것을 다른 친구가 이리저리 손써주어, 결국 일이 더 커지지 않고 무마된 적도 있었습니다. 지금과 같이 고상한 분위기에서 자란 학생들에게 그런 난폭한 얘기를 들려주면 필시 어이없어하겠지요. 실은 나도 어이가 없다고 생각합니다. 하지만 그 대신 그들에게는 지금 학생들에게서는 찾아볼 수 없는 일종의 순박함이 있었지요. 내가 그 당시 작은아버지한테서 매달 받은 돈은, 지금 자네가 아버지한테 받는 학비에 비하면 훨씬 적었습니다(물론 물가도 다르겠지만). 그래도 나는 전혀 부족함을 느끼지 못했습니다. 뿐만 아니라 많은 동급생 중에서 경제적인 면에서는 결코 남을 부러워할 만큼 가엾은 처지도 아니었습니다. 지금 생각해보면 오히려 친구들이 나를 부러워하는 편이었을 겁니다. 왜냐하면, 나는 매달 정해진 송금 외에도 책값(나는 그때부터 책 사기를 좋아했습니다)과 비상금을 종종 작은아버지에게 보내달라고 하여 마음대로 펑펑 쓸 수 있었으니까요.

아무것도 몰랐던 나는 작은아버지를 믿고 있었을 뿐만 아니라, 늘 감사하는 마음으로 고맙게 여기며 존경하고 있었습니다. 작은아버지는 사업가였습니다. 현 의회 의원도 지냈습니다. 그런 관계가 있어서겠지요, 정당에도 연고가 있었다고 기억합니다. 그런 점에서 보면, 아버지의 친동생이지만 아버지와는 성향이 완전히 다른 쪽으로 발달한 것처럼 보였습니다. 아버지는 조상에게 물려받은 유산을 소중하게 지켜나가는 고지식하고 성실한 사람이었습니다. 취미로는 다도라든가 꽃꽂이 같은 것을 했습니다. 그리고 한시집 읽는 것도 좋아했습니다. 서화나 골동품에도 흥미가 많았던 것 같습니다. 우리집은 시골에 있었는데, 8킬로미터쯤 떨어진 시―그 시에는 작은아버지가 살고 있었습니다―그 시에서 가끔 골동품상이 족자나 향로 같은 것을 아버지에게 보여주려고 일부러 찾아오기도 했습니다. 아버지는 한마디로 자산가라고 할까요. 비교적 고상한 취미를 가진 시골 신사였던 것입니다. 그렇기 때문에 성격 면에서 보자면 활달한 작은아버지와는 현격하게 달랐습니다. 그러면서도 또 두 사람은 희한하게도 사이가 좋았습니다. 아버지는 종종 작은아버지를, 자기보다도 훨씬 능력 있고 믿음직스러운 사람이라고 말했습니다. 자기처럼 부모한테 재산을 물려받은 사람은 아무래도 타고난 재능조차 둔해진다, 다시 말해 사회에 나가 경쟁할 필요가 없으니까 그렇게 되는 거라고도 말했습니다. 이런 말은 어머니도 들었습니다. 나도 들었습니다. 아버지는 오히려 내게 조언을 하고자 그런 말을 한 듯합니다. 그때 아버지는 "너도 잘 새겨두거라" 하며 유난히 내 얼굴을 쳐다보았으니까요. 그래서 나는 여태 그 말을 잊지 않고 있습니다. 그 정도로 아버지가 신뢰하고 칭찬하던 작은아버지를 내가 어떻게 의심할 수 있었겠습니까? 그러잖아도 내게는 자랑스러운 작은아버지였습니다. 부모를 여의고 만사를 작은아버지만 의지하며 살아야 했던 내게는, 이제 단순한 자랑거리가 아니었습니다. 내 삶에 없어서는 안 될 존재가 된 것입니다.

5

여름방학을 이용하여 내가 처음으로 귀향했을 때, 부모님이 돌아가셔 비어 있던 우리집에는 작은아버지 내외가 새 주인으로 살고 있었습니다. 그건 내가 도쿄로 떠나기 전부터 했던 약속이었습니다. 홀로 남겨진 내가 그 집에 살 수 없는 이상 그렇게라도 할 수밖에 없었습니다.

그 무렵 작은아버지는 시내에 있는 여러 회사와 관계를 맺은 듯했습니다. 업무상으로는 지금까지 살던 집에서 다니는 편이 8킬로미터나 떨어진 우리집으로 옮겨서 다니는 것보다 훨씬 편하다며 웃었습니다. 이 말은 우리 부모님이 돌아가신 다음, 내가 우리집을 어떻게 처분하고 도쿄로 가면 좋을지 의논했을 때, 작은아버지의 입에서 나온 말입니다. 우리집은 역사가 오래되어서, 그 근방에서는 조금 알려져 있었습니다. 자네 고향에서도 마찬가지일 거라고 생각됩니다만, 시골에서는 유서 있는 집을 상속인이 있는데도 허물거나 파는 것을 큰 사건으로 여깁니다. 지금의 나라면 그 정도는 대수롭지 않게 여겼겠지만, 그 무렵엔 어렸기 때문에, 도쿄로 가기는 해야겠고 집도 그대로 놔둬야 할 처지라 결론을 내리지 못하고 고민했던 것입니다.

작은아버지가 하는 수 없이 비어 있는 우리집에 들어와 살겠다고 승낙해주었습니다. 하지만 시내에 있는 주택도 그대로 두고 두 집을 왔다갔다하는 편의를 봐주지 않으면 곤란하다고 했습니다. 나로서는 물론 이의가 있을 리 없었습니다. 어떤 조건이든 내가 도쿄로 떠날 수만 있다면 된다는 식으로 생각했던 것입니다.

어린애 같던 나는 고향을 떠나 살면서도 여전히 그리운 고향집을 마음의 눈으로 그려보곤 했습니다. 물론 거기에는 아직 내가 돌아갈 집이 있다는 여행자의 기분이 들어 있었습니다. 아무리 도쿄가 좋아서 올라왔다고 해도, 방학이 되면 꼭 돌아가야만 한다는 마음이 강했습니다. 열심히 공부하고 즐겁게 놀다가 방학이 되면 돌아갈 수 있는 그 고향집을 자주 꿈꾸었습니다.

내가 없는 사이에 작은아버지가 어떤 식으로 두 집을 왕래하며 살았는지는 모릅니다. 내가 도착했을 때는 가족이 모두 한집에 모여 있었습니다. 학교에 다니는 사촌들은 아마도 평소에는 시내의 집에서 다녔겠지만, 방학이라 시골에 놀러온 기분으로 와 있었습니다.

모두가 나를 보고 기뻐했습니다. 나 역시 아버지나 어머니가 살아계실 때보다 시끌벅적하여 활기찬 집안 분위기가 도리어 기뻤습니다. 작은아버지는 원래 내 방이었던 곳을 차지한 장남을 그 방에서 내보내고 도로 내게 내주었습니다. 다다미방이 여럿 있었기 때문에 나는 다른 방도 괜찮다며 사양했지만, 작은아버지는 네 집이니까, 라고 말하며 듣지 않았습니다.

나는 가끔 돌아가신 아버지나 어머니를 떠올리는 일 이외에는 아무 불편함 없이, 여름을 작은아버지네 가족과 함께 지내고 다시 도쿄로 돌아왔습니다. 다만 한 가지 그 여름에 생긴 일 중 내 마음에 어렴풋이 그림자를 드리운 것은, 고등학교에 갓 들어간 내게 작은아버지와 작은어머니가 입을 모아 결혼을 권한 일이었습니다. 모두 합쳐 서너 번은 권한 것 같습니다. 나도 처음엔 갑작스러워 그저 놀라기만 했습니다. 두번째에는 딱 잘라 거절했습니다. 세번째에는 이쪽에서 그 이유를 반문하지 않을 수 없었습니다. 두 사람의 의견은 간단했습니다. 하루빨리 색시를 얻어 이 집으로 돌아와, 돌아가신 아버지의 뒤를 이으라는 것이었습니다. 나는 고향집은 방학이 됐을 때 돌아올 수 있으면 족한 곳 정도로만 여기고 있었습니다. 아버지 뒤를 이어라, 그러기 위해서는 색시가 필요하니까 장가가라, 그 말들은 일리 있게 들렸습니다. 특히나 시골 사정을 알고 있는 나로서는 충분히 이해하고도 남았습니다.

나도 결코 그 권유가 싫지만은 않았습니다. 하지만 공부하러 도쿄에 올라간 지 얼마 안 된 내게는, 그 얘기는 망원경으로 사물을 보는 것처럼 아주 동떨어진 얘기로만 여겨졌습니다. 나는 작은아버지의 바람에 아무 답도 주지 않은 채 결국 다시 우리집을 떠나왔습니다.

6

　나는 혼담 얘기를 그뒤로 잊고 살았습니다. 내 주위를 둘러싸고 있는 청년들의 얼굴을 보면 가정을 가진 듯한 친구는 하나도 없었습니다. 모두가 자유로웠죠. 그래서 하나같이 독신처럼 보였습니다. 그렇게 마음 편하게 사는 친구들 중에도 이면을 파헤치면, 집안 사정 때문에 어쩔 수 없이 이미 아내를 맞아들인 친구도 있었을지 모르지만, 어린애 같았던 나는 그런 것조차 눈치채지 못했습니다. 또한 그렇게 특별한 처지에 놓인 친구일지라도 주위 사람들을 의식해서, 학생이라는 신분과 거리가 먼 개인적 얘기는 되도록 하지 않으려고 조심하고 있었겠지요. 나중에 생각해보니 내가 바로 그런 축에 속해 있었던 것인데, 나는 그런 줄도 모르고 그저 어린애처럼 신이 나서 학업의 길을 걸어갔습니다.

　학년말이 되자, 나는 다시 짐을 꾸려 부모님의 묘가 있는 시골로 돌아갔습니다. 그리고 작년과 똑같이 부모님이 살던 우리집에서 또다시 작은아버지 부부와 사촌들의 변함없는 모습을 보았습니다. 거기서 재차 고향 냄새를 맡았습니다. 그 냄새는 여전히 내게는 그리운 것이었습니다. 일 년간의 단조로운 학교생활에서 벗어나는 변화로도 분명 고마운 것이었습니다.

하지만 나를 키워준 거나 마찬가지인 이 냄새 속에서, 작은아버지는 또다시 내게 대뜸 결혼 문제를 들이댔습니다. 작은아버지가 한 말은 작년의 권유를 되풀이한 것에 지나지 않았습니다. 이유도 작년과 똑같았습니다. 다만 전번에 권유했을 때는 구체적인 대상이 없었는데, 이번에는 가장 중요한 결혼 상대를 떡하니 준비해놓고 있어 한층 당혹스러웠습니다. 그 상대란 작은아버지의 딸, 그러니까 내 사촌누이였습니다. 작은아버지는, 사촌누이와 결혼하면 양쪽 집안을 위해 좋다, 아버지도 생전에 그런 말씀을 하셨다고 말했습니다. 나도 그렇게 되면 좋을 거라는 생각은 들었습니다. 아버지가 작은아버지한테 그런 말을 했다는 것도 있을 수 있는 일이라고 여겼습니다. 하지만 그건 작은아버지의 말을 듣고 비로소 생각이 미친 일이지, 듣기 전부터 알고 있던 내용은 아닙니다. 그래서 나는 놀랐습니다. 놀랐지만 한편으로는 작은아버지의 바람이 무리는 아니라는 것 또한 이해했습니다. 내가 둔한 사람일까요. 어쩌면 그랬을지도 모르지만, 아마도 사촌누이에게 별 관심이 없던 게 주된 이유였을 겁니다. 어린 시절 나는 시내에 사는 작은아버지 집에 종종 놀러가곤 했습니다. 놀러가기만 한 게 아니라 그 집에서 자기도 했습니다. 그래서 사촌누이와는 그때부터 친하게 지냈습니다. 자네도 알고 있겠지요, 남매지간에 연애가 성립된 예가 없다는 것을. 누구나 다 아는 이런 사실에 내가 주관적인 부연 설명을 하는 건지도 모르겠지만, 자주 만나서 너무 친한 남녀 사이에서는 사랑에 필요한 신선한 자극을 느끼지 못할 것입니다. 향냄새를 맡을 수 있는 건 향을 피우기 시작한 순간뿐이듯, 술맛을 느끼는 건 술을 마시기 시작한 찰나뿐이듯, 사랑의 충동에도 이런 아슬아슬한 자극의 순간이 시간 위에 존재한다고밖에 생각되지 않습니다. 일단 그 순간을 무심히 지나쳐버리면 익숙해지고 익숙해지는 만큼 친밀감만 더해갈 뿐, 사랑의 신경은 점점 마비되어갑니다. 나는 아무리 다시 생각해봐도 사촌누이를 아내로 맞아들이고 싶은 마음은 생기지 않았습니다.

작은아버지는 만약 내가 원한다면 졸업할 때까지는 결혼은 미뤄도 된다고 말했습니다. 하지만 소뿔도 단김에 빼랬다고 가능하면 이번 기회에 약혼식만이라도 치러두자고 했습니다. 상대가 마음에 들지 않았던 내게는 어떤 제안도 마찬가지였습니다. 나는 또 거절했습니다. 작은아버지는 못마땅한 표정을 지었습니다. 사촌누이는 울었습니다. 나와 함께하지 못하는 게 슬퍼서는 아니었습니다, 결혼 제의를 거절당한 일이 여자로서 감당하기 힘들었기 때문입니다. 내가 사촌누이를 사랑하지 않는 것처럼 사촌누이도 나를 사랑하지 않는다는 것은 나도 잘 알고 있었습니다. 나는 다시 도쿄로 떠났습니다.

7

내가 세번째로 귀향한 것은 그로부터 또 일 년이 지나 여름이 시작될 무렵이었습니다. 나는 늘 학년말 시험이 끝나기가 무섭게 도쿄에서 벗어났습니다. 고향이 그만큼 그리웠기 때문입니다. 자네에게도 그런 기억이 있겠죠. 태어난 곳은 공기의 색이 다릅니다, 흙냄새도 각별합니다, 아버지나 어머니에 대한 기억도 짙게 감돌지요. 일 년 중 7월과 8월 두 달을 그런 분위기에 감싸여 굴에 들어간 뱀처럼 꼼짝 않고 지내는 일은, 내게는 무엇보다도 포근하고 기분좋은 일이었습니다.

단순했던 나는 사촌누이와의 결혼 문제에 그렇게 골치를 썩일 필요가 없다고 생각했습니다. 싫은 건 거절한다, 거절해버리면 문제될 게 없다, 나는 그렇게 믿었던 것입니다. 그래서 작은아버지의 간청에 뜻을 굽히지 않고도 오히려 태연했습니다. 지난 일 년 동안 한 번도 그 일로 고민하지 않고, 나는 여전히 활기찬 모습으로 귀향했습니다.

이번에 고향에 돌아가보니 작은아버지의 태도가 이전과 달랐습니다. 예전처럼 달가운 얼굴로 나를 품에 감싸안으려 하지 않았습니다. 하지만 너그러운 성품으로 자란 나는, 사오일을 지내면서도 알아차리지 못했습니다. 그러다가 문득 이상하다는 생각이 들었습니다. 그러자 이상해 보이는 것은 작은아버지만이 아니었습니다. 작은어머니도 이상했습니다. 사촌누이도 이상했습니다. 편지를 보내, 중학교를 나와 도쿄의 고등상업학교에 들어가고 싶다며 알아봐달라고 했던 사촌동생마저 이상했습니다.

성격상 나는 생각해보지 않을 수 없었습니다. 어째서 내게 그런 기분이 드는 것일까? 아니, 어째서 저들이 이렇게 변한 것일까. 나는 갑자기 돌아가신 아버지나 어머니가 흐린 내 눈을 씻어서 갑자기 세상이 똑바로 보이도록 해준 건 아닐까 하는 의문이 들었습니다. 아버지나 어머니가 이 세상을 떠난 후에도 살아 계실 때와 마찬가지로 나를 사랑해주리라고, 어딘가 마음속 깊이 믿고 있었던 것입니다. 하긴 그 무렵에도 나는 결코 세상의 과학적인 이치에 어두운 편은 아니었습니다.

하지만 조상이 지켜줄 거라는 미신에 대한 믿음도 강력하게 내 핏속에 잠재되어 있었습니다. 지금도 잠재되어 있을 겁니다.

나는 혼자 산으로 가 부모님 묘 앞에 무릎을 꿇었습니다. 반은 애도하는 의미로, 반은 감사하는 마음으로 무릎을 꿇은 것입니다. 그리고 내 미래의 행복이 아직 이 차가운 돌 아래 누워 계신 부모님 손에 쥐어 있기라도 한 듯, 내 앞날을 지켜달라고 빌었습니다. 자넨 웃을지도 모릅니다. 웃는다고 해도 할 수 없습니다. 하지만 나는 그런 사람이었습니다.

내 세계는 손바닥을 뒤집듯이 변했습니다. 하긴 이번이 처음 겪는 일은 아니었습니다. 내가 열예닐곱 살 때였을까, 이 세상에 아름다운 것이 있다는 사실을 처음으로 발견했을 때는 눈이 번쩍 뜨인 것처럼 놀랐습니다. 몇 번이나 내 눈을 의심하며 눈을 비벼봤습니다. 그리고 마음속으로 아아, 아름답다, 하고 외쳤습니다. 열예닐곱 살이면 남자건 여자건 흔히 이성에 눈뜰 나이지요. 이성에 눈을 뜬 나는 이 세상에 존재하는 아름다운 것의 대표로서 비로소 여자를 보게 된 것입니다. 지금까지 전혀 그 존재를 조금도 눈치채지 못했던 이성에게, 장님이었던 눈이 단번에 뜨인 것입니다. 그날 이후 나의 천지는 완전히 새로워졌습니다.

내가 작은아버지의 변화를 깨달은 것도 그때와 똑같았습니다. 갑자기 깨닫게 된 것입니다. 아무런 예감도 준비도 없이 별안간 찾아왔죠. 별안간 작은아버지와 그 가족이 지금까지와는 완전히 다른 사람처럼 내 눈에 비친 것입니다. 나는 놀랐습니다. 그리하여 이대로 가다간 내 장래가 어떻게 될지 알 수 없겠다는 생각이 들었습니다.

8

나는 지금까지 작은아버지에게 일임했던 우리집 재산에 대해 자세히 알아두지 않으면, 돌아가신 부모님께 면목이 서지 않을 것 같은 생각이 들었습니다. 작은아버지는 바쁜 몸임을 자임하듯이 매일 한군데서 기거하지는 않았습니다. 이틀을 우리집에서 자면 사흘은 시내에 있는 집에서 지내는 식으로 두 집을 왔다갔다하면서, 그날그날을 정신없다는 얼굴로 지냈습니다. 그러면서 바쁘다는 말을 입버릇처럼 했습니다. 아무 의심도 일지 않았을 때는 나도 정말로 바쁜 모양이라고 생각했습니다. 그런 한편 바쁘지 않은 건 이 시대 유행이 아닌가보다고 삐딱하게 해석하기도 했습니다. 하지만 재산에 대해서 시간을 갖고 얘기해봐야겠다는 목적이 생긴 눈으로 바쁜 모습을 보니, 그게 순전히 나를 피하려는 구실로만 보이기 시작했습니다. 나는 작은아버지와 마주앉을 기회를 통 잡지 못했습니다.

나는 작은아버지가 시내에 첩을 두었다는 소문을 들었습니다. 중학교 동창인 한 친구한테 들은 것입니다. 그런 작은아버지라면 첩을 두는 일쯤은 조금도 이상하게 여길 일이 아니었으나, 아버지가 살아 계신 동안에는 들은 적 없던 소문이라 나는 놀랐습니다. 친구는 그 밖에도 작은아버지에 관해 여러 가지 소문을 들려주었습니다. 한때 사업이 거의 망해간다고 사람들은 알고 있었는데, 최근 이삼년 사이에 갑자기 회생했다는 얘기도 그중 하나였습니다. 특히나 그 얘긴 작은아버지에 대한 의혹을 더욱 짙게 만드는 데 일조했습니다.

드디어 나는 작은아버지와 담판을 벌였습니다. 담판이란 표현은 좀

166

적합하지 않을지 모르겠으나, 대화의 진행으로 볼 때 자연스레 그런 단어로밖에 표현할 길이 없는 지경에 이르렀던 것입니다. 작은아버지는 어디까지나 나를 어린애 취급하려고 들었습니다. 또 나는 처음부터 작은아버지를 편견을 가지고 대했습니다. 원만하게 해결될 리 없었지요.

아쉽지만 나는 지금 담판의 전말을 이 편지에 자세히 쓸 여유가 없을 만큼 조급합니다. 사실은 이보다 훨씬 더 중요한 얘기를 앞두고 있기 때문입니다. 내 펜은 벌써부터 거기에 도달하고 싶어하는 걸 간신히 제어하고 있을 정도입니다. 자네를 만나 조용히 얘기할 기회를 영원히 잃어버린 나는, 글재주도 없지만 귀중한 시간을 아낀다는 의미에서도, 담판 얘기는 생략하겠습니다.

자넨 아직도 잊지 않고 있겠지요, 내가 언젠가 자네에게, 이 세상에는 악인이라고 정해진 사람은 없다고 한 말을. 많은 착한 사람들이 유사시에는 갑자기 악인으로 돌변하니까 방심해서는 안 된다고 했던 말을. 그때 자넨 나더러 흥분한다고 지적했습니다. 그리고 어떤 때 착한 사람이 악인이 되는 거냐고 물었습니다. 내가 한마디로 돈이라고 대답하자, 자넨 불만스러운 표정을 지었지요. 나는 불만스러워하던 자네의 얼굴을 똑똑히 기억합니다. 이제 자네에게 털어놓겠습니다. 그때 나는 그 작은아버지와의 일을 떠올렸습니다. 보통 사람들이 돈을 보고 갑자기 악인으로 변하는 예로서, 이 세상에는 믿을 만한 사람이 존재하지 않는다는 예로서, 증오심과 함께 나는 작은아버지를 떠올렸던 것입니다. 내 대답은 사상계思想界 깊은 곳으로 돌진하고 싶어하는 자네에게는 부족했을지도 모릅니다. 진부했을지도 모릅니다. 하지만 내게는 그게 살아 있는 답이었습니다. 실제로 나는 흥분 상태였잖아요. 나는 냉철한 머리로 새로운 사실을 입에 담는 것보다 흥분한 혀로 평범한 진리를 말하는 것이 살아 있는 것이라고 믿습니다. 뜨거운 피의 힘으로 몸이 움직이기 때문입니다. 말은 공기에 파동을 전할 뿐 아니라 그보다 더 강한 것에 한층 더 강하게 작용할 수 있기 때문입니다.

9

한마디로 말하자면 작은아버지는 내 재산을 빼돌린 것입니다. 그 일은 내가 도쿄로 나와 있던 삼 년간 용이하게 이루어졌습니다. 모든 문제를 작은아버지에게 맡기고 맘 편히 살던 나는, 상식선에서 생각할 때 정말 바보였습니다. 상식 이상의 견지에서 본다면 순진하고 고결한 사람이었다고나 할까요. 나는 그 당시의 나를 돌이켜보며, 왜 좀더 악한 인간으로 태어나지 못했던가 하는 생각에, 너무 정직했던 자신이 억울해서 미치겠습니다. 하지만 또 한편으로는, 태어난 모습 그대로 돌아가서 다시 한번 살아보고 싶다는 생각도 듭니다. 잊지 마세요, 자네가 알고 있는 나는 더럽혀진 후의 나라는 것을. 더럽혀진 햇수가 많은 사람을 선배라고 한다면, 나는 분명 자네의 선배가 되겠지요.

내가 만약 작은아버지의 요구대로 사촌누이와 결혼했다면, 재산 면에서 지금보다 더 유리한 결과를 가져왔을까요? 그건 생각해볼 여지도 없는 문제입니다. 작은아버지는 책략으로 자기 딸을 내게 떠맡기려했을 뿐입니다. 호의적으로 양가의 편의를 도모하기 위해서가 아니라

비열한 욕심에 사로잡혀 결혼을 내게 들이댔던 것입니다. 나는 사촌누이를 사랑하지 않았을 뿐 싫어하지는 않았습니다. 하지만 별생각 없이 그 건을 거절한 후 나중에 생각해보니, 다소 통쾌하기도 했습니다. 어느 쪽이든 속았다는 사실에는 변함없겠지만, 당한 입장에서는 사촌누이를 거부한 쪽이 상대방 생각대로 휘둘리지 않았다는 점에서 조금은 내 의견을 밀어붙인 셈이니까요. 하지만 그런 건 거의 문제되지 않는, 여기 쓰는 시간도 아까울 만큼 하찮은 일입니다. 특히나 아무 관계도 없는 자네에게는 어줍지 않은 오기로 보일 수도 있겠지요.

나와 작은아버지 사이에 다른 친척이 끼어들었습니다. 나는 그 친척도 일절 믿지 않았습니다. 믿지 않았을 뿐 아니라 오히려 적대시했습니다. 작은아버지가 나를 속였다는 사실을 알게 되면서, 다른 사람도 분명 나를 속일 것이라고 의심하게 된 것입니다. 아버지가 그토록 칭찬해 마지않던 작은아버지마저 그런 식인데 다른 사람은 오죽하겠느냐는 것이 나의 논리였습니다.

그래도 그들은 나를 위해 내 소유로 남아 있는 것을 다 정리해주었습니다. 돈으로 환산하면 내가 예상했던 것보다 훨씬 적었지만, 나로서는 잠자코 받아들이든가 아니면 작은아버지를 상대로 소송을 벌이든가, 둘 중 하나를 택할 수밖에 없었습니다. 나는 분개했습니다. 한편으로는 망설였습니다. 소송을 벌이면 판결이 날 때까지 시간이 오래 걸리는 것도 걱정됐습니다. 공부하는 도중이었기에, 학생 신분으로 귀중한 시간을 빼앗기는 걸 감당하기 힘들 것 같았습니다. 고민 끝에, 나는 시내에 사는 중학교 동창에게 내가 상속받은 모든 재산을 돈으로 바꿔달라고 부탁했습니다. 친구는 그러면 손해라고 충고해주었지만, 나는 듣지 않았습니다. 나는 영원히 고향을 떠날 결심을 했던 것입니다. 작은아버지의 얼굴을 보지 않겠다고 마음속으로 맹세했던 것입니다.

고향을 떠나기 전에 나는 부모님 묘소에 참배했습니다. 그 이후 나는 부모님 묘소를 찾은 적이 없습니다. 이제 찾을 기회도 영원히 없겠지요.

내 친구는 부탁한 대로 일을 처리해주었습니다. 내가 도쿄에 도착하고 나서 한참 후의 일이긴 합니다만. 시골에서는 전답을 팔려고 해도 쉽게 팔리지 않을뿐더러, 자칫하면 약점을 잡혀 본전도 못 찾을 우려가 있었습니다. 결국 내가 받은 금액은 시가에 비해 턱없이 적었습니다. 솔직히 말하자면 내 재산은 고향집을 떠나올 때 가져온 약간의 공채와 나중에 친구가 송금해준 돈이 전부였습니다. 부모가 남겨준 유산에서 크게 줄어든 것은 틀림없는 사실이었습니다. 그것도 내가 이래저래 써버린 게 아니었으므로 복장이 터졌지요. 하지만 학생으로 생활하기에는 충분히 쓰고도 남을 금액이었습니다. 사실 나는 그 돈에서 나오는 이자의 반도 다 쓰지 못했습니다. 이렇게 여유로운 학생으로서의 생활이 결국은 나를 생각지도 못한 나락으로 떨어뜨렸습니다.

10

금전적으로 여유가 생긴 나는 시끄러운 하숙집을 나와 새로 집을 얻어볼까 생각했습니다. 하지만 그러기에는 살림살이를 장만해야 하는 번거로움도 있었고, 살림을 해줄 할머니도 구해야 했고, 또 그 사람이 정직하지 않으면 큰일이고, 집을 비워도 괜찮을 사람이 아니면 마음을 놓지 못할 것 같고 등등의 이유로 당장 실행에 옮길 엄두가 나지 않았습니다. 그러던 어느 날 나는 우선 집이나 찾아볼까 하는 막연한 생각으로 산책 삼아 혼고다이에서 서쪽으로 내려가, 덴즈인이라는 절 쪽으로 고이시카와 비탈을 쭉 올라갔습니다. 지금은 전차가 다니는 길이 되어 그 일대가 완전히 변했지만, 그 무렵엔 왼편은 육군 무기 공장 담이 있었고 오른편은 들판인지 언덕인지 알 수 없는 빈터에 수풀이 무성하게 자라 있었습니다. 나는 그 풀숲에 서서 아무 생각 없이 맞은편 언덕을 바라보았습니다. 지금도 경관이 나쁘진 않지만, 그 무렵은 지금과는 많이 달랐습니다. 눈앞에 보이는 전경 가득 푸른색이 울창한 것만으로도 신경이 누그러졌습니다. 나는 문득 이 근방에 적당한 집이 없을까 생각했습니다. 그래서 즉시 수풀을 헤치며 북쪽으로 난 좁은 길을 따라갔습니다. 아직까지도 동네가 깔끔해지지 않아 집들이 들쭉날쭉하지만, 당시에는 더 형편없었습니다. 나는 고샅길을 빠져나가기도 하고 골목길을 돌기도 하며 빙글빙글 돌아다녔습니다. 마지막에는 구멍가게 아주머니에게 이 부근에 세놓은 아담한 집이 없느냐고 물어보았습니다. 아주머니는 "글쎄요"라면서 고개를 갸웃거리다가, "세놓은 집은……" 하며 전혀 아는 바가 없다는 표정을 지었습니다. 원하는 집이 없다는 말에 단념하고 돌아서려 했습니다. 그러자 아주머니가 다시 "일반 가정집 하숙은 싫으세요?" 하고 물어보는 것이었습니다. 그 순간 나는 약간 마음이 바뀌었습니다. 조용한 가정집에 혼자 하숙하면 오히려 집을 얻는 데 따르는 번거로움이 없어 좋겠다는 생각이 들었습니다. 그래서 구멍가게 앞에 걸터앉아 아주머니에게 자세한 얘기를 들었습니다.

그 하숙집은 어느 군인의 가족, 아니 유족이 살고 있는 집이었습니다. 듣자하니 바깥양반은 청일전쟁 땐가 언젠가 죽었다고 아주머니는 말했습니다. 일 년쯤 전까지는 이치가야의 사관학교 옆에 살았는데, 마구간까지 딸린 넓은 집이었기 때문에 그 집을 팔고 이리로 이사 왔으며, 식구가 별로 없어 적적하니 마땅한 사람이 있으면 소개해달라는 부탁을 받았다는 것이었습니다. 그 집에는 미망인과 외동딸과 하녀밖에 없다고 했습니다. 나는 조용한 집이라 안성맞춤이라고 내심 좋아했습니다. 하지만 그런 가정에 나 같은 사람이 불쑥 찾아가봤자, 신원이 확실치 않은 학생이라는 이유로 즉각 거절당하지 않을까 하는 걱정이 앞섰습니다. 그만둘까도 생각했습니다. 하지만 내 복장이 대학생으로 그렇게 초라하지는 않았습니다. 게다가 도쿄제국대학 교모를 쓰고 있었습니다. 자넨 웃겠지요, 대학의 교모가 무슨 대수냐고. 하지만 그 무렵의 제국대학생은 지금과 달리 세상 사람들에게 꽤 신용이 있었습니다. 나는 그때 이 사각모자 덕에 일종의 자신감을 발견했을 정도니까요. 그리하여 소개고 뭐고 없이 가게 아주머니가 가르쳐준 대로 군인 유족의 집을 찾아갔습니다.

나는 미망인을 만나 찾아온 목적을 말했습니다. 미망인은 내 신분이며 학교며 전공 같은 것을 몇 가지 물었습니다. 그러더니 그만하면 괜찮겠다는 생각이 어느 시점에선가 들었겠지요, 그 자리에서 언제든 이사 와도 좋다는 대답을 주었습니다. 미망인은 올바른 사람이었습니다, 또한 명쾌한 사람이었습니다. 나는 군인의 부인은 모두 이런가 싶어

감탄했습니다. 감탄하기도 했지만 놀라기도 했습니다. 그런 성품으로 뭐가 적적하다는 걸까 하는 의구심도 들었습니다.

11

나는 즉시 그 집으로 짐을 옮겼습니다. 내가 그 집에 처음 갔을 때 미망인과 얘기했던 다다미방을 빌리기로 한 것입니다. 그 방은 그 집에서 가장 좋은 방이었습니다. 혼고 근처에 고급 하숙집들이 하나둘 생기던 때였기 때문에, 나는 학생이 차지할 수 있는 가장 좋은 방이 어떤지 알고 있었습니다. 내가 새로 주인이 된 방은 그 방들보다 훨씬 더 근사했습니다. 막 옮겼을 당시에는 학생 신분인 내게 과분할 정도라고 생각했습니다.

방은 네 평 정도 넓이였습니다. 도코노마 옆에 장식선반이 엇갈리게 두 줄로 붙어 있었고 한 칸 크기의 벽장이 툇마루 맞은편에 있었습니다. 유리창은 하나도 없었지만, 그 대신 남향인 툇마루에서 볕이 환하게 들었습니다.

나는 짐을 옮기던 날, 내 방 도코노마에 장식된 꽃꽂이와 그 옆에 세워진 고토*를 봤습니다. 둘 다 마음에 들지 않았습니다. 나는 한시나 서예, 다도를 즐기던 아버지를 보고 자랐기 때문에 어릴 때부터 중국식 취향을 갖고 있었습니다. 그 때문일까요, 어느샌가 그런 여성 취향의

---

* 일본의 전통 악기. 우리나라의 가야금과 비슷하다.

장식품을 경멸하는 버릇이 생겼던 것입니다.

아버지가 살아 계실 때 모은 물건들은 작은아버지가 손을 대 어디로 갔는지도 모를 판국이지만, 그래도 조금은 남아 있었습니다. 고향을 떠날 때 나는 그것들을 중학교 친구에게 맡겨두었습니다. 그리고 그중에서 흥미로운 족자 네댓 점을 상자도 없이 고리짝 밑에 넣어 가지고 왔습니다. 이사하자마자 그것들을 꺼내 도코노마에 걸어놓고 즐길 생각이었습니다. 그런데, 방금 말한 고토와 병에 꽂은 꽃을 보자 갑자기 걸어놓을 용기가 꺾이고 말았습니다. 나중에 이 꽃꽂이가 나를 환영하는 의미였다는 것을 알았을 때, 속으로 쓴웃음을 지었습니다. 하긴 고토는 전부터 그 자리에 있었으니까,* 달리 둘 곳이 없어서 그대로 세워둔 것이겠지요.

이런 얘기를 하면 자네의 머릿속엔 저절로 그 집에 있을 젊은 여자의 모습이 스치고 지나가겠지요. 집을 옮긴 나 역시 옮기기 전부터 이미 그런 호기심이 발동했습니다. 그런 흑심이 먼저 나를 자연스럽지 못하게 만든 탓인지 아니면 내가 낯을 가려서인지, 그 집 따님을 처음 만났을 때 나는 당황하여 인사도 제대로 못했습니다. 따님도 역시 얼굴이 빨개졌습니다.

나는 그때까지 미망인의 풍채나 행동거지로 미루어 그 집 딸의 모습을 상상했었습니다. 하지만 그 상상은 따님에게 그다지 호의적이지는 않았습니다. 군인의 부인이니까 이럴 것이다, 그 부인의 딸이니까 저럴 것이다, 라는 식으로 나는 상상의 나래를 펼쳤던 것입니다. 그런데

---

* 옛날부터 무사의 딸은 고토가 필수 교양 중 하나였고, 남자의 칼만큼 중요하게 여겨 도코노마에 장식했다.

따님의 얼굴을 본 순간, 그 상상은 깨끗이 지워졌습니다. 그리하여 나의 뇌리에는 지금까지 상상도 못했던 이성의 향기가 새로이 퍼졌습니다. 그때부터 도코노마 정면에 꽂혀 있는 꽃이 싫지 않았습니다. 마찬가지로 도코노마에 세워둔 고토 역시 거슬리지 않게 되었습니다.

꽂아놓은 꽃이 시들면 어김없이 새로운 꽃으로 바뀌었습니다. 고토도 가끔씩 직각으로 꺾인 곳에 있는 건넛방으로 옮겨갔습니다. 나는 내 방 책상 위에 턱을 괴고서 고토 소리를 듣곤 했습니다. 솜씨가 좋은지 나쁜지는 잘 몰랐지만 복잡한 기교를 부리지 않는 것으로 보아 좋은 편은 아니라고 생각했습니다. 그냥 꽃꽂이 정도의 실력일 거라고 짐작했습니다. 꽃을 꽂는 기법이라면 나도 좀 아는데, 따님은 결코 잘하는 편은 아니었습니다.

그래도 따님은 기죽지 않고 다양한 꽃으로 내 방 도코노마를 장식해주었습니다. 하긴 꽃꽂이 기법은 언제 봐도 똑같았지만. 그리고 꽃병도 한 번도 바뀐 적이 없었고요. 그런데 음악 쪽은 꽃보다도 더 이상했습니다. 똥땅똥땅 줄만 튕길 뿐 목소리는 전혀 들리지 않았습니다. 노래를 아주 안 부르는 것은 아니었지만, 마치 비밀 얘기라도 하듯 작게 옹알거리기만 했습니다. 그것도 지적이라도 당하면 쏙 들어가버렸습니다.

나는 기꺼이 그 솜씨 없는 꽃꽂이를 바라보다가는 빈약한 고토 소리에 귀를 기울이곤 했습니다.

12

고향을 떠날 때부터 나는 이미 염세적이 되어 있었습니다. 남이란 믿을 수 없는 존재라는 관념이 그때 뼛속 깊이 배어버렸다고 생각합니다. 내가 적대시하는 작은아버지나 작은어머니, 그 밖의 친척들이 마치 인류의 대표자인 양 여겨졌습니다. 기차를 탔을 때조차 나는 은근히 옆 사람의 동태를 살폈습니다. 가끔 옆 사람이 말을 걸어오기라도 하면 더욱 경계심을 가졌습니다. 내 마음은 침울했습니다. 납덩이를 삼킨 것처럼 무겁게 가라앉을 때도 있었습니다. 그러면서도 신경은 방금 말한 것처럼 뾰족하게 날을 세우고 있었던 것입니다.

도쿄에 와서 하숙집을 나오고 싶었던 것도 그게 큰 원인으로 작용했을 겁니다. 돈에 여유가 생겼으니 집을 구할 생각을 한 거라고 한다면 더 할 말이 없지만, 본래 나는 설령 돈에 여유가 있다손 치더라도 번거로운 일을 나서서 벌일 사람이 아니었습니다.

나는 고이시카와로 옮기고 나서도 한동안 그런 긴장감을 풀 수 없었습니다. 나는 스스로도 낯부끄러워질 만큼 주위를 두리번거렸습니다. 신기하게도 부지런히 움직이는 것은 머리와 눈뿐이고 입은 그와 반대로 점점 움직이지 않게 되었습니다. 그 집 식구들의 거동을 고양이처럼 살피면서 나는 묵묵히 책상 앞에 앉아 있었습니다. 가끔은 그들에게 미안하다는 생각이 들 정도로 빈틈없이 그들을 예의 주시했던 것입니다. 물건만 안 훔쳤지 소매치기나 매한가지라는 생각이 들어 나 자신이 싫어질 때조차 있었습니다.

자넨 필시 이상하게 생각하겠지요. 그런 내가 어떻게 따님을 좋아할 마음의 여유를 가졌는지. 따님의 서툰 꽃꽂이 솜씨를 어떻게 기쁜 마음으로 바라볼 여유가 생겼는지. 마찬가지로 서툰 고토 연주를 어떻게 즐거운 마음으로 들을 여유가 생겼는지. 그런 질문을 받는다면 나는 양쪽 감정이 다 사실이기 때문에 오직 사실대로 자네에게 대답하는 거라고 말할 수밖에 도리가 없습니다. 분석은 머리 좋은 자네에게 맡기기로 하고, 한마디만 더 덧붙여두지요. 나는 돈 문제로 사람을 의심하긴 했어도 그때까지 사랑 문제로는 사람을 의심하지 않았습니다. 그랬기 때문에 남이 보기엔 이상할 일도, 또 스스로 생각해봤을 때 모순된 일도 내 가슴속에서는 아무 거리낌 없이 공존했던 것입니다.

나는 미망인을 늘 아주머니라고 불렀으므로 이제부터는 미망인이라는 말 대신 아주머니라고 쓰겠습니다. 아주머니는 나를 조용한 사람, 의젓한 사람으로 봐주었습니다. 그리고 공부도 열심히 한다고 칭찬해주었습니다. 하지만 나의 불안한 눈초리나 주위를 힐끔거리는 모습에 대해서는 아무 말도 하지 않았습니다. 눈치채지 못한 건지 말을 삼간 건지 잘 모르겠으나, 아무튼 그런 점에는 전혀 신경쓰지 않는 듯했습니다. 그뿐만 아니라 어떤 때는 내가 너그러운 사람이라며 자못 존경스럽다는 투로 말한 적도 있습니다. 솔직한 나는 그때 얼굴을 붉히며 그 말을 부정했습니다. 그러자 아주머니는 "학생은 자신을 잘 몰라서 그런 말을 하는 거예요"라며 진지하게 말해주었습니다. 아주머니는 처음에 나 같은 학생을 들일 생각은 없었던 모양입니다. 어디 관청 같은 데 근무하는 사람에게 방을 빌려줄 요량으로 주변 사람들에게 알선을 부탁했던 것 같습니다. 전부터 아주머니는, 봉급이 넉넉지 않아 도리없이 일반 가정집 하숙이라도 하려는 사람을 머릿속 어딘가에 그리고 있었던 게지요. 아주머니는 머릿속에서 상상하던 사람과 비교해 나를 너그럽다고 칭찬한 것입니다. 하긴 빠듯한 생활을 하는 사람에 비하면 나는 금전적인 면에서는 너그러웠을지도 모릅니다. 그렇지만 그건 성품의 문제가 아니었으므로 내 내면과는 거의 상관없는 거나 마찬가지였습니다. 아주머니는 여자이니만큼 그 점을 나의 전체적인 면으로까지 확대해석하여 똑같은 표현을 응용하려고 애쓴 것입니다.

13

아주머니의 그런 태도가 자연히 내 기분에 영향을 끼쳤습니다. 얼마 안 가 나는 전만큼 주위를 힐끔거리지 않게 되었습니다. 내 마음이 내가 있는 곳에 제대로 정착하고 있는 듯한 기분도 들었습니다. 요컨대 아주머니를 비롯한 집안사람들이, 삐딱하게 보는 내 눈이나 의심부터 하고 보는 나를 아예 모른 척한 것이 내게 큰 행복감을 주었던 거죠. 내 신경은 상대방에게서 반사되어 돌아오는 것이 없었기 때문에 차츰 안정을 찾았습니다.

아주머니는 인생 경험이 많은 사람이었으므로 일부러 나를 그런 식으로 대해준 것 같기도 하고, 아니면 아주머니가 공공연히 말한 것처럼 실제로 나를 너그러운 사람으로 보았는지도 모릅니다. 예민하게 군건 내 머릿속의 현상일 뿐 그게 바깥으로는 드러나지 않았다고 볼 수도 있으므로, 어쩌면 아주머니가 나한테 속고 있었는지도 모릅니다.

마음이 안정되면서 나는 그 집 식구들과 점차 가까워졌습니다. 아주머니와도 따님과도 농담을 나눌 정도가 되었습니다. 차 한잔하자면서 그쪽 방으로 오라고 하는 날도 있었습니다. 또 내 쪽에서 과자를 사와 두 사람을 부르는 밤도 있었고요. 갑자기 내 교제 범위가 넓어지는 느낌이었습니다. 그 때문에 귀중한 공부 시간을 빼앗긴 적도 몇 번이나 있었습니다. 이상하게도 그런 게 내게는 전혀 방해로 여겨지지 않았습니다. 아주머니는 원래 시간이 많았습니다. 따님은 학교에도 다니고 꽃꽂이나 고토도 배우고 있어 바쁜 줄 알았는데, 의외로 그렇지도 않은지 시간적 여유가 꽤 있어 보였습니다. 그래서 세 사람은 얼굴만 보면 둘러앉아 세상 얘기를 하며 시간을 보냈습니다.

나를 부르러 오는 사람은 대개 따님이었습니다. 따님은 툇마루를 직각으로 돌아 내 방 앞에 설 때도 있었고 자노마를 지나 그 옆방 문 뒤쪽에서 모습을 보일 때도 있었습니다. 따님은 거기까지 와서 잠깐 멈춰 섰습니다. 그러고는 반드시 내 이름을 부른 다음 "공부하세요?" 하고 물었습니다. 나는 대개 어려운 책을 책상 위에 펴놓고 응시하고 있었기 때문에, 옆에서 보기엔 무척이나 공부를 열심히 하는 것처럼 보였을 테지요. 하지만 사실은 그다지 책을 열심히 들여다보고 있었던 것은 아닙니다. 눈은 책장에 꽂혀 있었지만 따님이 부르러 오는 걸 기다리고 있었다고 할까요. 기다려도 오지 않으면 할 수 없이 내 쪽에서 일어납니다. 그리고 따님 방 앞으로 가 "공부하십니까?" 하고 묻습니다.

따님의 방은 자노마와 이어져 있는 세 평짜리 방이었습니다. 아주머니는 자노마에 있을 때도 있었고 딸 방에 있을 때도 있었습니다. 즉 이 두 방 사이에는 방문이 있어도 없는 거나 마찬가지로 모녀가 왔다갔다

하며 어느 게 누구 방인지 상관없이 사용하고 있었던 것입니다. 내가 방문 밖에서 말을 걸면 "들어와요" 하고 대답하는 사람은 언제나 아주 머니였습니다. 따님은 있어도 좀처럼 대꾸하지 않았습니다.

어쩌다 한 번씩 따님 혼자, 용무가 있어 내 방에 들어왔다가 그대로 눌러앉아 얘기를 나누는 일도 생겼습니다. 그럴 때는 내 마음이 묘하게 불안정해집니다. 젊은 여자와 마주앉아 있다는 사실만으로 불안정한 것은 아닌 것 같았습니다. 나는 공연히 안절부절못했습니다. 스스로 자신을 배반하는 듯한 부자연스러운 태도가 나를 괴롭힌 것입니다. 하지만 상대방은 오히려 태연했습니다. 이 여자가 고토를 연습할 때 목소리도 제대로 못 내던 바로 그 여자인가 의심스러울 정도로 부끄러움이 없었습니다. 너무 오래 머물러 자노마에서 어머니가 불러도 "네" 하고 대답만 할 뿐 선뜻 일어나지 않는 일도 있었습니다. 그래도 따님은 결코 어린애가 아니었습니다. 내 눈에는 그게 잘 보였습니다. 잘 보이도록 행동하려는 기미마저 역력했습니다.

14

따님이 일어나 나가고 나면 나는 안도의 한숨을 내쉬었습니다. 그와 동시에 서운한 듯한, 아쉬운 듯한 기분도 들었습니다. 내 성격이 여자 같았는지도 모르겠습니다. 현대 청년인 자네의 눈으로 보면 더 그렇게 보이겠지요. 그러나 그 당시의 우리는 대체로 그랬습니다.

아주머니는 좀처럼 외출하는 일이 없었습니다. 가끔 집을 비울 때도 따님과 나 둘만 남겨두고 나가는 일은 없었습니다. 그게 우연인지 고의인지 나로서는 알 수 없었습니다. 내 입으로 말하기는 좀 뭣하지만, 아주머니의 태도를 잘 관찰해보면 어쩐지 자기 딸과 나를 가깝게 지내게끔 하려는 것처럼 보였습니다. 그러면서 때로는 나를 은근히 경계하는 듯한 면도 있었으므로, 그런 일을 처음 당하는 나는 가끔 기분이 상하기도 했습니다.

나는 아주머니가 어느 쪽이든 태도를 분명히 해주기를 바랐습니다. 논리적으로 보면 그건 분명 모순이었기 때문입니다. 그러나 작은아버지에게 배반당한 기억이 아직 생생한 나로서는 한 걸음 더 들어간 의구심을 갖지 않을 수 없었습니다. 아주머니의 태도 중에 어느 쪽이 진심이고 어느 쪽이 거짓인지 짚어봤습니다. 그러나 판단이 서지 않았습니다. 판단이 서지 않았을 뿐만 아니라 어째서 그런 묘한 태도를 취하는지 그 심리도 이해할 수 없었습니다. 아무리 이유를 생각해봐도 알 수 없었던 나는, 그 책임을 여자라는 두 글자에 덮어씌우고 넘어간 적도 있었습니다. 필시 여자니까 그렇겠지, 여자란 어차피 어리석은 존재다. 사고가 벽에 부딪힐 때면 나는 언제나 이렇게 결론지어버렸습니다.

그 정도로 여자를 우습게 알던 나였지만, 따님만은 도저히 우습게 여길 수 없었습니다. 내 논리는 따님 앞에서는 무용지물처럼 전혀 통용되지 않았습니다. 나는 따님에게 거의 신앙에 가까운 사랑의 감정을 품고 있었습니다. 종교에서만 사용하는 신앙이란 단어를 내가 젊은 여자에게 사용하는 걸 보고 자넨 이상하게 여길지 모르지만, 나는 지금도 굳게 믿고 있습니다. 진정한 사랑은 신앙심과 그리 다르지 않다고 굳게 믿고 있습니다. 나는 따님의 얼굴을 볼 때마다 나도 아름다워지는 듯한 기분이 들었습니다. 따님을 생각하면 고상한 기운이 내게 곧바로 옮겨오는 것 같았습니다. 만약 사랑이라는 불가사의한 감정에 양극단이 있어서 높은 곳에 신성한 감정이 움직이고 낮은 곳에 성욕이 꿈틀거리고 있다면, 내 사랑은 분명히 그 높은 극점을 붙잡고 있었을 것입니다. 물론 나도 인간인지라 내 몸도 욕정에서 벗어날 수는 없었습니다. 그렇지만 따님을 보는 내 눈이나 따님을 생각하는 내 마음에는 육욕의 기운이 전혀 존재하지 않았습니다.

나는 아주머니에게는 반감을 가지면서도 그 딸에게는 연애 감정을 키워나갔기 때문에, 세 사람의 관계는 하숙을 시작했을 때보다 점점 복잡해져갔습니다. 하긴 그 변화는 거의 나의 내면에서 일어난 것이었고 바깥으로는 드러나지 않았죠. 그러던 어느 날 나는 어떤 일을 계기로, 지금까지 아주머니를 오해하고 있던 건 아닐까 하는 생각이 들었습니다. 나에 대한 아주머니의 모순된 태도가 어느 쪽도 거짓은 아닐 거라 생각하게 된 것입니다. 더군다나 그게 아주머니의 마음을 번갈아 지배하는 게 아니라 언제나 동시에 아주머니의 가슴에 존재하는 거라고 생각하게 되었습니다. 요컨대 아주머니가 가능한 한 따님을 나와 가깝게 지내도록 하면서도 나를 경계하는 것은 모순 같지만, 경계를 할 때도 그 다른 쪽 자세를 잊지도 번복하지도 않고 역시 여전히 두 사람이 가까워지게끔 하고 싶어한다고 보게 된 것입니다. 단지 자신이 인정할 수 있는 범위를 넘어 두 사람이 접촉하는 것을 싫어할 뿐이라고 해석했습니다. 따님에게 육체적인 면으로 접근할 마음이 아예 없었던 나는, 그때 쓸데없는 걱정을 한다고 생각했습니다. 하지만 그후로는 아주머니를 나쁘게 생각하는 일은 없어졌습니다.

15

나는 아주머니의 태도를 다각도로 종합해보고, 이 집에서 내가 충분히 신뢰받고 있음을 확인했습니다. 더구나 첫 대면 때부터 그런 신뢰를 받았다는 증거까지 발견했습니다. 남을 의심부터 하고 보던 내 가슴에는 그 발견이 조금은 기이할 정도로 크게 다가왔습니다. 그런 걸 보면 남자에 비해 여자가 더 직관이 뛰어난 존재인가보다 싶은 생각이 들었습니다. 그와 동시에, 여자가 남자에게 속는 이유도 여기에 있는 게 아닐까 생각했습니다. 아주머니를 그렇게 파악하던 내가 따님에 대해서는 그 직관을 강하게 발휘하고 있었으니, 지금 생각해도 웃기는 일입니다. 남을 믿지 않겠다고 맹세하면서도 따님은 절대적으로 믿었으니까요. 그러면서도 나를 믿는 아주머니는 기이하게 여겼으니까요.

나는 고향에 관해서는 별로 얘기하지 않았습니다. 특히 지난 사건에 대해서는 한마디도 꺼내지 않았습니다. 그 일을 떠올리기만 해도 불쾌함 같은 걸 느꼈어요. 나는 되도록 아주머니의 얘기만 들으려고 했습니다. 그런데 상대방은 그걸 용납하지 않았습니다. 기회만 있으면 내 고향 얘기를 듣고 싶어했죠. 결국 나는 모든 얘기를 하고 말았습니다. 두 번 다시 고향에는 돌아가지 않을 것이다, 돌아가도 아무것도 없다, 있는 건 오직 부모님 묘소뿐이다, 하고 사실을 털어놓았을 때, 아주머니는 감정이 울컥해진 모양이었습니다. 따님은 울었습니다. 나는 얘기하길 잘했다는 생각이 들었습니다. 고마웠던 것입니다.

내 얘기를 다 들은 아주머니는, 역시 자기 직관이 적중했다고 말할 듯한 표정을 지었습니다. 그후부터는 나를 자기 친척뻘 되는 젊은이처럼 대해주었습니다. 나는 싫지 않았습니다. 오히려 흐뭇할 정도였습니다. 그런데 그러던 중에 의혹이 다시 고개를 쳐들기 시작했습니다.

아주머니를 의심하기 시작한 것은 아주 사소한 일 때문이었습니다. 하지만 그런 사소한 일이 거듭되면서 의혹은 점점 뿌리를 내려갔습니다. 어떤 순간 문득 아주머니도 작은아버지와 똑같은 의도로 따님을 내게 접근시키려 애쓰는 게 아닐까 하는 의문이 들었던 것입니다. 그러자 지금까지 친절하게 보였던 사람이 갑자기 교활한 책략가로 비치기 시작했습니다. 나는 분해서 입술을 깨물었습니다.

아주머니는 처음부터 식구가 적어 적적하니 하숙생을 두는 거라고 공언했습니다. 나도 그 말을 거짓이라고는 여기지 않았습니다. 친해져서 듣게 된 여러 가지 속사정에도 거짓은 없었다고 봅니다. 하지만 경제적인 면에서 봤을 때 크게 풍족하다고 할 정도는 아니었습니다. 이해관계로 따져보자면 나와 특별한 관계를 맺는 게 상대방에게 결코 손해는 아니었던 것입니다.

나는 다시 경계하기 시작했습니다. 하지만 앞서 말했던 것처럼 딸에게 깊은 애정을 품고 있던 내가 따님의 어머니를 아무리 경계한들 무슨 소용이 있겠습니까? 나는 자신을 비웃었습니다. 바보 같다고 자신을 능멸하기도 했습니다. 하지만 그 정도의 모순뿐이었다면 아무리 바보라 한들 나는 그렇게 큰 고통을 느끼지는 않아도 됐을 것입니다. 내 번민은 따님도 아주머니와 마찬가지로 책략가인 건 아닐까 하는 의문에 부딪히면서 비로소 생긴 것입니다. 두 사람이 내 등뒤에서 의논을 끝낸 다음 모든 상황을 만들어나가고 있다고 생각하자, 나는 갑자기 괴로워 죽을 것 같았습니다. 불쾌한 게 아니라, 절체절명의 위기에 몰린 기분이 든 것입니다. 그러면서도 한편으로는 따님을 믿어 의심치 않았습니다. 그리하여 나는 신념과 의혹의 한가운데서 오도 가도 못하게 되고 말았습니다. 내게는 그 어느 쪽도 상상이었고, 또 그 어느 쪽도 진실이었던 것입니다.

16

나는 변함없이 학교에 다녔습니다. 하지만 교단에 선 교수의 강의가 저멀리서 들려오는 것 같았습니다. 공부도 마찬가지였습니다. 눈에 들어오는 활자는 마음속에 스며들기도 전에 연기처럼 사라져버렸습니다. 게다가 나는 말이 없어졌습니다. 그걸 친구 두세 명이 오해하고, 명상에 잠겨 있기라도 한 모양이라고 다른 친구들에게 퍼뜨렸습니다. 나는 이 오해를 풀려고도 하지 않았습니다. 때마침 친구가 적절한 가면을 빌려주어 오히려 잘됐다고 좋아했습니다. 그래도 때로는 직성이 풀리지 않았던 게지요, 발작적으로 떠들어대 그들을 놀라게 한 적도 있습니다.

하숙집에는 드나드는 사람이 별로 없었습니다. 친척도 많지는 않은 것 같았습니다. 어쩌다 따님의 학교 친구가 놀러오긴 했지만, 있는지 없는지도 모르게 아주 작은 소리로 대화를 나누다 돌아갔습니다. 그게 나를 위한 배려라고는, 아무리 나라 해도 알아차리지 못했습니다. 나를 찾아오는 친구 중 크게 소란을 피우는 사람도 없었지만, 집주인을 어려워할 남자도 전혀 없었으니까요. 그러고 보면 하숙생인 내가 주인이고 정작 주인인 따님은 반대로 식객 같았던 셈이네요.

그러나 이 얘긴 그냥 생각난 김에 썼을 뿐, 실은 아무래도 좋습니다. 다만 아무래도 좋다고 넘길 수 없는 일이 한 가지 있었습니다. 자노마인지 아니면 따님 방인지에서 느닷없이 남자 목소리가 들려온 겁니다. 그 목소리가 내 손님들과는 달리 매우 낮았습니다. 그래서 무슨 얘기를 나누는지 도무지 알 수 없습니다. 모르면 모를수록 신경이 곤두섰습니다. 앉아 있으면서도 왠지 안절부절못했습니다. 저 사람은 친척일까 아니면 그냥 아는 사람일까 우선 생각해봅니다. 그다음에 젊은 사람일까 나이가 많은 사람일까를 추정해봅니다. 내 방에 앉아서 그런 걸 알 수는 없었습니다. 그렇다고 그쪽으로 가 방문을 열어볼 수도 없는 노릇입니다. 내 신경은 곤두선 정도가 아니라 찌릿찌릿 자극을 주며 나를 괴롭혔습니다. 손님이 돌아가고 나서, 잊지 않고 있다가 누구냐고 물어봤습니다. 아주머니나 따님의 대답은 아주 간단했습니다. 나는 두 사람에게 서운한 표정을 보였지만, 그렇다고 만족할 때까지 추궁할 용기는 없었습니다. 물론 권리도 없었지만. 자기 품위를 손상시키면 안 된다고 교육받아 갖게 된 자존심과 그 자존심을 배반한 궁금증을 나는 동시에 그들 앞에 역력히 드러낸 겁니다. 그들은 웃었습니다. 그 웃음이 비웃음이 아닌 호의에서 온 건지 아니면 호의처럼 보이려는 건지 판단을 못할 만큼 나는 침착성을 잃고 말았습니다. 그리고 그 일이 끝났는데도 언제까지고, 바보 취급 당했다, 바보 취급을 당한 건 아닐까, 하고 몇 번이나 속으로 되풀이하곤 했습니다.

나는 자유로운 몸이었습니다. 설사 다니던 학교를 그만두건 어디 가서 무엇을 하건 또는 어디의 누구와 결혼을 하건, 누구와 상의할 필요가 없는 사람이었습니다. 과감하게 따님을 달라는 얘기를 아주머니에게 해볼까 마음먹은 적도 한두 번이 아니었습니다. 하지만 그때마다 주저하다가 나는 끝내 말을 꺼내지 못했습니다. 거절당하는 게 두려워서가 아닙니다. 만일 거절당한다면 내 운명이 또 어떻게 바뀔지 모르지만, 그 대신 지금까지와는 방향이 다른 곳에 서서 새로운 세상을 돌아볼 기회도 생기는 것이니, 그 정도의 용기는 내려고만 하면 낼 수도 있었습니다. 그러나 책략에 넘어가는 게 싫었습니다. 무엇보다 남의 손에 놀아난다는 게 분통이 터졌습니다. 작은아버지한테 속은 나는 앞으로 무슨 일이 있어도 남에게는 속지 않겠다고 결심했던 것입니다.

<h2 style="text-align:center">17</h2>

내가 책만 사들이는 것을 보고 아주머니는 옷도 좀 지어 입으라고 말했습니다. 사실 나는 시골에서 짠 무명옷밖에 갖고 있지 않았습니다. 그 당시 학생들은 견사絹絲가 섞인 기모노는 입지 않았습니다. 내 친구 중에 요코하마에서 장사를 한다던가 해서 상당히 부유하게 사는 집의 아들이 있었는데, 그 친구에게 어느 날 견직물로 만든 방한용 속옷이 배달된 적이 있었습니다. 다들 그 속옷을 보고 웃었습니다. 그 친구는 부끄러워하며 이런저런 변명을 했지만, 결국 모처럼 보내준 속옷

을 고리짝 속에 쑤셔넣고 입지 않았습니다. 그런 걸 또 친구들이 합세하여 억지로 입혔습니다. 그랬는데 재수없게도 그 옷에 이가 생겨 있었어요. 그 친구는 마침 잘되었다고 생각했겠지요, 화젯거리였던 속옷을 둘둘 말아 산책하러 나가서 네즈에 있는 큰 시궁창에다 버리고 말았습니다. 그때 함께 걷던 나는 다리 위에서 웃으면서 친구의 행동을 바라보고 있었는데, 내 마음속 어디에도 아깝다는 생각은 눈곱만큼도 없었습니다.

그 시절에 비하면 나도 꽤 어른이 된 셈입니다. 그래도 직접 외출용 기모노를 해 입어야겠다고 생각할 정도의 분별력은 없었습니다. 졸업해서 구레나룻을 기르기 전까지는 복장 같은 건 걱정하지 않아도 된다는 이상한 생각을 갖고 있었던 것입니다. 그래서 아주머니한테 책은 필요해도 옷은 필요 없다고 대답했습니다. 아주머니는 내가 책을 몇 권이나 사는지 알고 있었습니다. 산 책을 다 읽느냐고 묻더군요. 내가 산 책 중에는 사전도 있었지만, 꼭 읽어두어야 하는데 첫 장조차 넘겨보지 않은 것도 몇 권 있었기에 대답이 막혔습니다. 어차피 불필요한 것을 살 바에야 책이나 옷이나 매한가지라는 걸 깨달았습니다. 게다가 나는 여러 가지로 신세를 지고 있다는 구실하에 따님이 좋아할 만한 오비나 옷감을 사주고 싶은 마음도 있었습니다. 그래서 아주머니한테 알아서 해달라고 부탁했습니다.

아주머니는 혼자서 가려고 하지 않았습니다. 나더러 함께 가야 한다고 명했습니다. 따님도 가야 한다고 했습니다. 지금과는 다른 분위기 속에서 자란 우리에게는 학생 신분으로 젊은 여자와 함께 걷는 관습이 없었습니다. 그 무렵의 나는 지금보다도 더 관습의 노예로 살았기 때문에 다소 주저했지만, 용기를 내서 따라갔습니다.

따님은 아주 예쁘게 차려입고 나섰습니다. 원래 피부가 하얀데 분을 많이 발라 더 눈에 띄었습니다. 길거리의 사람들도 빤히 쳐다보며 지나갔습니다. 그런데 따님을 본 사람들은 반드시 그 시선을 돌려 내 얼굴을 쳐다보니, 이상한 일이었지요.

세 사람은 번화가 니혼바시에 가서 사고 싶은 것을 샀습니다. 사는 동안에도 마음이 자꾸 바뀌어 생각보다 시간이 걸렸습니다. 아주머니는 굳이 내 이름을 부르며 어떠냐고 물어보았습니다. 가끔 옷감을 따님의 어깨에서 가슴에 대보며 내게 두세 걸음 떨어져 봐달라고 하는 것입니다. 그럴 때마다 나는 그건 안 좋다느니 그건 잘 어울린다느니 하며 하여튼 제구실을 했습니다.

그런 식으로 시간이 걸리다보니 돌아오는 길에 저녁 시간이 되었습니다. 아주머니는 고마움의 표시로 맛있는 걸 사주겠다면서, 기하라다나라는 만담 극장이 있는 좁은 골목길로 나를 데리고 들어갔습니다. 길도 좁았지만 식당도 좁았습니다. 그 근처 지리를 전혀 몰랐던 나는, 아주머니가 그런 곳을 잘 안다는 데 놀랐습니다.

우리는 밤이 되어 집으로 돌아왔습니다. 그다음날은 일요일이었기 때문에 나는 온종일 방에 틀어박혀 지냈습니다. 월요일이 되어 학교에 나가자, 나는 아침부터 한 급우에게 놀림을 당했습니다. 언제 아내를 맞아들였냐며 짓궂게 묻는 것입니다. 그러고는 부인이 아주 미인이더라며 칭찬했습니다. 셋이서 함께 니혼바시에 나갔다 온 것을 그 친구가 어디서 봤던 모양입니다.

18

나는 하숙집으로 돌아와 아주머니와 따님에게 그 얘기를 들려주었습니다. 아주머니는 웃었습니다. 분명 우리 때문에 입장이 난처해졌겠다며 내 얼굴을 보았습니다. 나는 그때 내심 여자들은 이런 식으로 남자들의 속내를 떠보는구나 싶었습니다. 아주머니의 눈빛은 내가 충분히 그렇게 생각할 만한 의미를 담고 있었던 것입니다. 그 자리에서 자신의 심정을 솔직하게 털어놓았더라면 더 좋았을지도 모릅니다. 하지만 내게는 이미 의구심이라는 석연치 않은 응어리가 들러붙어 있었습니다. 나는 털어놓으려던 속마음을 얼른 주워 담았습니다. 그러곤 얘기의 각도를 의도적으로 살짝 틀어버렸습니다.

나는 정작 중요한 자신을 문제의 중심에서 빼내버렸습니다. 그러고는 따님의 결혼에 대해 아주머니의 의중을 살펴보았습니다. 아주머니는 두세 군데 혼담이 없는 것도 아니라고 분명히 말해주었습니다. 하지만 아직 학교에 다닐 정도로 나이가 어리니, 이쪽에서는 별로 급할 게 없다고 설명했습니다. 아주머니는 입 밖에 내어 말하지는 않았지만 딸의 용모에 대단한 자부심을 가지고 있는 것 같았습니다. 정하려고만 들면 언제든 정할 수 있다는 식으로까지 말했습니다. 따님 이외에는 자식이 없다는 점도 쉽게 떠나보내지 못하는 원인이 되었습니다. 시집을 보낼 것인지 데릴사위를 맞을 것인지, 그것조차 정하지 못한 게 아닐까 싶은 면도 있었습니다.

얘기를 나누며 나는 아주머니에게 이런저런 정보를 얻은 것 같은 생각이 들었습니다. 하지만 그 때문에 나는 기회를 잃은 거나 마찬가지인 결과를 초래하고 말았습니다. 결국 내 얘기는 한마디도 꺼내지 못했습니다. 나는 적당한 선에서 얘기를 끝맺고 내 방으로 돌아오려고 했습니다.

조금 전까지 곁에서 너무하다느니 어떻다느니 하며 웃고 있던 따님은 어느새 이쪽에 등을 돌리고 있었습니다. 나는 일어나려고 몸을 돌리면서, 따님의 뒷모습을 보았습니다. 뒷모습만으로는 사람의 마음을 읽을 수 없습니다. 이 문제에 대해 따님이 어떤 생각을 갖고 있는지 나로서는 가늠할 길이 없었습니다. 따님은 삼단장 앞에 앉아 있었습니다. 30센티미터 정도 열려 있는 삼단장 미닫이문 사이로 뭔가를 꺼내, 무릎 위에 놓고 보고 있는 것 같았습니다. 내 눈은 문 틈새에서 함께 산 옷감 한쪽을 발견했습니다. 본으로 갖다놓은 내 기모노도 따님의 기모노와 함께 장롱 구석에 포개져 있었습니다.

내가 아무 말도 않고 자리를 뜨려고 하자, 아주머니는 갑자기 정색하며 어떻게 생각하느냐고 물었습니다. 뭘 말이냐고 되묻지 않을 수 없을 정도로 갑작스러운 질문이었습니다. 그 질문이 따님을 빨리 시집보내는 게 좋겠느냐는 의미라는 게 분명해졌을 때, 나는 되도록 천천히 보내는 편이 좋을 거라고 대답했습니다. 아주머니는 자신도 그렇게 생각한다고 말했습니다.

아주머니와 따님과 내가 이런 관계로 살 때, 다른 한 남자가 끼어들게 되었습니다. 그 남자가 하숙집의 일원이 된 일은 내 운명에 크나큰 변화를 초래했습니다. 만약 그 남자가 내 생활 행로를 가로지르지 않았다면, 아마도 자네에게 이렇게 긴 편지를 남길 필요도 없었겠지요. 나는 어이없게도 마魔가 지나가는 길목에 서서, 그 순간의 그림자가 내

일생을 어둡게 만들었다는 걸 깨닫지 못한 거나 마찬가지였습니다. 솔직히 말하자면 그 남자를 하숙집으로 데려온 사람은 나였습니다. 물론 아주머니의 승낙도 필요했으므로 나는 처음에 자초지종을 숨김없이 말하고 부탁했습니다. 그런데 아주머니는 데려오지 말라고 했습니다. 내게는 그를 데리고 와야 할 이유가 충분했으나, 그러지 말라는 아주머니에게는 논리적인 이유가 전혀 없었습니다. 그래서 나는 내가 옳다고 생각하는 대로 강행해버렸습니다.

19

여기서는 그 친구의 이름을 K라고 해두겠습니다. K는 나와 어릴 때부터 친한 친구였습니다. 어릴 때부터 친구라고 하면 굳이 설명하지 않아도 감이 잡히겠지요. 우리는 동향 친구였던 것입니다. K는 정토진종 승려의 아들이었습니다. 하지만 장남은 아니고 차남이었습니다. 그래서 어떤 의사 집안에 양자로 들어갔습니다. 내가 태어난 지방은 혼간사本願寺파*의 세력이 대단한 곳이었기 때문에 정토진종 승려는 다른 종파에 비하면 물질적으로 풍족했던 모양입니다. 일례를 들면, 만일 승려에게 딸이 있는데 그 딸이 나이가 찼다면, 단가檀家**의 사람이 나서서 어디 적당한 곳에 시집을 보내줍니다. 물론 비용은 승려의 주머니에서 나오는 게 아니지요. 그런 식이므로 정토진종 절은 대체로 유

---

* 정토진종의 열 개 종파 중 하나.
** 일정한 절에 시주하며 그 절과 관계를 이어가는 집안.

복했습니다.

K가 태어난 절도 역시 괜찮게 살았습니다. 하지만 차남을 도쿄로 유학 보낼 정도의 여력이 있었는지는 잘 모릅니다. 또 유학을 보내줄 수 있다는 장점이 있어서 양자 얘기가 성립됐는지 아닌지도 나는 모릅니다. 아무튼 K는 의사 집안에 양자로 갔습니다. 우리가 아직 중학교에 다닐 때의 일이었습니다. 교실에서 선생님이 출석을 부를 때 K의 성이 갑자기 바뀌어 놀랐던 일을 나는 아직도 기억하고 있습니다.

K가 양자로 간 집도 상당한 재산가였습니다. K는 그 집에서 학비를 받아 도쿄로 온 것입니다. 함께 상경한 것은 아니었지만, 도쿄에 도착한 후부터는 바로 같은 하숙집에서 살았습니다. 그 당시에는 보통 한 방에 책상을 나란히 놓고 두세 사람이 함께 기거했습니다. 나와 K도 둘이서 한 방을 썼습니다. 산에서 생포된 동물이 우리 안에서 서로 부둥켜안고 우리 밖을 노려보는 형국이었을 겁니다. 우리는 도쿄와 도쿄 사람을 두려워했습니다. 그러면서도 세 평짜리 방에서는 천하를 노려보는 듯한 말을 했습니다.

그러나 우리는 진지했습니다. 정말 훌륭한 사람이 될 생각이었습니다. 특히나 K는 그런 욕구가 강했습니다. 절에서 태어난 그는 정진精進이라는 말을 입에 달고 살았습니다. 그의 일거수일투족이 내게는 모두 정진이라는 한마디로 귀결되는 것처럼 보였습니다. 나는 늘 마음속으로 K에게 외경심을 품었습니다.

K는 중학교 때부터 종교라든가 철학이라든가 하는 어려운 문제로 나를 곤혹스럽게 만들곤 했습니다. 자기 아버지에게 감화된 탓이었는지 아니면 자신이 태어난 집, 즉 절이라는 일종의 특별난 건물에 속한

공기에 영향받은 탓이었는지, 그건 모릅니다. 하여튼 그는 보통 승려보다 훨씬 승려다운 성격을 지닌 것처럼 보였습니다. 원래 K가 양자로 간 집에서는 그를 의사로 만들 생각으로 도쿄에 보냈습니다. 그런데도 완고한 그는 의사가 되지 않겠다는 결심을 하고 도쿄로 나온 것입니다. 나는 그에게, 그러면 양부모를 속이는 거나 매한가지 아니냐고 추궁했습니다. 그는 대담하게도 그렇다고 대답했습니다. 길을 위해서라면 그 정도는 괜찮다는 것이었습니다. 그때 그가 사용한 길이라는 말의 의미는, 아마 그 자신도 잘 몰랐겠지요. 나도 물론 알았다고는 할 수 없습니다. 그러나 아직 어린 우리에게는 이 막연한 단어가 고귀하게 느껴졌습니다. 잘 알지는 못하더라도 고결한 마음에 지배당해 그쪽으로 나아가고자 하는 의욕에 비열함이 보일 리는 없습니다. 나는 K의 의견에 찬성했습니다. 내 동의가 K에게 얼마나 힘이 됐는지는 나도 모릅니다. 외골수인 그는 설령 내가 아무리 반대한다 하더라도, 역시 자신의 생각을 반드시 관철시켜나가리란 것은 미루어 짐작할 수 있습니다. 하지만 만일의 경우 찬성으로 성원해준 내게 얼마간의 책임이 돌아올 수 있다는 것 정도는, 어린 나로서도 충분히 감안했을 터입니다. 설사 그때 그만한 각오가 없었다고 하더라도, 성인이 되어 과거를 돌아볼 필요가 생겼을 때 응분의 책임은 마땅히 지겠다는 말투로 나는 찬성했던 것입니다.

20

K와 나는 같은 과에 입학했습니다. K는 시치미를 떼고 양부모가 보

내주는 돈으로 자기가 원하는 길을 가기 시작했습니다. 들킬 리가 없다는 낙관과 들켜도 상관없다는 배짱이 K의 마음속에 함께 존재했다고 볼 수밖에 없습니다. K는 나보다 더 태연했습니다.

첫 여름방학 때 K는 고향으로 돌아가지 않았습니다. 고마고메에 있는 어느 절에 방 하나를 빌려 공부하겠다고 했습니다. 내가 고향에서 돌아온 것은 9월 상순이었는데, 그는 정말로 대관음* 옆의 누추한 절에 틀어박혀 있었습니다. 그의 방은 본당 바로 옆의 좁은 방이었는데, 그는 그곳에서 자기가 계획한 대로 공부할 수 있었던 데 만족한 듯이 보였습니다. 그때 나는 그의 생활이 점점 승려다워지는 걸 목격했습니다. 그는 손목에 염주를 걸고 있었습니다. 내가 그건 왜 걸고 있느냐고 묻자 그는 엄지손가락으로 하나씩 세는 흉내를 내보였습니다. 그는 그렇게 하루에 몇 번이고 염주를 돌리는 모양이었습니다. 그러는 의미를 나는 이해할 수 없었습니다. 둥근 원으로 된 것을 한 알 한 알 세어본들, 아무리 세어봤자 끝이란 없죠. K는 어느 지점에서 어떤 마음으로 하나씩 세어가던 손길을 멈췄을까요. 별것 아니지만, 나는 간혹 그런 생각을 했습니다.

나는 또 그의 방에서 성서를 보았습니다. 그때까지 그의 입에서 불경의 제목은 몇 번 들은 기억이 있었지만, 기독교에 관해서는 질문을 받은 적도 대답을 한 일도 없었기 때문에 좀 놀랐습니다. 나는 그 이유를 묻지 않을 수 없었습니다. K는 이유는 없다고 말했습니다. 그만큼 사람들이 떠받드는 책이라면 읽어보는 게 당연하지 않으냐고요. 게다

---

* 고젠사(光源寺)를 가리킴. 고젠사는 고마고메에 있는 정토종 사원으로, 관음당에 있는 커다란 대관음상이 유명하다.

가 그는 기회만 있으면 코란도 읽어볼 생각이라고 했습니다. 그는 마호메트와 검이라는 말*에 대단한 흥미를 갖고 있는 듯했습니다.

이 년째 되는 여름에 그는 고향에서 재촉을 받고서야 귀향했습니다. 고향에 가서도 전공에 관해서는 아무 말도 안 한 것 같았습니다. 집에서도 알아차리지 못했습니다. 자넨 학교 교육을 받은 사람이니까 이런 얘기를 잘 이해하겠지만, 세상 사람들은 학생의 생활이나 학교 규칙 같은 것에 대해 놀라울 정도로 무지합니다. 우리에게는 아무것도 아닌 일이 외부세계에는 전혀 통하지 않습니다. 우리는 또 대체로 학교 안의 공기만 마시고 있어서, 교내에서 생긴 일이 크건 작건 간에 세상에 다 알려져 있다고 여기는 경향이 있습니다. 그러나 K는 그런 면에서 나보다 세상을 더 잘 알고 있었지요, 시치미를 떼고 또다시 도쿄로 돌아왔습니다. 고향을 떠날 때는 나도 함께 왔기 때문에, 기차를 타자마자 어땠느냐고 K에게 물어봤습니다. K는 아무 일도 없었다고 대답했습니다.

세번째 여름은 바로 내가 부모의 묘가 있는 땅을 다시는 찾지 않겠다고 결심한 해입니다. 나는 그때 K에게 고향으로 내려가자고 권했지만, 그는 응하지 않았습니다. 그렇게 해마다 집으로 가서 뭐하냐는 것이었습니다. 그는 또 남아서 공부할 작정인 것 같았습니다. 나는 할 수 없이 혼자 도쿄를 떠나기로 했습니다. 고향에서 지낸 그 두 달간이 내 운명에 얼마나 파란을 일으켰는지는 앞에 쓴 대로이므로 되풀이하지 않겠습니다. 나는 불만과 우울과 고독의 외로움을 함께 가슴에 안고 9월

---

* 마호메트가 포교시에 한 손에는 검, 한 손에는 코란을 갖고 있었던 데서 나온 말.

에 다시 K를 만났습니다. 그런데 그의 운명에도 나와 마찬가지로 변화가 있었습니다. 내가 모르는 사이에 그는 양자로 간 집에 편지를 보내서 자신의 기만을 자백해버린 것입니다. 그는 애초에 그럴 작정이었다고 합니다. 이제 와선 어쩔 수 없으니 네가 원하는 대로 하는 수밖에 도리가 없지 않으냐는 말을 듣고 싶었던 것일까요. 아무튼 대학에 들어와서마저 양부모를 계속 속일 생각은 없었던 것 같습니다. 어쩌면 속인다 한들 그리 오래가지 않으리라는 걸 간파했는지도 모릅니다.

21

K의 편지를 본 양아버지는 격노했습니다. 부모를 속이는 괘씸한 놈에게 학비를 보낼 수는 없다는 냉엄한 답장이 즉각 도착했습니다. K는 그 편지를 내게 보여주었습니다. 또 그와 비슷한 시기에 친가에서 보낸 편지도 보여주었습니다. 여기에도 앞의 답장 못지않게 준엄한 질책이 들어 있었습니다. 양자로 보낸 집에 송구하게 됐다는 의리가 더해져서 그랬겠지만, 우리도 일절 관여하지 않겠다고 쓰여 있었습니다. K가 이 사건을 계기로 복적할 것인지, 그렇지 않으면 다른 타협의 길을 찾아 계속 양자로 있을 것인지, 이는 앞으로 일어날 문제라 치더라도 당장 해결해야 하는 것은 다달이 필요한 학비였습니다.

나는 그 부분에 대해 복안을 갖고 있느냐고 K에게 물었습니다. K는 야학교 교사라도 할 생각이라고 대답했습니다. 그 당시는 지금과 비교하면 의외로 세상이 여유 있게 돌아갔던지라, 일자리는 자네가 추측하는 것만큼 적지는 않았습니다. 나는 K가 그걸로 충분히 생활해나갈 수 있으리라고 믿었습니다. 하지만 내게는 내가 져야 하는 책임이 있습니다. K가 양부모의 기대를 저버리고 자신이 가고 싶은 길을 가겠다고 했을 때 찬성한 사람은 나였기 때문입니다. 그러냐고 팔짱만 끼고 있을 수는 없었습니다. 나는 그 자리에서 금전적인 도움을 주겠다고 제의했습니다. 그러자 K는 즉각 거절했습니다. 그의 성격상 친구의 도움을 받기보다 자립하는 편이 훨씬 맘 편하다고 생각했겠지요. 그는 대학에 들어온 이상 내 한몸 건사하지 못한다면 사내도 아니라고 말했습니다. 내 책임을 다하겠다고 K의 감정을 상하게 할 수는 없었습니다. 그래서 그의 생각대로 하도록 내버려두고 나는 뒤로 물러섰습니다.

K는 얼마 안 가 자신이 원하는 일자리를 찾아냈습니다. 하지만 촌음을 아끼는 그에게 일을 한다는 게 얼마나 괴로웠을지는 상상하고도 남습니다. 공부는 지금까지 하던 대로 하면서 새로운 짐을 더 짊어지고 돌진했던 것입니다. 나는 그의 건강을 걱정했습니다. 하지만 심지가 굳은 K는 웃기만 할 뿐, 내 충고를 귀담아듣지 않았습니다.

그런 상황 속에서 그와 양부모의 관계는 더 악화되어갔습니다. 시간 여유가 없어진 그와 전만큼 얘기할 기회를 갖지 못해 그 전말을 자세히 듣지는 못했지만, 점점 더 해결하기 어려워져간다는 사실만은 알고 있었습니다. 다른 사람이 끼어들어 조정을 시도했다는 얘기도 들었습니다. 그 사람은 편지로 K에게 귀향하라고 종용했지만, K는 갈 수 없다고 버텼습니다. 그런 고집스러운 면이—K는 학기중이라서 어쩔 수 없이 못 가는 거라고 했지만, 상대방이 볼 때는 고집에 지나지 않았겠지요. 그런 점이 사태를 점점 더 악화시킨 듯 보였습니다. 그는 양부모의 감정을 상하게 했을 뿐 아니라 친부모에게까지 노여움을 샀습니다. 걱정된 나머지 내가 양쪽을 화해시키기 위해 편지를 써 보냈지만 이미 아무런 효과도 볼 수 없었습니다. 내 편지는 한마디 답변도 없이 묵살당한 것입니다. 나는 화가 났습니다. 그때까지 돌아가는 형편상 K를 동정하고 있던 나는, 그후 옳고 그름을 떠나 무조건 K 편을 들겠다고 마음먹었습니다.

최종적으로 K는 결국 복적을 결심했습니다. 양가에서 대주었던 학비는 친가에서 갚기로 했습니다. 그 대신 친가에서도 앞으로는 관여하지 않을 테니 네 멋대로 하라고 했습니다. 옛날식으로 표현하자면 의절을 당한 것이지요. 어쩌면 그 정도로 심한 것은 아니었는지도 모르지만, 본인은 그렇게 받아들였습니다. K에게는 친어머니가 없었습니다. 그가 가진 성정의 일면은 분명 계모 밑에서 자란 결과라고도 볼 수 있겠지요. 만약 친모가 살아 있었다면, 어쩌면 그와 친가 사이가 그렇게까지 벌어지지 않고 해결되었을지도 모른다고 나는 생각합니다. 그의 아버지는 말할 것도 없이 승려였습니다. 하지만 의리를 중요시한다는 점에서는 오히려 사무라이武士에 가깝지 않았나 싶습니다.

22

K의 문제가 일단락된 후, 나는 그의 매형으로부터 장문의 편지를 받았습니다. K가 양자로 간 집은 그 사람의 친척뻘이었기 때문에, K를 양자로 보냈을 때도 다시 복적됐을 때도 매형의 의견이 크게 반영되었

다고 K에게 들었습니다.

편지에는 그후 K가 어떻게 지내고 있는지 알려달라고 쓰여 있었습니다. 누나가 걱정하고 있으니 되도록 빨리 답장을 보내주면 좋겠다는 요청도 있었습니다. K는 절을 물려받은 형보다도 남의 집으로 시집간 누나를 더 좋아했습니다. 세 남매가 모두 한 부모에게서 태어났지만, K는 누나하고 나이 차가 많이 났습니다. 그러니 K가 어린 시절에는 계모보다 누나가 오히려 더 친어머니처럼 보였겠지요.

나는 K에게 편지를 보여주었습니다. K는 아무 말도 하지 않았지만, 자기도 누나한테 그런 내용의 편지를 두세 통 받았다고 털어놓았습니다. K는 그때마다 걱정할 것 없다는 답장을 보냈다고 합니다. 하필 그 누나는 형편이 어려운 집으로 시집을 가, K를 무척 가엾게 여기면서도 동생에게 금전적 도움을 줄 수 없었던 것입니다.

나는 K와 같은 내용의 답장을 그의 매형에게 보냈습니다. 그리고 만일의 경우에는 내가 어떻게든 도울 테니까 안심하라는 말도 강조해두었습니다. 이것은 물론 나 혼자만의 생각이었습니다. K의 앞날을 걱정하는 누나를 안심시켜주려는 호의도 물론 있었지만, 나를 무시했다고밖에 볼 수 없는 그의 친가나 양가의 처사에 대한 오기도 있었습니다.

K가 복적된 것은 1학년 때였습니다. 그후 2학년 중반 무렵까지 근일 년 반 동안, 그는 자력으로 버텨나갔습니다. 하지만 그런 과도한 노력이 점차 그의 건강과 정신에 영향을 미치기 시작한 듯했습니다. 물론 거기에는 양자로 간 집을 나오느냐 마느냐 하는 복잡한 문제도 영향을 끼쳤겠지요. 그는 점점 감상적이 되어갔습니다. 때로는 이 세상의 모든 불행을 저 혼자 짊어지고 있는 듯한 말도 했습니다. 그러면 안

된다고 하면 버럭 화를 냈습니다. 게다가 자신의 미래에 비칠 광명이 차츰 자기의 눈에서 멀어져간다고 생각하며 초조해했습니다. 학문을 시작할 무렵에는 누구나 위대한 포부를 안고 새롭게 출발하기 마련이지만, 일 년이 흐르고 이 년이 지나 어느덧 졸업이 가까워지면 불현듯 자신의 행보가 부진했음을 깨닫고 학생들 태반이 실망에 빠지는 게 당연한 일인데, K도 마찬가지였지만 그가 초조해하는 모습은 일반적인 학생들에 비해 훨씬 도가 심했습니다. 나는 결국 그의 마음을 안정시키는 일이 급선무라고 생각했습니다.

나는 K에게 무리하면서까지 일하지는 말라고 했습니다. 그리고 당분간 몸을 쉬며 휴식을 취하는 게 장래를 위해 더 좋을 거라고 충고했습니다. K의 고집이 워낙 세니 내 말을 호락호락 받아들이지 않을 것이라는 예상은 진작부터 했었지만, 실제로 말을 꺼내고 보니 설득하기가 예상외로 힘들어서 진이 빠졌습니다. K는 오직 학문만이 자신의 목적은 아니라고 주장했습니다. 의지력을 키워 강한 사람이 되는 게 자신의 목표라고 말했습니다. 그러려면 되도록 힘든 처지에 있어야 한다고 결론지은 것입니다. 보통 사람들에게는 제정신이 아닌 사람쯤으로 보이겠지요. 더구나 힘든 처지에 놓인 그의 의지는 조금도 강해지지 않았습니다. 오히려 K는 신경쇠약에 걸린 것 같았습니다. 나는 하는 수 없이 그에게 지극히 동조하는 태도를 보였습니다. 나도 그런 목표로 인생을 살아갈 작정이라고 단언했습니다. (하긴 이 말은 내게 꼭 빈말만은 아니었습니다. K의 주장을 듣고 있으면 점점 그쪽으로 빨려들 정도로 그에게는 힘이 있었으니까요.) 마지막으로 나는 K와 함께 살면서 함께 자기 향상의 길을 걸어가고 싶다고 제안했습니다. 나는 그의 고집을 꺾기 위해 굳이 그의 앞에서 무릎까지 꿇었던 것입니다. 그렇게 해서 가까스로 그를 내가 사는 집으로 데려왔습니다.

23

내 방에는 작은 방이 딸려 있었습니다. 현관에서 내가 기거하는 방까지 가려면 이 작은 방을 반드시 거쳐가야 했기 때문에, 실용적인 면에서 보자면 매우 불편한 방이었습니다. 나는 K에게 이 방을 쓰게 했습니다. 하긴 처음엔 네 평짜리 내 방에 책상 두 개를 놓고 옆방을 공유할 생각이었는데, K는 비좁아도 혼자 있는 편이 좋겠다며 스스로 그 방을 택했던 것입니다.

앞에서도 언급한 바와 같이, 아주머니는 애당초 나의 처사에 찬성하지 않았습니다. 하숙 치는 사람이라면 한 사람보다는 두 사람이 낫고 두 사람보다 세 사람이 더 득이 되겠지만, 장사로 하는 게 아니니까 가급적 그렇게 하지 않는 편이 좋겠다고 하더군요. 그는 절대로 남을 성가시게 하는 사람이 아니니 괜찮을 거라고 했더니, 바라지하기 힘들지 않아도 속내를 모르는 사람은 두기 싫다고 했습니다. 그렇다면 지금 신세 지고 있는 나도 마찬가지 아니냐고 따지니까, 나의 속내는 처음 봤을 때부터 알아봤다고 극구 변명했습니다. 나는 쓴웃음을 지었습니다. 그러자 아주머니는 또다른 이유를 댔습니다. 그런 사람을 데리고 오는 것은 나에게 좋지 않으니 그러지 말라는 것이었습니다. 나에게 왜 좋지 않으냐고 물으니까, 이번에는 아주머니가 쓴웃음을 지었습니다.

솔직히 말하자면 나도 굳이 K와 함께 살 필요는 없었습니다. 하지만 다달이 드는 비용을 금전으로 그에게 내놓으면, 분명히 그는 받기 주저할 거라고 생각했습니다. 그는 그만큼 독립심이 강한 남자였거든요. 그래서 나는 그를 이 하숙집에 두고, 두 사람분의 식비를 그가 모르게 아주머니에게 내려고 했던 것입니다. 하지만 나는 K의 경제적 사정에 대해서는 아주머니에게 한마디도 털어놓을 생각이 없었습니다.

다만 나는 K의 상황에 대해 몇 가지는 언급했습니다. 혼자 두면 점점 더 편벽해질 우려가 있다고 말했습니다. 그리고 K가 양가와 관계가 나빠진 일, 친가와도 사이가 벌어진 일 등을 덧붙였습니다. 나는 물에 빠진 사람을 안아올려 내 체온으로 덥혀줄 각오로 K를 데려오는 거라고 말했습니다. 그러니 따뜻하게 보살펴달라고 아주머니에게도 따님에게도 부탁했지요. 이렇게까지 해서야 겨우 아주머니를 설득할 수 있었던 것입니다. 하지만 내게서 아무 얘기도 듣지 못한 K는 그런 사정을 일절 몰랐습니다. 나도 차라리 그게 낫겠다고 생각하고, 마지못해 짐을 옮겨온 K를 아무 일도 없었던 양 맞아들였습니다.

아주머니와 따님은 친절하게 그의 짐 정리를 도와주었습니다. 그런 도움이 모두 나에 대한 호의에서 비롯된 것이라 해석하고 나는 내심 기뻤습니다—K가 여전히 무뚝뚝하게 굴었음에도 불구하고.

내가 K에게 새로 이사 온 집에 사는 기분이 어떠냐고 물었을 때, 그는 그저 한마디 나쁘지 않다고만 말했습니다. 내가 보기에는 나쁘지 않은 정도가 아니었습니다. 그가 지금까지 지내던 곳은 북향이고 퀴퀴한 냄새가 나는 누추한 방이었습니다. 음식도 그 방만큼 형편없었습니다. 내 하숙집으로 옮겨온 그는, 심산유곡에서 높은 나무 꼭대기로 옮긴 심정*이었을 것입니다. 그런데도 그런 내색을 별로 보이지 않는 것은, 고집이 센 탓도 있겠지만 그의 신조하고도 관련이 있었습니다. 불교 교리를 들으며 자란 그는, 의식주에 대해 이러니저러니 배부른 소리를 하는 것을 부도덕하게 여기고 있었습니다. 어설피 옛날 고승들이나 성자들의 전기를 읽은 그는, 여차하면 정신과 육체를 따로 떼어 생각하려는 버릇이 있었습니다. 육체를 혹사시킬수록 영혼은 더 빛을 발한다고 느낄 때조차 있었는지도 모릅니다.

나는 되도록 그와 부딪치지 않겠다는 방침을 세웠습니다. 얼음을 햇볕에 내놓아 녹일 궁리를 했습니다. 머지않아 녹아서 따뜻한 물이 되면 틀림없이 저절로 알게 될 날이 올 거라고 생각한 것입니다.

24

나는 아주머니가 그런 식으로 대해준 결과 점차 쾌활해졌습니다. 그걸 자각하고 있었던 나는 이번에는 그걸 K에게 적용해보고자 시도한 것입니다. 성격 면에서 K와 내가 많이 다르다는 것은 오랫동안 사귀어오면서 충분히 알고 있었지만, 나의 신경이 이 집에 들어온 후로 다소 무뎌진 것처럼, K도 이 집에 살면 언젠가는 안정되는 날이 오리라고 생각한 것입니다.

---

* 『시경』에 나오는 구절. 새가 깊은 계곡을 나와 높은 나무 꼭대기에 올라간 것처럼, 좋은 환경으로 옮겨가는 일을 의미한다.

K는 나보다 의지가 굳은 사람이었습니다. 공부도 나보다 두 배는 더 했을 겁니다. 거기다 선천적으로 머리가 나보다 훨씬 좋았습니다. 나중에는 전공이 달라졌기 때문에 뭐라고 단정짓기 어려우나, 중학교나 고등학교 때 같은 반에서 공부하는 동안에는 K의 성적이 월등히 좋았습니다. 뭘 해도 K는 못 당한다고 평소에 자각하고 있을 정도였습니다. 그렇지만 K를 억지로 내가 사는 집으로 데려왔을 때는, 내가 더 분별력이 있다고 믿었습니다. 내가 보기에, 그는 오기와 인내를 구별할 줄 모르는 것 같았기 때문입니다. 이건 자네를 위해서 특히 덧붙여 두고 싶은 말이니 귀담아듣기 바랍니다. 육체적이든 정신적이든 우리의 능력은 모두 외부의 자극을 받아 발달되기도 하고 파괴되기도 하지만, 어느 쪽이든 자극의 강도는 당연히 점점 더 높일 필요가 있는데, 잘 판단하지 않으면 아주 고약한 방향으로 가고 있는데도 자신은 물론 옆 사람도 알아차리지 못하는 경우가 생깁니다. 의사의 설명을 들어보면, 인간의 위장만큼 간사한 건 없다고 합니다. 죽만 먹으면 어느샌가 그보다 더 단단한 것은 소화할 능력이 없어진다는 거죠. 그러니 뭐든지 먹는 훈련을 해두라고 의사는 권합니다. 하지만 이는 단순히 길들인다는 의미만은 아닐 것입니다. 점차 자극을 늘려갈수록 영양 기능의 저항력도 점차 강해진다는 의미가 아니어서는 안 되겠지요. 만일 반대로 위의 능력이 서서히 약해질 경우 결과적으로 어떻게 될지 상상해본다면 금방 이해할 수 있을 겁니다. K는 나보다 훌륭한 사람이지만, 그런 문제는 전혀 알아차리지 못했습니다. 그저 어려운 상황에 길들다보면 결국엔 그 어려움이 아무것도 아닌 게 될 거라고 확신하는 듯했습니다. 고난을 겪고 또 겪으면, 겪은 만큼의 공덕功德으로 그 고난이 고

난으로 느껴지지 않는 시기가 올 것이라고 믿어 의심치 않았던 모양입니다.

나는 K를 설득할 때, 그런 문제점을 꼭 짚어주고 싶었습니다. 하지만 그런 말을 하면 반항할 게 뻔했습니다. 틀림없이 또 선인先人들을 예로 들고 나올 것입니다. 그렇게 되면 나 또한 선인들과 K가 어떻게 다른지 명확히 설명해줘야 합니다. 내 말에 순순히 수긍해줄 사람이라면 좋겠지만, 그의 성격상 언쟁이 거기까지 이르면 쉽게 물러서지 않을 것입니다. 더 진척시킵니다. 그리고 입으로 한 말을 행동으로 옮기려 들 것입니다. 실행하기 시작하면 무서운 남자입니다. 대단합니다. 스스로를 망가뜨리면서도 실행합니다. 결과적으로는, 자신의 성공을 가로막는 의미로 대단한 데 지나지 않았던 것이나, 아무튼 결코 보통 사람은 아니었습니다. 그의 성질을 잘 아는 만큼 나는 결국 아무 말도 하지 못했습니다. 더구나 내가 보기엔, 앞에서도 말한 것처럼 그는 경미한 신경쇠약 증세가 있는 듯했습니다. 설사 내가 그를 설득하려 들어도 그는 틀림없이 버럭 화를 냈을 것입니다. 그와 말다툼하는 건 두렵지 않았으나, 고독감에 몸부림쳤던 내 과거를 돌이켜봤을 때, 친한 친구까지 차마 고독한 처지에 있는 것을 두고 볼 수는 없었습니다. 게다가, 지금보다 더한 고독 속으로 그를 내몰기는 더더욱 싫었습니다. 그래서 그가 하숙집으로 옮겨온 이후에도 한동안 비판 비슷한 말은 꺼내지도 않았습니다. 그냥 조용히 주위 사람들이 그에게 영향을 끼친 결과를 지켜보기로 한 것입니다.

25

나는 K 모르게, 아주머니와 따님에게 되도록 K에게 말을 걸어달라고 부탁했습니다. 그가 지금까지 고수해온 무언無言 생활이 화근이라고 믿었기 때문입니다. 철도 사용하지 않으면 녹슬듯이, 그의 마음도 녹이 슬었다고밖에 생각할 수 없었던 것입니다.

아주머니는 K가 대화 나누기 힘든 사람이라며 웃었습니다. 따님은 또 구태여 그 예를 들어가며 내게 설명했습니다. 화로에 불이 남아 있느냐고 물으면 K는 없다고 대답합니다. 그럼 가지고 오겠다고 하면 필요 없다고 거절합니다. 춥지 않으냐고 물으면 춥지만 필요 없다고 대답하고는 더이상 응대하지 않는다는 것입니다. 나로서는 그냥 쓴웃음만 짓고 있을 수가 없었습니다. 미안한 마음에 무슨 말이든 해서 그 자리를 무마해야만 했습니다. 하긴 그때는 봄이었으니까 굳이 불을 쬘 필요는 없었겠지만, 그런 식의 응대라면 대화를 나누기 힘들다는 소리를 듣는 것도 무리는 아니었습니다.

그래서 나는 되도록 그 두 사람과 K의 중간에서 다리 역할을 하려고 노력했습니다. K와 내가 얘기하고 있는 자리에 이 집 사람들을 부른다든가, 그들과 내가 한방에 있을 때 K를 부른다든가 하여, 그때그때 상황에 맞는 방법으로 함께할 수 있는 자리를 마련하고자 했던 것입니다. 물론 K는 그런 것을 별로 좋아하지 않았습니다. 어떤 때는 벌떡 일어나 나갔습니다. 또 어떤 때는 아무리 불러도 좀처럼 오지 않았습니다. K는 그런 쓸데없는 얘기를 하는 게 뭐가 재밌느냐고 했습니다. 나는 그저 웃었습니다. 하지만 마음속으로는, 그런 일로 K가 나를 경멸하고 있음을 잘 알고 있었습니다.

어떤 의미에서는 사실 나는 그의 경멸을 살 만했는지도 모릅니다. 그는 나보다 훨씬 높은 곳을 바라본다고도 할 수 있겠지요. 나도 그걸 부정하지는 않습니다. 그러나 바라보는 곳만 높고 그 외의 것들과 균형을 이루지 못한다면 불구자나 다름없습니다. 나는 차제에 만사를 제쳐놓고 그를 인간답게 만드는 일이 급선무라고 생각했습니다. 아무리 그의 머릿속이 훌륭한 사람의 이미지로 가득차 있다고 해도, 그 자신이 훌륭해지지 않는 이상 아무 소용도 없음을 발견한 것입니다. 그를 인간답게 만드는 첫번째 수단으로 나는 우선 그를 이성 곁에 앉힐 방법을 강구했습니다. 그리고 거기서 생겨나는 분위기를 접하게 하여, 녹슬어가던 그의 피가 새로워지도록 시도한 것입니다.

그 시도는 점차 서서히 효과를 보기 시작했습니다. 처음에는 융화되기 어려워 보이더니, 점점 한데 어울리기 시작했습니다. 그는 자기 외의 세계가 있다는 것을 조금씩 깨달아가는 것 같았습니다. 어느 날 그는 내게, 여자란 그리 업신여길 존재가 아니라는 식으로 말했습니다. K는 처음에 여자한테도 나 정도의 지식과 학문을 기대했던 모양입니다. 그리고 그런 기대가 어긋나자 바로 업신여기는 마음이 생긴 듯했습니다. 그때까지 그는 성별에 따라 입장을 달리해야 한다는 걸 모르고, 모든 남녀를 똑같은 시각으로 바라보았던 것입니다. 나는 그에게, 만일 남자끼리 우리 둘이서만 영원히 얘기를 나눈다면, 우리 대화는 오직 직선으로만 나아갈 뿐이라고 말했습니다. 그도 지당한 말이라고 대답했습니다. 그때 나는 따님에게 어느 정도 마음을 빼앗긴 터라, 자연히 그런 말도 하게 된 것이겠지요. 하지만 이면에 깔린 사정에 대해서는 그에게 한마디도 털어놓지 않았습니다.

지금까지 책으로 성벽을 쌓고 그 안에 틀어박혀 있던 K의 마음이 점차 열려가는 모습을 보는 것은 무엇보다도 유쾌한 일이었습니다. 처음부터 그러기를 바라고 시작한 일이었기에, 성공과 더불어 희열을 느끼지 않을 수 없었습니다. 나는 본인에게는 아무 말도 하지 않았지만, 대신 아주머니와 따님에게는 그런 생각을 말했습니다. 두 사람도 만족한 표정이었습니다.

26

K와 나는 과는 같아도 전공 분야가 달랐기 때문에, 자연히 집을 나서는 시간이나 들어가는 시간이 달랐습니다. 내가 일찍 귀가하면 그냥 그의 빈방을 지나가면 됐지만, 늦어지면 으레 가볍게 인사를 나누고 내 방으로 들어가곤 했습니다. K는 책에서 눈을 떼고 언제나 같은 눈길로 방문을 여는 나를 잠깐 쳐다봅니다. 그러고는 어김없이 지금 오느냐고 말합니다. 나는 아무 말 않고 고개만 끄덕일 때도 있었고, 그냥 "응" 하고 지나칠 때도 있었습니다.

어느 날 나는 간다에서 일을 보느라 평소보다 제법 늦게 귀가했습니다. 걸음을 재촉해 현관문 앞까지 가서 격자문을 드르륵 밀었습니다. 밀자마자 나는 따님의 목소리를 들었습니다. 목소리는 분명히 K의 방에서 나는 듯했습니다. 현관에서 곧장 들어가면 자노마와 따님의 방이 이어져 있고 거기서 왼쪽으로 돌아가면 K의 방과 내 방이 있는 구조였으므로. 그 집에 산 지 오래된 나는 어디서 목소리가 나는지 정도는 금방 알았습니다. 나는 얼른 격자문을 닫았습니다. 그러자 따님의 목소리도 뚝 끊어졌습니다. 내가 신발을 벗고 있는 동안—나는 그 당시부터 하이칼라*여서 손이 많이 가는 편상화를 신고 있었는데—허리를 구부리고 끈을 풀고 있는 동안, K의 방에서는 아무 소리도 나지 않았습니다. 나는 이상하게 여겼습니다. 어쩌면 내가 착각했는지도 모르겠다고 생각했습니다. 하지만 여느 때처럼 K의 방을 거쳐가려고 방문을 열자, 거기엔 분명히 두 사람이 앉아 있었습니다. K는 평소대로 지금 오느냐고 말했습니다. 따님도 "다녀오셨어요" 하고 앉은 채 인사했습니다. 그 간단한 인사말이 기분 탓인지 내게는 좀 딱딱하게 들렸습니다. 어딘가 자연스럽지 못한 어조로 내 고막에 울린 것입니다. 나는 따님에게 아주머니는요, 하고 물었습니다. 내 질문에는 아무 의미도 없었습니다. 웬일인지 집안이 평소보다 조용하기에 물어본 것뿐이었습니다.

아주머니는 역시 외출하고 없었습니다. 하녀도 아주머니를 따라 나갔습니다. 그러니까 집에는 K와 따님만 남아 있었던 것입니다. 나는 잠시 고개를 갸웃거렸습니다. 지금까지 오랜 기간 동안 하숙해왔지만, 아주머니가 따님과 나만 남겨두고 집을 비운 적은 아직까지 없었으니까요. 나는 무슨 급한 일이라도 생겼느냐고 따님에게 다시 물었습니다. 따님은 그저 웃기만 했습니다. 나는 이럴 때 웃는 여자가 싫었습니다. 젊은 여자들은 원래 다 그렇다고 하면 그만일지도 모르지만, 따님

---

* 서양에 갔다 온 사람들이 운두가 높은 옷깃을 착용하고 있던 데서 나온 말로, 서양풍을 즐기는 사람을 의미한다.

은 별것 아닌 일에도 잘 웃었습니다. 하지만 따님은 웃다가 내 안색을 보고 얼른 평상시의 표정으로 돌아와, 급한 일은 아니고 잠깐 볼일 보러 나갔다고 착실하게 대답했습니다. 하숙생인 내게는 그 이상 캐물을 권리가 없었습니다. 나는 침묵했습니다.

내가 막 옷을 갈아입고 자리에 앉으려는데 아주머니도 하녀도 돌아왔습니다. 이윽고 저녁식사 자리에서 모두가 얼굴을 마주하는 시간이 되었습니다. 내가 처음 하숙집에 들어왔을 때는 모든 일에 손님 대접을 해주었기 때문에 끼니때마다 하녀가 상을 날라다 주었지만, 언제부턴가 밥 먹을 때 나를 부르러 오게 되었습니다. K가 새 식구로 왔을 때도 내가 나서서, 나와 똑같이 대접해달라고 했습니다. 그 대신 판이 얇고 다리가 접히는, 아담한 밥상을 아주머니에게 사 드렸습니다. 지금은 어느 집에서나 쓰고 있는 모양이지만, 그 당시에 그런 밥상에 둘러앉아 밥을 먹는 가족은 거의 없었습니다.* 그 밥상은 일부러 오차노미즈에 있는 가구점에 가서 내가 고안한 대로 주문해 만든 것이었습니다.

나는 밥상머리에서, 그날따라 늘 오던 생선장수가 오지 않아 우리에게 해줄 반찬거리를 사러 시장까지 나갔다 왔다는 얘기를 아주머니한테서 들었습니다. 하긴 하숙을 치고 있는 이상 그럴 법도 하다는 생각을 했을 때, 따님은 내 얼굴을 보더니 또 웃었습니다. 하지만 이번에는 아주머니에게 꾸지람을 듣자 바로 웃음을 그쳤습니다.

---

* 당시는 일반적으로 식구마다 각상을 받았다.

27

일주일쯤 지나서 나는 또 K와 따님이 대화하고 있는 방을 지나가게 되었습니다. 그때 따님은 내 얼굴을 보자마자 또 웃었습니다. 그 즉시 뭐가 우습냐고 물었으면 좋았겠죠. 그러나 나는 그냥 잠자코 내 방으로 들어가버렸습니다. 그러는 바람에 K도 평소처럼 지금 오느냐고 인사할 겨를이 없었습니다. 따님은 곧 장지문을 열고 자노마로 간 것 같았습니다.

저녁식사 때, 따님은 나더러 이상한 사람이라고 했습니다. 그때도 나는 뭐가 이상하냐고 묻지 못했습니다. 다만 아주머니가 따님을 노려보는 듯한 눈초리를 느꼈을 뿐입니다.

식사가 끝난 후 나는 K에게 산책을 가자고 하여 같이 나왔습니다. 우리는 덴즈인 뒤로 해서 식물원이 있는 길로 빙 돌아 또다시 도미자카 언덕 초입으로 갔습니다. 산책치고는 짧은 거리가 아니었지만, 걷는 동안 별로 얘기를 나누지 않았습니다. K는 나보다도 과묵한 성격이었습니다. 나도 말이 많은 편은 아니었지만, 걸으면서 가능한 한 말을 걸어보았습니다. 내 화제는 주로 하숙집의 가족 얘기였습니다. 그가 아주머니나 따님을 어떻게 보고 있는지 알고 싶었던 것입니다. 그런데 그는 알쏭달쏭하게 대답했습니다. 그것도 요령부득이면서 아주 간단했습니다. 그는 아주머니나 따님보다 전공 학과에 더 관심이 많은 듯했습니다. 하긴 2학년* 시험이 코앞에 닥쳤을 때니까, 일반적으로 볼

---

* 도쿄제국대학은 학년 시험을 일 년에 한 번, 6월에 쳤다.

때 그쪽이 더 학생다운 모습이었겠지요. 그런데다 그는 스베덴보리*가 어떠니 저떠니 하며, 문외한인 나를 놀라게 했습니다.

우리가 시험을 순조롭게 다 쳤을 때, 아주머니는 이제 두 사람 다 일 년 남았다며 기뻐해주었습니다. 그렇게 말하는 아주머니의 유일한 자랑거리라고도 볼 수 있는 따님의 졸업도 얼마 남지 않은 때였습니다. K는 내게 여자란 배우는 것도 없이 학교를 졸업한다고 말했습니다. K는 따님이 학문 이외에 배우는 바느질이나 고토, 꽃꽂이 같은 건 전혀 안중에 두지 않는 것 같았습니다. 나는 그의 단편적인 사고방식에 웃었습니다. 그리고 여자의 가치는 그런 데 있는 게 아니라는 예전의 견해를 그의 앞에서 또 되풀이했습니다. 그는 별로 반박하지 않았습니다. 그렇다고 수긍하는 빛도 보이지 않았습니다. 나는 그런 점이 유쾌했습니다. 그의 시큰둥한 태도가 여전히 여자를 경멸하고 있는 듯이 보였기 때문입니다. 내가 여자의 대표로 알고 있는 따님을 대수롭지 않게 여기는 듯했기 때문입니다. 지금 돌이켜보면 K에 대한 나의 질투심은 이미 그때부터 싹텄던 것입니다.

나는 여름방학에 어딘가 가자고 K에게 제안했습니다. K는 가고 싶지 않다는 투로 말했습니다. 물론 그는 자신의 자유의지로 어디든지 갈 수 있는 몸은 아니었지만, 내가 가자고만 하면 어디를 가든 상관없는 몸이었습니다. 왜 가고 싶지 않느냐고 물어보았습니다. 그는 이유고 뭐고 없다, 집에서 책을 읽으며 지내고 싶을 뿐이라고 했습니다. 내가 시원한 피서지에 가서 공부하는 편이 몸에도 좋다고 주장하자, 그

---

* 스웨덴의 과학자, 철학자, 신비주의자.

렇다면 너 혼자 가면 되지 않느냐는 것이었습니다. 하지만 나는 K를
여기 남겨놓고 가기는 싫었습니다. 그렇지 않아도 K와 하숙집 사람들
이 점점 가까워지는 걸 보는 게 그리 달갑지만은 않았기 때문입니다.
내가 처음에 원하던 대로 되는데 왜 좋지 않느냐고 묻는다 해도 할말
이 없습니다. 나는 바보였나봅니다. 계속 옥신각신하는 것을 보다못한
아주머니가 중재에 나섰습니다. 결국 우리 두 사람은 함께 보슈로 떠
나기로 했습니다.

28

K는 여행을 잘 다니지 않는 친구였습니다. 나도 보슈는 처음이었습
니다. 우리 두 사람은 아무것도 모른 채 배가 제일 먼저 도착한 선착장
에서 내렸습니다. 호다라는 곳이라고 기억합니다. 지금은 얼마나 변했
는지 몰라도 그 당시엔 형편없는 어촌이었습니다. 무엇보다 어딜 가
나 비린내가 났습니다. 그리고 바다에 들어가면 파도에 떠밀리면서 손
이나 발이 까졌습니다. 주먹만한 큰 돌들이 밀어닥치는 파도에 휩쓸려
계속 굴러다녔기 때문입니다.

나는 그만 질려버렸습니다. 하지만 K는 좋다고도 싫다고도 말하지
않았습니다. 적어도 표정만은 담담해 보였습니다. 그러면서도 그는 바
다에 들어갔다 나올 때마다 어딘가 꼭 상처가 났습니다. 결국 나는 그
를 설득하여, 호조로 내려갔습니다. 호조와 다테야마는 주로 학생들이
모여드는 곳이었습니다. 그런 의미에서 보면 우리에게는 안성맞춤인

해수욕장이었습니다. K와 나는 자주 해안 바위에 앉아 먼 바다의 색깔이나 가까운 물밑을 바라보았습니다. 바위 위에서 내려다보는 물은 너무나도 맑았습니다. 어시장에서는 볼 수 없는 빨간색이나 파란색의 작은 물고기들이 투명한 물결 속에서 이리저리 헤엄쳐다니는 모습이 손가락질할 수 있을 만큼 훤히 보였습니다.

나는 바위에 앉으면 책을 펼치곤 했습니다. K는 아무것도 안 하고 말없이 앉아 있을 때가 많았습니다. 생각에 잠겨 있는 것인지, 넋 놓고 경치를 바라보는 것인지, 아니면 상상의 날개를 펼치고 있는 것인지는 알 길이 없었습니다. 나는 간간이 눈을 들어 K에게 뭘 하고 있는 거냐고 물었습니다. K는 아무것도 안 한다고 대답할 뿐이었습니다. 나는 내 옆에 이렇게 가만히 앉아 있는 사람이 K가 아니고 따님이었다면 얼마나 기분좋을까 하는 생각을 할 때가 종종 있었습니다. 거기까지는 그래도 괜찮았는데, 때로는 K도 나와 똑같은 희망을 품고 바위에 앉아 있는 것이 아닐까 하는 의심이 문득 들기도 했습니다. 그럴 때는 차분하게 앉아 책을 펼치고 있을 기분이 갑자기 사라집니다. 나는 벌떡 일어납니다. 그리고 목청껏 소리칩니다. 한시 한 편이니 와카和歌 한 수니 하며 흥겹게 읊어대는 여유로운 행위는 할 수도 없었습니다. 그저 야만인처럼 소리를 질러댔습니다. 한번은 별안간 그의 목덜미를 움켜잡고, 이대로 바닷속으로 밀어버리면 어떻게 하겠느냐고 K에게 물었습니다. K는 움쩍도 하지 않았습니다. 앞만 바라본 채, 바라던 바네. 그렇게 하게, 라고 대답했습니다. 나는 움켜쥐었던 손아귀를 얼른 풀었습니다.

K의 신경쇠약은 이때는 이미 상당히 호전된 것 같았습니다. 그와 반

대로 나는 점점 과민해져갔습니다. 나보다 침착한 K를 보며 부러워했습니다. 또 얄미워했습니다. 그는 나와 어울릴 기미가 전혀 보이지 않았기 때문입니다. 그런 태도가 내게는 하나의 자신감처럼 비쳤습니다. 하지만 그 자신감 때문임을 알았다 해도 결코 만족할 수는 없었습니다. 내 의심은 한 걸음 더 나아가 어떤 자신감인지 알고 싶어했습니다. 학문이든 사업이든 앞으로 자신이 나아갈 길의 광명을 그는 다시 찾은 것일까? 단순히 그런 것이라면 K와 나 사이에 이해관계가 충돌할 일은 없습니다. 도리어 나는 도와준 보람이 있었다고 기뻐했을 것입니다. 하지만 그의 마음이 안정된 이유가 만일 따님 때문이라면 나는 결코 그를 용서하지 못할 것입니다. 희한하게도 그는 내가 따님을 사랑하는 낌새를 통 알아차리지 못하는 것 같았습니다. 물론 나도 일부러 K의 눈에 띌 만한 행동은 하지 않았지만, 그런 일에 K는 워낙 무뎠습니다. 그를 집으로 데려온 것도 처음부터 K라면 괜찮을 거라고 안심했기 때문입니다.

29

나는 K에게 속마음을 털어놓자고 마음먹었습니다. 하긴 그런 마음을 먹은 것은 그때가 처음이 아니었습니다. 여행을 떠나기 전부터 그럴 속셈을 갖고 있었지만, 털어놓을 기회를 잡는 일도 그런 기회를 만드는 일도 내 재간으로는 쉽지 않습니다. 지금 생각해보면 그 무렵 내 주변 사람들은 좀 이상했습니다. 여자와 관련된 문제 같은 걸 얘기하는 사람은 한 사람도 없었습니다. 그중에는 얘깃거리가 없는 사람도 많았겠지만, 설령 갖고 있다고 해도 보통은 입에 담지 않았습니다. 비교적 자유로운 공기를 마시는 요즘 학생들이 보기엔 필시 이상하겠지요. 그런 풍토가 유교의 영향 탓인지 아니면 어떤 부끄러움 때문인지, 그 판단은 자네에게 맡기겠습니다.

K와 나는 뭐든 스스럼없이 얘기하는 사이였습니다. 어쩌다 사랑이니 연애니 하는 문제도 거론하긴 했지만, 늘 추상적으로 흐르기 일쑤였습니다. 그런 얘기를 화제로 삼는 일도 좀처럼 없었습니다. 대개는 책 얘기와 학문 얘기와, 장래의 사업과, 포부와 수양 얘기 정도가 다였습니다. 아무리 친해도 이렇게 대화 내용이 딱딱해지는 날에는 갑자기 흐름을 끊기 어렵지요. 우리는 그냥 딱딱한 얘기를 나누면서 우정을 다질 뿐이었습니다. 나는 따님에 대한 심정을 K에게 털어놓으려고 마음먹은 이후, 몇 번이나 갑갑한 불쾌감으로 고민했는지 모릅니다. K의 머리 어딘가 한 군데에 구멍을 뚫고 그 구멍으로 부드러운 공기를 불어넣어주고 싶었습니다.

자네가 보기엔 우습기 짝이 없는 일이겠지만, 그 당시의 내게는 정말로 어렵고도 힘든 일이었습니다. 나는 여행지에서도 하숙집에 있을 때와 마찬가지로 비겁했습니다. K를 관찰하며 호시탐탐 기회를 노렸지만, 고답적으로 보이는 그의 태도에는 비집고 들어갈 틈이 없었습니다. 말하자면, 그의 심장 주위는 까만 옻칠로 두껍게 감싸여 있는 상태나 마찬가지였습니다. 내가 부어넣어주려는 피는 그의 심장으로 한 방울도 들어가지 못하고 모조리 튕겨나왔습니다.

어떤 때는 K의 태도가 너무나도 의연해서, 나는 도리어 마음을 놓은 적도 있었습니다. 그리고 그를 의심한 것을 마음속으로 후회하고 또 마음속으로 K에게 사과했습니다. 사과하면서도 자신이 아주 졸렬한 인간 같아 갑자기 싫어지기도 했습니다. 하지만 잠시 지나면 또 이전의 의심이 고개를 쳐들고 되받아칩니다. 이 모든 게 의심에서 비롯되는 것이기에, 모든 게 내게는 불리하게 여겨졌습니다. 용모도 K 쪽이 여자들에게 더 인기 있을 것처럼 보였습니다. 성격도 나처럼 소심하지 않은 점이 이성에게 호감을 살 것 같다고 생각했습니다. 어딘가 좀 모자라 보이면서 어딘가 강직한 남자다움이 있는 점도 나보다는 우세하게 보였습니다. 공부 면에서도 전공은 다르지만, 물론 나는 K의 적수가 못 된다는 것을 자각하고 있었습니다―모든 면에서 나보다 나은 점만 이렇게 한꺼번에 눈앞에 어른거리기 시작하면, 잠시 안심했다가도 금방 불안한 상태로 되돌아가곤 했습니다.

우리는 사나흘 지나 호조를 떠났습니다. K는 침착해지지 못하는 나를 보고 싫으면 일단 도쿄로 돌아가도 좋다고 말했지만, 그 말을 들은 나는 돌연 돌아가기 싫어졌습니다. 실은 K를 도쿄로 보내고 싶지 않았는지도 모릅니다. 우리는 보슈 반도의 끝을 돌아 반대편으로 갔습니다. 내리쬐는 뙤약볕 아래에서 걷는 게 고통스러웠지만, 금방 동네가 나올 거라는 말에 속아 끙끙거리며 걸었습니다. 나는 왜 이렇게 걷는 건지 이유도 잊어버릴 정도였습니다. 반 농담으로 K에게 그렇게 말했더니, K는 다리가 있으니까 걷는 거라고 대꾸했습니다. 그리고 더워지면 바다로 들어가자고 하고는 어디든 상관없이 바닷물에 몸을 담갔습니다. 그러고 나서 또다시 강렬한 햇볕 속을 걸어야 했기에, 녹초가 되어 몸이 늘어졌습니다.

30

이런 식으로 걸어다니면, 더위와 피로로 말미암아 자연히 몸 상태가 안 좋아집니다. 그렇지만 병이 난 것과는 다릅니다. 갑자기 내 혼이 남의 몸속으로 옮겨가버린 것 같은 느낌이 들죠. 평소처럼 K와 대화를 하면서도 나는 어딘지 평소와는 다른 기분이 되었습니다. 그에게 느끼는 친근감도 미움도 여행중에만 한정된 특별한 성격을 띠게 되었습니다. 즉 우리 사이는 더위 때문에, 바닷물 때문에, 또 도보 여행 때문에 그때까지와는 다른 새로운 관계에 들어가게 된 것이지요. 그때의 우리는 마치 길동무를 하게 된 행상 같았습니다. 많은 얘기를 나눴지만 여느 때와는 달리 머리를 쓰는 복잡한 문제는 건드리지 않았습니다.

우리는 그런 상태로 조시까지 갔는데, 거기까지 가는 도중에 딱 한 번 예외가 있었던 일을 지금도 잊을 수 없습니다. 보슈 반도를 벗어나기 전에 우리는 고미나토라는 곳에서 다이노우라*를 구경했습니다. 이미 오래된 일이고 게다가 나는 별 흥미도 없었기 때문에 분명히 기억나지는 않습니다만, 그곳은 니치렌**이 태어난 마을이라더군요. 니치렌이 태어나던 날 도미 두 마리가 파도에 밀려 해안으로 올라왔다는 전설이 전해지고 있습니다. 그후로 지금까지 마을 어부들은 도미를 잡지 않아, 연안에는 도미가 많았습니다. 우리는 도미떼를 보려고 작은 배를 세내어 바다로 나가보았습니다.

바다로 나간 나는 그저 일렁이는 물결만 바라보았습니다. 물결 속에

---

* 도미(다이)가 많은 포구(우라)라는 뜻.
** 불교 종파인 니치렌종을 창시한 승려.

서 움직이는, 약간 보랏빛이 도는 도미의 색깔을 재미있는 현상의 하나로 보며 싫증도 내지 않고 바라보았습니다. 하지만 K는 나만큼 도미 구경에는 관심이 없는 것 같았습니다. 도미보다도 니치렌 생각에 빠져 있는 듯했습니다. 마침 그 마을에는 단조사誕生寺라는 절이 있었습니다. 니치렌이 태어난 마을이라 단조라는 이름을 붙였겠지요, 장엄한 절이었습니다. K는 그 절에 가서 주지를 만나보겠다는 말을 꺼냈습니다. 사실 우리는 몰골이 말이 아니었습니다. 특히 K는 바람에 모자가 바다로 날아간 후, 사초 삿갓을 사서 쓰고 있었습니다. 두 사람 다 옷은 두말할 것도 없이 때에 절었고 땀냄새가 코를 찔렀습니다. 나는 스님 만나는 일은 관두자고 권했습니다. 고집불통인 K는 듣지 않았습니다. 싫으면 나더러 밖에서 기다리라는 겁니다. 할 수 없이 나도 함께 현관까지 가긴 했으나, 내심 분명히 거절당할 것이라고 생각했습니다. 그런데 스님들은 의외로 배려심이 많은지, 우리를 넓고 근사한 객실로 안내했고 주지 스님도 바로 만나주었습니다. 그 시절의 나는 K와 생각이 많이 달랐기 때문에 K와 스님의 대화에 별로 귀를 기울이지 않았으나, K는 자꾸만 니치렌에 대해 묻는 듯했습니다. 니치렌은 초니치렌草日蓮이라고 불릴 정도로 초서를 아주 잘 썼다고 스님이 말했을 때, 붓글씨를 잘 못 쓰는 K는 흥미없다는 표정을 지었던 걸 나는 아직도 기억합니다. K는 그런 것보다 니치렌에 관해 더 깊이 있는 얘기를 듣고 싶었던 게지요. 그런 점에서 스님이 K를 만족시켰는지 어땠는지는 의문이지만, 그는 절 경내를 나오자 연신 내게 니치렌 얘기를 해댔습니다. 나는 덥고 지쳐서 상대해줄 기력도 없었으므로 건성건성 적당히 대꾸했습니다. 그나마 귀찮아지자 나중에는 입을 다물어버렸습니다.

아마도 그다음날 밤의 일이었을 겁니다. 숙소에 도착해서 저녁을 먹고 잠자리에 들기 조금 전, 우리는 갑자기 어려운 얘기를 주고받았습니다. K는 어제 자기가 꺼낸 니치렌 얘기에 내가 상대해주지 않은 일을 언짢게 여기고 있었습니다. 정신적인 향상심이 없는 자는 바보라면서 나를 자못 경박한 인간으로 몰아붙이더군요. 하지만 내 가슴에는 따님 얘기를 꺼낼 생각이 웅어리져 있었기 때문에, 모멸에 가까운 그의 말을 그저 웃으며 받아들일 수는 없었습니다. 나는 나대로 반격을 시작했습니다.

31

그때 나는 인간답다는 말을 여러 번 썼습니다. K는 내가 인간답다는 말에 모든 약점을 숨기고 있다고 지적했습니다. 나중에 생각해보니 정말 K가 말한 대로였습니다. 하지만 K에게 인간답지 않다는 말의 의미를 납득시키려고 그 말을 꺼낸 나는, 출발점이 이미 반항적이었던 만큼 그 지적을 반성해볼 여유가 없었습니다. 나는 내 의견을 더 밀어붙였습니다. 그러자 K는 자신의 어디를 보고 인간답지 않다고 하는 거냐고 물었습니다. 나는 그에게 말했습니다―너는 인간답다. 아니 너무 인간다운 건지도 모르겠다. 하지만 입으로는 인간답지 않은 소리를 한다. 또 인간답지 않게 행동하려고 한다.

내가 그렇게 말하자, 그는 자신의 수양이 부족한 탓에 남에게는 그렇게 보일지도 모르겠다고 대답했을 뿐, 전혀 반박하려 들지 않았습니다. 맥이 빠졌다기보다 오히려 그가 가엾다는 생각이 들었습니다. 나는 거기서 접었습니다. K의 말투도 점차 가라앉았습니다. 내가 만일 그가 아는 옛사람들을 알고 있었다면 그런 식의 공격은 하지 않았을 것이라며 한탄했습니다. K가 말한 옛사람이란 물론 영웅도 아니고 호걸도 아닙니다. 정신을 위해 육체를 혹사하거나 도를 위해 육체를 채찍질했던, 소위 고행자를 가리키는 것입니다. K는 그들을 따라가지 못하는 것에 얼마나 고통받고 있는지 내가 몰라주어 너무나 섭섭하다고 명언明言했습니다.

K와 나는 그쯤에서 끝내고 잠자리에 들었습니다. 그리고 그다음날부터 또 행상꼴로 돌아가 땀을 뻘뻘 흘리며 걸었습니다. 하지만 나는 걸으면서 그날 밤에 있었던 일을 문득문득 떠올렸습니다. 더없이 좋은 기회가 주어졌는데, 왜 아무 일도 없는 척 속마음을 털어놓지 못했을까 하는 후회가 밀려온 것입니다. 인간답다는 추상적인 말 대신에 더 직설적이고 간단하게 K에게 털어놓을 걸 그랬다는 생각이 난 것입니다. 사실 내가 그런 말을 창조한 것도 따님에게 품은 감정을 토대로 하고 있는 것이기 때문에, 사실을 증류해서 만들어낸 논리 같은 걸 K의 귀에 주입하기보다 본래의 형태 그대로 그의 눈앞에 드러내는 편이 나에게는 분명 이익이었을 것입니다. 내가 그러지 못한 것은, 학문적인 교제가 기조를 이루고 있는 두 사람의 친근감에 일종의 타성 비슷한 게 생겨, 과감하게 그 분위기를 깰 만한 용기가 나지 않기 때문임을 여기서 고백합니다. 허세가 지나치다고 하건 허영심이 문제라고 하건 똑같은 얘기겠지만, 내가 말하는 허세나 허영심은 일반적인 것과는 의미가 좀 다릅니다. 그걸 자네가 알아주기만 한다면 나는 만족합니다.

우리는 새카맣게 타서 도쿄로 돌아왔습니다. 돌아오자 내 마음은 또 바뀌었습니다. 인간답다거나 인간답지 않다거나 하는 되잖은 논리는 거의 뇌리에 남아 있지 않았습니다. K에게도 종교적인 모습은 전혀 보이지 않았습니다. 아마도 그때 그의 마음속 어디에도 영혼이 어떠니 육체가 어떠니 하는 문제는 자리잡지 않았던 모양입니다. 우리는 이방인 같은 얼굴을 하고, 바쁘게 돌아가는 도쿄를 이리저리 바라보았습니다. 그리고 료고쿠로 가서 더운데도 불구하고 닭고기 전골을 먹었습니다. K는 이 기세로 고이시카와까지 걸어가자고 했습니다. 체력은 K보다 내가 더 좋았기 때문에 나는 바로 그러자고 했습니다.

하숙집에 도착하자, 우리를 보고 아주머니는 놀랐습니다. 우리는 얼굴만 탄 게 아니라 걷고 또 걸은 탓에 굉장히 야위어 있었습니다. 아주머니는 그래도 건강해진 것 같다고 치하해주었습니다. 따님은 아주머니의 모순된 행동이 우습다며 또 웃음을 터뜨렸습니다. 여행 전에는 그 웃음 때문에 가끔 화가 나던 나도 그때만큼은 기분이 좋았습니다. 상황이 상황이고 또 오랜만에 들은 탓이었겠지요.

32

그런데 따님의 태도가 전과 달라진 것 같았습니다. 오랜만에 여행에서 돌아온 우리가 평상시처럼 안정을 되찾기 위해서는 여러모로 여자의 손길이 필요했는데, 그런 뒤치다꺼리를 해주는 아주머니는 그렇다 치고 따님이 모든 일에서 나를 우선하고 K를 나중으로 돌리는 것처럼 보였던 겁니다. 노골적으로 그랬다면 나도 거북스러웠을지 모릅니다. 경우에 따라서는 불쾌감마저 일으킬 수 있는데, 따님은 그런 점에서 아주 요령 있게 행동하여 나는 기뻤습니다. 다시 말해서 따님은 나만 알 수 있도록 천성적인 친절을 좀더 베풀어준 것입니다. 그래서 K도 별로 기분 나빠하지 않고 지냈습니다. 나는 마음속으로 남몰래 그를 향해 쾌재를 불렀습니다.

이윽고 여름도 다 가고 9월 중순부터 우리는 다시 수업을 들으러 학교에 가게 되었습니다. K와 나는 각자 강의 시간에 따라 하숙집을 드나드는 시간이 또 달라졌습니다. 내가 K보다 늦게 귀가하는 날이 일주일에 세 번 정도 있었는데, 언제 돌아와도 K의 방에서 따님의 모습을 보는 일은 없어졌습니다. K는 언제나처럼 나를 보며 "지금 오냐?"라는 말을 규칙처럼 되풀이했습니다. 나도 거의 기계적으로 간단하고 무의미하게 반응했습니다.

아마도 시월 중순이었을 것입니다. 늦잠을 잔 나는 기모노 차림으로 서둘러 학교로 갔습니다. 신발끈을 맬 시간도 아까웠으므로 조리*를 꿰어신고 뛰쳐나갔습니다. 그날은 시간표상 내가 K보다 먼저 귀가하는 날이었습니다. 나는 응당 그러려니 여기며 돌아와 현관 격자문을 드르륵 열었습니다. 그런데 없을 줄 알았던 K의 목소리가 얼핏 들렸습니다. 이어서 따님의 웃음소리도 내 귀를 울렸습니다. 나는 평소처럼 시간이 걸리는 신발을 신지 않았으므로 곧장 현관마루로 올라가 방문을 열었습니다. 늘 그렇듯이 책상 앞에 앉아 있는 K가 눈에 들어왔습니

---

* 엄지와 검지 발가락을 끼울 수 있게 Y자로 끈을 단 일본 전통 신.

다. 하지만 따님은 이미 그 자리에 없었습니다. K의 방에서 마치 도망치듯 사라지는 뒷모습을 언뜻 봤을 뿐입니다. 나는 K에게 어떻게 빨리 돌아왔느냐고 물었습니다. K는 몸이 좀 안 좋아서 학교를 쉬었다고 대답했습니다. 내 방으로 들어가 앉아 있으려니, 잠시 뒤 따님이 녹차를 갖다주었습니다. 그제야 따님은 잘 다녀왔느냐며 인사를 했습니다. 나는 웃으면서 아까는 왜 도망쳤느냐고 물을 만큼 숫기 좋은 남자는 아니었습니다. 그러면서도 내심 그 일을 마음에 담아두는 인간이었습니다. 따님은 곧 자리에서 일어나 툇마루로 나갔습니다. 그러더니 K의 방 앞에 서서 한두 마디 얘기를 더 나누었습니다. 아까 하던 얘기의 연장 같았는데, 앞 얘기를 모르는 나는 전혀 알아듣지 못했습니다.

그후부터 따님의 태도는 점점 태연해졌습니다. K와 내가 함께 집에 있을 때도 곧잘 K의 방 앞 툇마루로 가서 그의 이름을 불렀습니다. 그러고는 방으로 들어가 한참을 있기도 했습니다. 물론 우편물을 갖다줄 때도 있고 빨래한 것들을 놓고 갈 때도 있으니까, 그 정도 오가는 건 한집에 사는 이상 당연한 일이라고 봐야겠지만, 따님을 독차지하고 싶은 욕망에 사로잡혀 있던 내게는 자꾸만 당연한 일 이상으로 보였습니다. 어떤 때는 따님이 일부러 내 방을 피해 K의 방으로만 간다고 여길 때조차 있었습니다. 자네는 그러면 왜 K에게 하숙집에서 나가라고 하지 않았느냐고 묻겠지요. 하지만 그렇게 하면 내가 K를 굳이 데리고 온 의미가 없어질 뿐입니다. 나는 그렇게 할 수 없었습니다.

33

찬비가 내리는 11월의 어느 날이었습니다. 나는 외투를 적시며 언제나처럼 곤약염라대왕*을 지나 좁다란 언덕길을 올라가서 하숙집으로 돌아왔습니다. K의 방은 텅 비어 있었지만, 화로에는 새로 넣은 숯불이 따뜻하게 타고 있었습니다. 나는 시린 손을 어서 빨간 숯불에 쬐이고 싶은 마음으로 얼른 내 방문을 열었습니다. 그런데 내 방 화로에는 식은 재가 하얗게 남아 있을 뿐, 불씨마저 꺼져 있었습니다. 나는 기분이 확 상했습니다.

그때 내 발소리를 듣고 나온 사람은 아주머니였습니다. 아주머니는 말없이 방 한가운데 서 있는 나를 보더니, 딱했는지 외투를 벗겨주고 기모노를 챙겨주었습니다. 그리고 내가 춥다고 말하자 얼른 K 방의 화로를 갖다주었습니다. K는 벌써 돌아왔느냐고 묻자, 아주머니는 왔다가 다시 나갔다고 대답했습니다. 그날도 시간표상으로는 K가 나보다 늦게 돌아오는 날이었기 때문에, 나는 어찌된 일인지 궁금했습니다. 아주머니는 무슨 볼일이라도 생긴 모양이라고 덧붙였습니다.

나는 그대로 앉아서 잠시 책을 읽었습니다. 온 집안이 쥐죽은듯 조용해 말소리 하나 들리지 않자, 초겨울의 추위와 허전함이 뼛속까지 파고드는 기분이 들었습니다. 나는 그만 책을 덮고 일어났습니다. 갑자기 사람들이 북적대는 곳으로 가고 싶어졌던 것입니다. 비는 겨우 그친 것 같았지만 하늘은 아직 차가운 납덩이처럼 무거워 보였기 때문

---

* 젠카쿠사(源覚寺)에 있는 염라대왕상. 곤약을 공물로 바치는 데서 나온 명칭이다.

에, 나는 만일을 위해 종이우산을 어깨에 메고 육군 무기 공장 뒷담을 따라 동쪽으로 언덕을 내려갔습니다. 그 무렵엔 도로 정비가 되어 있지 않아서 언덕의 경사가 지금보다 훨씬 급했습니다. 길 폭도 좁고 지금처럼 곧게 나 있지도 않았죠. 게다가 언덕 밑으로 내려가면 남쪽이 높은 건물로 막혀 있는데다, 물이 잘 빠지지 않아 길바닥이 질퍽거렸습니다. 특히 좁은 돌다리를 건너 야나기초까지 가는 길이 심했습니다. 굽 높은 게다를 신건 장화를 신건 맘놓고 걸어갈 수 없었어요. 누구든 진창이 자연스레 밀리면서 길 한가운데 생긴 길고 좁은 부분을 조심조심 밟으며 지나가야 했습니다. 그 폭이 불과 30~40센티미터밖에 되지 않았기 때문에, 마치 길에 깔아놓은 오비를 밟고 지나가는 형국이었습니다. 다니는 사람 모두 한 줄로 천천히 지나갔습니다. 나는 그 좁은 오비 위에서 K와 딱 마주쳤습니다. 발에 온 신경을 집중하고 있던 나는 그와 마주칠 때까지 그의 존재를 전혀 알아차리지 못했습니다. 느닷없이 앞이 막혀 그냥 눈을 들었을 때에야, 처음으로 거기 서 있는 K를 보았습니다. 나는 K에게 어디 갔다 오느냐고 물었습니다. K는 잠깐 근처에 갔다 온다고만 대답했습니다. 그의 대답은 여느 때처럼 시큰둥했습니다. K와 나는 좁은 오비 위에서 몸을 비껴갔습니다. 그러자 K 바로 뒤에 젊은 여자가 서 있는 게 보였습니다. 근시인 나는 그때까지 모르다가 K를 보내면서 여자 얼굴을 보게 됐는데, 그 여자가 따님이라 적잖이 놀랐습니다. 따님은 얼굴을 살짝 붉히며 내게 인사했습니다. 그때의 머리 모양은 지금과 달리 둥근 앞머리가 앞으로 쏠리지 않았고, 머리 한가운데서 똬리처럼 둘둘 마는 식이었습니다. 나는 따님의 머리를 멀뚱멀뚱 보다가 누구든 길을 양보해야 한다는 데 생각이

미쳤습니다. 나는 과감히 진흙탕 속으로 한 발을 디뎠습니다. 그리하여 비교적 지나가기 쉬운 길을 따님에게 내주었습니다.

나는 야나기초로 나왔습니다. 하지만 어디로 가면 좋을지 알 수 없었습니다. 어디를 가도 재미있을 것 같지 않았습니다. 나는 흙탕물이 튀거나 말거나 진흙탕 속을 마구 철벅철벅 걸었습니다. 그러다 곧 집으로 되돌아왔습니다.

34

나는 K에게 따님과 함께 나간 거냐고 물었습니다. K는 아니라고 대답했습니다. 마사고초에서 우연히 만나 함께 돌아온 것이라고 설명하더군요. 나는 그 이상은 간섭하는 듯한 질문을 자제할 수밖에 없었습니다. 그러나 식사할 때, 따님한테도 똑같이 물어보고 싶어졌습니다. 그래서 물어봤더니 따님은 내가 싫어하는 그 웃음을 지었습니다. 그러고는 어디 갔는지 알아맞혀보라고 말했습니다. 그 당시의 나는 불뚱이였기 때문에, 젊은 여자가 그렇게 장난하는 식으로 나오자 화가 났습니다. 그런데 그걸 눈치챈 사람은 한 밥상에 둘러앉은 사람 중에 아주머니뿐이었습니다. K는 오히려 태연자약했습니다. 따님의 태도도, 알면서 부러 그러는 건지 모르고 천진해서 그러는 건지 갈피를 잡을 수 없는 부분이 있었습니다. 젊은 여자치고 따님은 사려 깊은 편이었지만, 젊은 여자들에게 공통적인 내가 싫어하는 점도 없진 않았습니다. 그런데 그 싫어하는 점이, K가 하숙집으로 오고부터 비로소 내 눈에 띄기 시작한 겁니다. 그걸 K에 대한 질투심 탓으로 돌려야 할지, 아니면 나를 의식한 따님의 기교로 봐야 할지 분별할 수 없었습니다. 지금도 나는 그때의 질투심을 부정할 마음은 없습니다. 몇 번이나 말한 것처럼, 사랑의 이면에 그런 감정이 움직이고 있음은 분명히 의식하고 있었으니까요. 그것도 남들이 보면 아무 일도 아닌 사소한 일에 어김없이 그런 감정이 머리를 치켜들었으니까요. 이건 여담입니다만, 그런 질투심은 사랑의 또다른 얼굴이 아닐까요. 나는 결혼하고 나서 그런 감정이 점점 옅어지는 것을 자각했습니다. 그 대신 애정도 결코 처음만큼 맹렬하지는 않았죠.

나는 그때까지 망설이던 내 마음을 과감히 상대 가슴에 들이대볼까 생각했습니다. 그 상대란 따님이 아닌 아주머니였습니다. 아주머니에게 따님을 달라고 담판지어볼까 생각한 것입니다. 그러나 그런 결심을 하고도 하루하루 단행할 날짜를 미뤘습니다. 이렇게 말하면 내가 무척 우유부단한 사람처럼 보이겠죠. 그렇게 보여도 상관없습니다만. 실제로 내가 단행하지 못한 이유는 의지력이 부족해서가 아닙니다. K가 이 집으로 오기 전까지는, 남의 계략에 넘어가는 게 싫다는 오기가 나를 붙잡아 한 발짝도 못 움직이게 했습니다. K가 온 후로는, 따님이 어쩌면 K를 마음에 둔 게 아닌가 하는 의구심이 끊임없이 나를 제지했고요. 정말 따님이 나보다 K에게 더 마음이 쏠려 있다면 내 사랑은 입 밖으로 낼 가치도 없다고 판단한 것입니다. 창피당하기 싫다는 것과는 얘기가 좀 다릅니다. 내가 아무리 좋아한다고 해도, 상대방이 속으로 딴사람에게 사랑의 눈길을 돌리고 있다면, 그런 여자와 평생을 함께하기는 싫었습니다. 세상에는 자기가 좋아하는 여자라고 불문곡직 아내로 삼고 기뻐하는 사람도 있습니다만, 그런 사람은 우리보다 훨씬 세파에 닳고 닳았거나 아니면 사랑의 심리를 잘 모르는 바보라고 당시의 나는 생각했습니다. 한번 아내로 삼고 나면 그럭저럭 살아가기 마련이라는 철리哲理를 수긍할 수 없을 만큼 나는 열을 올리고 있었죠. 즉 나는 지극히 고상한 사랑의 이론가였던 겁니다. 그와 동시에 가장 멀리 돌아서 가는 사랑의 실천가였습니다.

당사자인 따님에게 직접 내 심정을 털어놓을 기회도 한집에 사는 동안 이따금 있었지만, 나는 일부러 그 기회를 피했습니다. 일본의 관습상 그런 일은 용납되지 않는다는 자각이, 그 시절 내게는 강했어요. 하지만 결코 그것만이 나를 속박했다고는 할 수 없습니다. 일본인, 특히 일본의 젊은 여자가 그런 상황에서 거리낌없이 자신의 속마음을 솔직하게 말할 만한 용기가 있을 리 없다고 내다본 것입니다.

35

그런저런 이유로 나는 나아갈 방향을 잡지 못해 그저 가만히 있었습니다. 몸이 안 좋을 때 낮잠을 자다보면, 잠이 깨어 주위의 사물은 잘 보이는데 손발은 꼼짝달싹도 못할 때가 있지요. 때때로 나는 그런 고통을 남몰래 느꼈습니다.

그러다가 한 해가 가고 새해가 밝았습니다. 어느 날 아주머니가 K에게 가루타*를 하려는데 데려올 친구가 없느냐고 물은 적이 있습니다. 그러자 K가 즉각 친구 같은 건 한 명도 없다고 대답해, 아주머니는 몹

시 놀랐습니다. 그러고 보니 K한테는 친구라고 할 만한 친구가 한 사람
도 없었습니다. 길에서 만났을 때 인사 정도 하는 친구는 몇 명 있었으
나, 그들 역시 가루타를 같이 할 사이는 아니었습니다. 아주머니는 다
시 나더러, 아는 친구라도 부르면 어떻겠느냐고 말했지만, 나도 시끌
벅적하게 놀 기분이 아니었기에 적당히 둘러대고 넘겼습니다. 그런데
밤이 되고 우리는 결국 따님에게 끌려나가고 말았습니다. 손님도 없이
집안 식구끼리만 하는 가루타여서 아주 조용했습니다. 그런데다 가루
타 놀이에 익숙하지 않은 K는 마치 팔짱을 끼고 구경하는 사람 같았습
니다. 나는 K에게 도대체 햐쿠닌잇슈百人一首**의 와카를 알고는 있느
냐고 물었습니다. K는 잘 모른다고 대답했습니다. 내 말을 들은 따님
은 아마도 내가 K를 깔보는 줄 알았나봅니다. 눈에 띄게 K 편을 들기
시작했죠. 결국 두 사람은 거의 한편이 되다시피 하여 나와 겨루는 형
국이 되었습니다. 상대방이 어떻게 나오느냐에 따라서 나는 시비를 걸
었을지도 모릅니다. 다행히 K의 태도는 처음과 조금도 변함이 없었습
니다. 그의 어디에서도 득의양양한 모습을 찾아볼 수 없었던 나는 무
사히 그 놀이를 끝낼 수 있었습니다.

　그러고 나서 이삼일이 지났을 겁니다. 아주머니와 따님은 아침부터
이치가야에 있는 친척집에 간다며 집을 나섰습니다. K와 나는 아직 학
기가 시작되지 않아 집 보는 사람처럼 남게 되었습니다. 나는 책을 읽

---

* 일본 전통놀이. 진행자가 와카(和歌)의 앞 구가 쓰인 카드를 읽으면 나머지 사람들이
뒤의 구를 찾아내는 놀이로, 주로 정월에 한다.
** 옛 시인 백 명의 대표적인 와카를 한 사람에 한 수씩 모아둔 시집. 가루타에서는 주
로 이 『햐쿠닌잇슈』에 실린 시를 쓴다.

기도 산책 나가기도 싫어서, 하릴없이 화롯가에 팔꿈치를 대고 턱을 괸 채로 멍하니 있었습니다. K의 방에서도 아무 소리가 나지 않았습니다. 두 사람 다 있는지 없는지 모를 정도로 조용했습니다. 하긴 이런 일은 우리 사이에 드문 일도 아니었기에 나는 별로 마음을 쓰지 않았습니다.

열시쯤 되었을 때, K가 갑자기 방문을 열고 내 얼굴을 쳐다보았습니다. 그는 문지방에 선 채로 내게 무슨 생각을 하느냐고 물었습니다. 나는 애당초 아무 생각도 하지 않았습니다. 만일 생각하고 있었다면 늘 그렇듯 따님 생각이었겠지요. 따님에게는 물론 아주머니가 붙어 있었지만, 요즘엔 K가 떼어낼 수 없는 사람처럼 내 머릿속을 맴돌아 문제를 복잡하게 만들었습니다. K와 마주보고 있던 나는, 그때까지 어렴풋이 그를 방해자처럼 의식하면서도 딱히 그렇다고 단정지을 수도 없었습니다. 나는 말없이 그를 바라보기만 했습니다. 그러자 K가 내 방으로 성큼성큼 들어와, 내가 불 쬐고 있는 화로 앞에 앉았습니다. 나는 얼른 화롯가에서 팔꿈치를 떼고 화로를 K 쪽으로 약간 밀어주었습니다.

K는 평소와는 어울리지 않는 얘기를 꺼냈습니다. 아주머니와 따님은 이치가야 어디로 갔을까, 하고 물은 것입니다. 나는 아마도 숙모네 집에 갔을 거라고 대답했습니다. K는 숙모는 어떤 사람이냐고 또 물었습니다. 나는 아주머니와 마찬가지로 남편이 군인이라고 가르쳐주었습니다. 그러자 여자들은 대개 15일이 지나야 새해 인사를 다니는데* 왜

---

* 1월 1일부터 7일까지를 '남자 정월', 15일 전후를 '여자 정월'이라고 구분지어 지내던 풍습에서 나온 말.

그렇게 일찍 갔을까, 하고 묻는 것입니다. 나는 모르겠다고 대답할 수밖에 없었습니다.

36

K는 아주머니와 따님 얘기를 좀처럼 끝내지 않았습니다. 종국에는 나도 대답할 수 없는 개인적인 얘기까지 물었습니다. 나는 귀찮다기보다 희한하다는 생각이 들었습니다. 얼마 전에 내가 두 사람을 화제로 삼으려고 했을 때 그가 보인 반응을 생각하면, 아무래도 그가 달라졌음을 느끼지 않을 수 없었던 것입니다. 참다못해 나는 왜 오늘따라 그런 얘기만 하는 거냐고 물었습니다. 그러자 그는 갑자기 입을 다물었습니다. 하지만 나는 그의 꼭 다문 입술이 떨리듯 움찔거리는 것을 주시했습니다. 그는 원래 말이 없는 사람이었습니다. 평소에도 무슨 말을 하려고 하면 말하기 전에 입가를 실룩거리는 버릇이 있었습니다. 그의 입술이 그의 의지에 저항이라도 하듯 쉽게 열리지 않는 데에, 그가 하고 싶은 말의 심각성도 담겨 있었겠지요. 일단 말문이 터졌다 하면 그 목소리에는 보통 사람의 두 배나 되는 힘이 실려 있었습니다.

나는 그의 입매를 잠깐 보고, 또 무슨 말을 하겠구나 금방 알아차렸지만, 대체 뭘 준비하는지는 전혀 짐작하지 못했습니다. 그렇기 때문에 청천벽력이었습니다. 그의 잘 열리지 않는 입을 통해 따님에 대한 애절한 사랑 고백을 들었을 때의 나를 상상해보십시오. 나는 그의 마술지팡이로 단번에 화석으로 굳어버린 느낌이었습니다. 입을 달싹거릴 수조차 없었어요.

그때 나는 두려움의 덩어리가 되었다고 할까 아니면 고통의 덩어리가 되었다고 할까, 어쨌든 하나의 덩어리가 되어 있었습니다. 돌이나 쇠처럼 머리에서 발끝까지 순식간에 굳어버린 겁니다. 숨을 쉴 탄력성마저 잃어버렸을 정도로 딱딱해져 있었죠. 다행히도 그 상태는 오래가지 않았습니다. 이내 나는 다시 인간다운 기분을 되찾았습니다. 그러고는 아뿔싸, 하고 생각했습니다. 한발 늦었다고 생각했습니다.

그러나 이제부터 어떻게 해야 할지 분별이 서지 않았습니다. 아마도 분별이 설 여유가 없었겠지요. 나는 겨드랑이 밑에서 흐르는 찝찝한 땀이 속옷으로 스며드는 것을 꾹 참으며 가만히 있었습니다. K는 그동안 여느 때처럼 무거운 입을 열어 자신의 심정을 띄엄띄엄 털어놓았습니다. 나는 고통스러워 견딜 수가 없었습니다. 아마도 그 고통은 커다란 광고문처럼 내 얼굴 위에 큼지막한 글자로 나타났으리라 생각합니다. 아무리 K라 하더라도 그런 변화를 눈치채지 못할 리 없었지만, 그는 또 나름대로 자기 감정에 온 정신을 집중하고 있었으니 내 표정 같은 걸 눈여겨볼 겨를이 없었겠지요. 그는 처음부터 마지막까지 똑같은 어조로 고백했습니다. 묵직하고 느린 대신 웬만해서는 마음이 바뀔 리 없겠다는 느낌을 주었습니다. 내 마음의 반은 그의 고백을 들으면서도 나머지 반은 어쩌지 어쩌지 하고 끊임없이 조바심쳤기 때문에 자세한 내용은 거의 귀에 들어오지 않았습니다만, 그래도 그가 하는 말의 어조만은 강하게 가슴을 울렸습니다. 그 때문에 나는 앞에서 말한 고통뿐 아니라 한편으로 어떤 두려움마저 느끼게 되었습니다. 말하자면 상대는 나보다 강하다는 공포감이 싹트기 시작한 것입니다.

K의 얘기를 다 들었을 때, 나는 아무 말도 할 수 없었습니다. 나도 그에게 같은 심정을 털어놓는 게 좋을지, 아니면 털어놓지 않는 편이 나을지, 그런 이해관계를 따지면서 잠자코 있었던 것은 아닙니다. 그냥 아무 말도 할 수가 없었습니다. 또 말할 기분도 아니었습니다.

점심때 K와 나는 마주보고 앉았습니다. 나는 하녀가 담아준 밥을 밥맛도 모르고 먹었습니다. 우리는 식사중에도 거의 말을 나누지 않았습니다. 아주머니와 따님은 언제 돌아올지 알 수 없었습니다.

37

우리는 각자 방으로 돌아가 얼굴을 맞대지 않았습니다. K는 아침때와 마찬가지로 조용했습니다. 나도 가만히 생각에 잠겨 있었습니다.

나는 당연히 내 마음을 K에게 털어놔야 한다고 생각했습니다. 하지만 그러기에는 이미 늦었다는 생각도 들었습니다. 왜 아까 K의 말을 가로막고 역습을 하지 않았는지, 그게 큰 잘못인 것만 같았습니다. 하다못해 K의 얘기가 끝났을 때 내 감정을 솔직히 그 자리에서 말했더라면 그래도 나왔을 거라는 생각도 했습니다. K의 고백이 일단 마무리된 지금에 와서 내가 다시 똑같은 고백을 한다는 것은 아무리 생각해도 우스운 일이었죠. 나는 그런 부자연스러운 상황을 극복해낼 방법을 몰랐습니다. 내 머리는 회한의 소용돌이에 휩싸였습니다.

나는 K가 다시 미닫이문을 열고 돌진해 왔으면 좋겠다고 생각했습니다. 내 입장에서는, 아까는 마치 갑작스러운 기습을 만난 꼴이었습니다. K를 상대할 준비고 뭐고 없었던 것입니다. 나는 오전에 잃은 것을 이번에는 되찾겠다는 저의를 품고 있었습니다. 그래서 자꾸만 눈을 들어 미닫이문을 바라보았습니다. 하지만 그 문은 아무리 기다려도 열리지 않았습니다. 그리고 K는 한없이 조용했습니다.

이런 정적에 나는 점점 머리가 어지러워졌습니다. K는 지금 방문 저쪽에서 무슨 생각을 하고 있을까 하는 의문이 떠오르자, 그게 못 견딜 정도로 신경이 쓰였습니다. 평소에도 늘 이런 식으로 방문 하나를 사이에 두고 서로 말없이 지냈고, K가 조용하면 조용할수록 그의 존재를 잊곤 했으므로, 그때의 나는 상태가 이상했다고 봐야겠지요. 그러면서도 이쪽에서 나서서 방문을 열 수는 없었습니다. 일단 말할 기회를 놓쳐버린 나는, 상대가 먼저 어떤 행동이라도 취해오기를 기다리는 수밖에 없었던 겁니다.

결국 나는 가만히 앉아 있을 수가 없었습니다. 꾹 참고 앉아 있으려니 자꾸만 K의 방으로 뛰어들어가고 싶어지더군요. 참다못한 나는 일어나 툇마루로 나갔습니다. 그리고 자노마로 가서 뭘 하겠다는 목적도 없이 찻주전자의 따스한 물을 찻잔에 따라 한 잔 마셨습니다. 그런다음 현관 밖으로 나갔습니다. 나는 일부러 K의 방을 회피하듯이 나왔고, 이렇게 거리 한복판에 서 있는 자신을 발견한 것입니다. 물론 어디로 가겠다는 목적도 없었습니다. 그저 가만히 앉아 있을 수 없을 뿐이었습니다. 그래서 방향이고 뭐고 생각지 않고 정월의 거리를 무작정 돌아다녔습니다. 아무리 돌아다녀도 내 머릿속은 K 생각으로 가득차 있었습니다. 나도 K를 머릿속에서 지워버리기 위해 돌아다닌 건 아니었습니다. 오히려 그가 보인 행동을 기꺼이 반추하면서 거리를 배회했지요.

무엇보다도 나는 그를 이해하기 힘들었습니다. 왜 갑자기 내게 그런 고백을 했는지, 또 어쩌다 고백하지 않으면 안 될 정도로 그의 연정이 간절해졌는지, 그리고 평소의 그는 어디로 가버린 것인지, 모든 게 내게는 이해하기 어려운 문제였습니다. 나는 그가 강하다는 것을 알고 있었습니다. 또 그가 진실하다는 것을 알고 있었습니다. 앞으로 내가 취할 태도를 정하기 전에 그에게 물어봐야 할 게 많을 것만 같았습니다. 그런 한편 앞으로 그를 대할 일이 어쩐지 껄끄럽게 느껴졌습니다. 거리를 한없이 쏘다니면서도 제 방에 꼼짝 않고 앉아 있을 그의 모습을 끊임없이 그려보았습니다. 심지어 아무리 걸어봤자 결코 그를 움직일 수 없으리라는 목소리까지 어디선가 들려왔습니다. 요컨대 내게는 그가 어떤 마귀처럼 여겨졌던 모양입니다. 영원히 그에게 해코지를 당하는 게 아닐까 하는 우려마저 들었습니다.

녹초가 되어 집으로 돌아왔을 때, 그의 방은 여전히 인기척도 없이 조용했습니다.

38

내가 집에 들어온 지 얼마 안 돼서 인력거 소리가 들려왔습니다. 지금과 달리 고무바퀴가 없던 시절이라, 드르르 드르르 듣기 싫은 소리가 먼 거리에서도 귀에 잘 들렸습니다. 이윽고 인력거는 문 앞에 멈춰 섰습니다.

저녁식사에 불려나간 건 그로부터 삼십 분 정도 지나서였는데, 그때까지도 아주머니와 따님이 벗어놓은 고운 빛깔의 외출용 기모노가 옆방에 어지럽게 놓여 있었습니다. 두 사람은 늦어지면 우리에게 미안하니까 저녁 준비가 늦지 않게 서둘러 돌아왔다더군요. 하지만 아주머니의 배려는 K와 내게 거의 무용지물이나 마찬가지였습니다. 나는 밥상에 앉아서도 말을 아끼는 사람처럼 데면데면하게 대꾸만 했습니다. K는 나보다 더 말이 없었습니다. 모처럼 함께 외출했다 돌아온 모녀는 평소보다 기분이 좋아 보였기 때문에, 우리의 태도는 더욱 눈에 띄었습니다. 아주머니는 내게 무슨 일이 있었느냐고 물었습니다. 나는 몸이 좀 안 좋다고 대답했습니다. 실제로 몸이 안 좋았죠. 그러자 이번에는 따님이 K에게 똑같은 질문을 던졌습니다. K는 나처럼 몸이 안 좋다고는 대답하지 않았습니다. 그냥 말하고 싶지 않아서라더군요. 따님은 왜 말하고 싶지 않느냐고 되물었습니다. 나는 그때 문득 무거운 눈꺼풀을 들어 K의 얼굴을 쳐다보았습니다. K가 뭐라고 대답할지 궁금했던 것입니다. K는 늘 그렇듯 살짝 입술을 씰룩거렸습니다. 모르는 사람이 보면 대답을 망설이는 모습으로밖에 보이지 않았습니다. 따님은 웃으면서 또 무슨 어려운 문제로 고민하나보다고 말했습니다. K의 얼굴이 살짝 붉어졌습니다.

그날 밤 나는 평상시보다 일찍 잠자리에 들었습니다. 저녁식사 때 몸이 안 좋다고 한 말에 마음이 쓰였는지, 아주머니는 열시경에 소바유*를 가져다주었습니다. 하지만 내 방은 벌써 캄캄했습니다. 아주머니

* 메밀가루를 따끈한 물에 탄 것.

238

는 어머나, 하고 말하며 미닫이문을 빠끔히 열었습니다. 남포등 불빛이 K의 책상에서 내 방으로 비스듬히 비쳤습니다. K는 아직 자지 않는 듯했습니다. 아주머니는 내 머리맡에 앉아, 아마 감기에 걸린 모양이니 몸을 따뜻하게 하라며 찻잔을 얼굴 옆으로 밀었습니다. 나는 할 수 없이 아주머니가 보는 앞에서 걸쭉한 소바유를 마셨습니다.

나는 밤늦도록 어둠 속에서 생각했습니다. 물론 한 가지 문제만이 빙빙 돌고 있을 뿐이라 아무런 효력도 없었지요. 나는 별안간 K가 지금 옆방에서 뭘 하고 있는지 궁금해졌습니다. 거의 무의식 속에서 어이 하고 불러봤습니다. 그러자 저쪽도 어 하고 대답했습니다. K도 역시 안 자고 있었던 것입니다. 나는 아직 안 잤느냐고 방문 너머로 물었습니다. 이제 잘 거라는 간단한 대답이 들려왔습니다. 뭘 하느냐고 거듭 묻자, 이번엔 대꾸하지 않았습니다. 그 대신 오륙 분 지났을 즈음, 벽장을 드르륵 열고 자리를 펴는 소리가 똑똑히 들려왔습니다. 나는 지금 몇시인지 또 물었습니다. K는 한시 이십분이라고 대답했습니다. 이윽고 남포등을 훅 하고 끄는 소리가 나고, 온 집안은 어둠 속에 고요해졌습니다.

하지만 내 눈은 어둠 속에서 말똥말똥해질 뿐이었습니다. 나는 또 거의 무의식 상태로 어이 하고 K를 불러봤습니다. K도 아까와 같은 투로 어 하고 대답했습니다. 나는 오늘 아침에 자네한테 들은 얘기에 대해 더 깊은 대화를 하고 싶은데 어떻겠느냐고 결국 먼저 묻고 말았습니다. 물론 미닫이문을 사이에 두고 그런 얘기를 주고받을 생각은 없었지만, K의 대답만은 그 자리에서 들을 수 있으리라 여겼던 것입니다. 그런데 K는 아까 두 번 어이 하고 불렀을 때 두 번 어 하고 순순히 대답한 것처럼 바로 대꾸하지 않았습니다. 글쎄 하며 낮은 목소리로 대답을 흐리더군요. 나는 가슴이 덜컥 내려앉았습니다.

39

K의 무성의한 대답은 다음날에도 그다음날에도 그의 태도에 잘 나타났습니다. 그는 자진해서 그 문제를 얘기하고자 하는 기색을 결코 보이지 않았습니다. 하긴 그럴 기회도 없었지만요. 아주머니와 따님이 함께 하루 집을 비우기라도 하지 않으면, 우리는 마음놓고 느긋하게 그런 대화를 나눌 수도 없었으니까요. 나는 그걸 잘 알고 있었습니다. 알면서도 괜히 초조해졌죠. 그러던 끝에 상대가 먼저 말 꺼내기만을 기다리며 남몰래 마음의 준비를 하던 내가, 기회가 있으면 이쪽에서 말을 꺼내자고 결심하게 되었습니다.

그런 한편 나는 묵묵히 하숙집 사람들의 행동거지를 관찰해보았습니다. 하지만 아주머니의 태도에도 따님의 거동에도 평소와 달라진 점은 별로 없었습니다. K가 고백하기 전과 고백한 후에 그들의 언동에 이렇다 할 차이가 없다고 한다면, 그의 고백은 오직 내게만 한정된 고백일 뿐, 정작 중요한 당사자에게도 또 보호자인 아주머니에게도 아직 말하지 않은 게 분명했습니다. 그렇게 생각하자 나는 좀 안심이 되었습니다. 그래서 억지로 기회를 만들어 어색하게 대화를 시도하기보다는 자연스럽게 찾아오는 기회를 놓치지 않는 편이 좋을 것 같아, 그 문제는 잠시 건드리지 않고 내버려두기로 했습니다.

이렇게 말하니까 아주 쉽게 결정한 것 같지만, 그렇게 마음먹기까지에는 밀물썰물처럼 다양한 기복이 있었습니다. 나는 K가 아무 움직임도 보이지 않자 거기에 이런저런 의미를 부여해봤습니다. 아주머니와 따님의 말과 행동을 관찰하며 과연 두 사람의 마음이 내 눈에 보이는 대로일까 의심도 했습니다. 그리고 사람 가슴속에 장치된 복잡한 기계가 거짓 없이 명료하게 문자반 위의 숫자를 가리키는 시곗바늘 같을 수 있을까 의문도 가졌습니다. 요컨대 똑같은 언행을 두고 요렇게도 받아들이고 저렇게도 받아들인 끝에 가까스로 내버려두기로 낙착을 본 거라고 생각해주세요. 엄밀한 의미에서 낙착이라는 단어는 결코 이런 때 써서는 안 되는 것인지도 모르겠네요.

그러다가 또 학교 수업이 시작되었습니다. 우리는 강의 시간이 같은 날에는 함께 집을 나섰습니다. 시간이 맞으면 돌아올 때도 함께 돌아왔습니다. 누가 보더라도 K와 나는 이전과 달라진 것 없이 친해 보였겠지요. 하지만 틀림없이 속으로는 둘 다 다른 생각을 하고 있었을 것입니다. 어느 날 나는 길거리에서 느닷없이 K에게 다그쳤습니다. 제일 먼저 물어본 건 내게만 고백을 했는지, 아니면 아주머니나 따님에게도 고백을 했는지였습니다. 이 질문에 대한 그의 대답 여하에 따라 내가 앞으로 어떤 태도를 취할지 정하려 했던 것입니다. 그러자 그는 다른 사람에게는 아직 아무한테도 털어놓지 않았다고 단언했습니다. 상황이 내가 추측한 대로 돌아가고 있자 내심 기뻤습니다. 나는 K가 나보다 과감하다는 것을 잘 알고 있었습니다. 그가 가진 배짱에는 못 당하리란 자각이 있었습니다. 하지만 묘하게도 한편으로는 또 그를 믿었습니다. 학비 문제로 양가를 삼 년이나 속인 친구일지라도, 그를 믿는 마음에는 조금도 변함이 없었습니다. 그렇기 때문에 오히려 그를 더 신뢰할 정도였지요. 그래서 아무리 의심이 많은 나였지만 그의 명백한 대답을 부정하고픈 생각은 추호도 없었습니다.

나는 또 그에게 사랑을 어떻게 진전시킬 생각이냐고 물어봤습니다. 단순한 고백으로 그칠 것인지, 아니면 고백한 김에 실질적인 효과까지 거둘 생각인지를 물은 것입니다. 그런데 그는 그 질문에는 아무 대답도 하지 않았습니다. 말없이 땅을 보고 걷기 시작했을 뿐입니다. 내게 숨기려 하지 말라고, 모든 걸 생각한 대로 다 말해달라고 부탁했습니다. 그는 내게 숨기는 게 없다고 잘라 말했습니다. 하지만 내가 알고 싶어하는 점에 대해서는 한마디도 대답하지 않았습니다. 나도 가다 말고 길거리에 멈춰 서서 그런 것까지 캐물을 수는 없는 노릇이었죠. 결국 그냥 덮어버렸습니다.

40

어느 날 나는 오랜만에 학교 도서관으로 갔습니다. 넓은 책상 한구석에서 창으로 비쳐드는 햇살을 상반신에 받으며, 새로 들어온 외국 잡지를 이리저리 뒤적이고 있었습니다. 담당 교수가 전공과목과 관련해서 어떤 사항을 다음주까지 조사해오라고 했기 때문입니다. 하지만 필요한 자료를 좀처럼 찾을 수 없어서, 나는 두 번 세 번 잡지를 빌려야 했습니다. 겨우 필요한 논문을 찾아내어 열심히 읽기 시작했습니다. 그런데 갑자기 넓은 책상 맞은편에서 속삭이듯 나를 부르는 소리가 들리는 겁니다. 나는 눈을 들어 거기 서 있는 K를 보았습니다. K는 상체를 책상 위로 숙이듯 해서 내 가까이로 얼굴을 들이댔습니다. 다 알다시피 도서관에서는 딴사람에게 방해되지 않도록 큰 목소리로 얘기하면 안 되니까 K의 이런 행동은 누구나 하는 평범한 것이었지만, 이때만은 어떤 이상한 느낌이 스쳤습니다.

K는 소리를 낮춰, 공부하느냐고 물었습니다. 나는 찾아볼 게 좀 있다고 대답했습니다. 그래도 K는 내게서 얼굴을 떼지 않았습니다. 다시 낮은 목소리로 함께 나가 좀 걷자는 겁니다. 나는 조금만 기다려준다면 나가도 된다고 대답했습니다. 그는 기다리겠다며 내 앞의 빈자리에 앉았습니다. 그러자 정신이 산만해져 갑자기 글이 눈에 들어오지 않았습니다. 뭔가 가슴에 담아놓은 뭔가가 있어 K가 담판이라도 지으러 온 것만 같았습니다. 하는 수 없이 나는 읽던 잡지를 덮고 엉덩이를 들었습니다. K는 이제 다 끝났느냐고 태연히 물었습니다. 나는 아무래도 괜찮다고 대답하고는 잡지를 반납하고서 K와 함께 도서관을 나왔습니다.

우리는 딱히 갈 곳도 없었기 때문에 다쓰오카초에서 이케노하타로 나와 우에노 공원으로 들어갔습니다. 그때 그는 느닷없이 고백 사건에 대해 자기 쪽에서 말을 꺼냈습니다. 앞뒤 상황을 종합해서 생각해보면, K는 그 얘기가 하고 싶어 일부러 나를 데리고 나온 모양이었습니다. 하지만 아직 실질적인 방향으로는 한 발짝도 나아가지 못한 상태였습니다. 그는 그냥 막연하게, 어떻게 생각하느냐고 내게 물었습니다. 어떻게 생각하느냐는 말은, 그런 사랑의 늪에 빠진 자기를 내가 어떤 눈으로 바라보고 있느냐는 얘기였습니다. 한마디로 말해 그는 현재의 자기 모습에 대해 내 의견을 구하고 싶은 것 같았습니다. 그런 점에서 그가 평소와는 다르다는 것을 분명히 알 수 있었습니다. 자꾸만 되풀이하는 것 같지만, 그는 천성적으로 남의 생각에 좌우될 만큼 약하게 태어나지 않았습니다. 한번 이거다 싶으면 혼자서 씩씩하게 나아갈 만큼 배짱도 있고 용기도 있는 남자였습니다. 양자 사건으로 그 성격을 마음속 깊이 새긴 내가, 이건 좀 다른 모습이라고 확실히 인식한 것은 당연한 결과였습니다.

이제 와서 내 의견을 들을 필요가 뭐 있느냐고 K에게 묻자, 그는 평소와 달리 초연한 어조로 사실 자신이 약한 인간이라는 게 부끄럽다고 말했습니다. 그러면서 망설이고 있는 중인데 나도 나를 모르겠으니 내게 공정한 판단을 구하는 수밖에 없다는 겁니다. 나는 즉각 뭘 망설인다는 거냐고 되물었습니다. 그는 나아가는 게 좋을지 물러나는 게 좋을지 망설이고 있다고 설명했습니다. 나는 얼른 한 발짝 앞으로 나아갔습니다. 그리고 물러나라고 하면 물러날 수도 있는 거냐고 물었습니다. 그러자 그는 선뜻 대답하지 못했습니다. 그는 그저 괴롭다고만 했습니다. 실제로 그의 얼굴에는 괴로운 빛이 역력해 보였습니다. 만약 그 상대가 따님만 아니었다면, 나는 그 메마른 얼굴에 단비를 내려주듯, 그에게 알맞은 대답을 해줄 수 있었을 겁니다. 그 정도의 아름다운 동정심은 갖고 태어난 인간이라고 스스로 믿고 있습니다. 하지만 그때의 나는 달랐습니다.

41

나는 마치 다른 유파와 무술 시합이라도 벌이는 사람처럼 K를 예의 주시했습니다. 나의 눈, 나의 마음, 나의 몸, 나에게 속한 모든 것에 한 치의 빈틈도 보이지 않도록 만전을 기하고 K에게 맞선 것입니다. 아무 죄도 없는 K는 빈틈투성이라기보다 오히려 다 열어놓고 있다고 하는 편이 맞을 만큼 무방비 상태였습니다. 나는, K가 보관하던 요새要塞 지도를 직접 건네받고, 그의 면전에서 그걸 찬찬히 보고 있는 형국이나 마찬가지였습니다.

K가 이상과 현실 사이에서 방황하며 휘청거리고 있는 걸 발견한 나는, 단칼에 그를 쓰러뜨릴 수 있으리라는 점에만 주목했습니다. 그리하여 곧바로 그의 급소를 찾아 달려든 것입니다. 나는 그를 향해 갑자기 엄숙한 태도로 정색했습니다. 물론 책략이었지만, 그런 태도를 취한 만큼 긴장도 했기 때문에 자신이 우스꽝스럽다거나 수치스럽다거나 하는 감정을 느낄 여유는 없었습니다. 나는 먼저 "정신적인 향상심이 없는 자는 바보다"라고 내뱉었습니다. 이 말은 우리가 보슈를 여행할 때 K가 내게 했던 말입니다. 나는 그가 한 말 그대로 그의 어조까지 흉내내며 되돌려준 것입니다. 하지만 꼭 복수는 아니었습니다. 복수보다 더 잔인한 의미를 담고 있었다는 걸 나는 고백합니다. 나는 그 한마디로 K 앞에 가로놓인 사랑의 행로를 막으려고 했던 것입니다.

K는 정토진종의 절에서 태어났습니다. 하지만 그는 중학교 때부터 결코 생가의 종지宗旨에 가까운 성향을 보이지는 않았습니다. 교리가 어떤 식으로 되어 있는지도 잘 모르는 내가 이런 말을 할 자격이 없다

는 건 알지만, 단지 남녀 문제의 관점에서 볼 때 그렇게 생각했던 것입니다.* K는 옛날부터 정진이라는 말을 좋아했습니다. 나는 그 말 속에 금욕이라는 의미도 들어 있을 것이라고 생각했습니다. 하지만 나중에 실제로 들어보니 그보다도 더 엄격한 의미가 내포되어 있어 놀랐습니다. 도를 위해서는 모든 것을 희생해야 한다는 것이 그의 첫번째 신조였기 때문에, 절욕이나 금욕은 물론이고 설령 육욕을 떠난 사랑이라해도 도에는 방해가 되는 것이었습니다. K가 자립하여 살고 있을 때, 나는 자주 그런 얘기를 들었습니다. 그 무렵부터 따님을 마음에 두었던 나는 자연히 그에게 반론을 제기하지 않을 수 없었습니다. 내가 반론을 제기하면 그는 언제나 안타깝다는 표정을 지었습니다. 그 표정에는 동정보다도 경멸의 빛이 더 드러나 있었습니다.

그런 과거를 거쳐온 사이였기에, 정신적으로 향상심이 없는 자는 바보라는 말은 K에게 분명 뼈아픈 말이었을 것입니다. 하지만 앞에서도 말했듯이, 이 한마디로 그가 어렵게 쌓아온 과거를 내치려던 건 아니었습니다. 오히려 지금까지 해오던 대로 수행을 쌓아나가길 바랐습니다. 그런 수행으로 도를 깨치건 극락을 가건 그런 건 알 바 아니었습니다. 나는 오직 K가 삶의 방향을 바꿈으로써 나의 득실과 충돌하는 게 두려웠습니다. 요컨대 내가 던진 말은 단순한 이기심의 발로였던 것입니다.

"정신적인 향상심이 없는 자는 바보다."

나는 한번 더 똑같은 말을 되풀이했습니다. 그러고는 그 말이 K에게

---

* 정토진종의 승려는 아내를 둘 수 있다.

어떤 영향을 미치는지 주시했습니다.

"바보다." 이윽고 K가 받았습니다. "난 바보다."

K는 못박힌 듯 선 채로 꼼짝도 하지 않았습니다. 땅바닥만 쳐다보더군요. 나는 무심결에 흠칫했습니다. K가, 도둑질하다가 들켜 강도로 돌변한 사람처럼 느껴졌던 것입니다. 하지만 그러기에는 그의 목소리에 너무 힘이 없다는 데 생각이 미쳤습니다. 나는 그의 눈빛을 읽어보고 싶었지만, 그는 끝내 내 얼굴을 쳐다보지 않았습니다. 그러더니 천천히 걸음을 옮겼습니다.

42

나는 K와 나란히 발걸음을 옮기면서 그의 입에서 나올 다음 말을 마음속으로 은근히 기다렸습니다. 아니 남몰래 기다렸다고 하는 편이 더 맞을지도 모릅니다. 그때의 나는 설령 K를 속여서 꺾어버려도 상관없다고까지 생각했던 것입니다. 하지만 나도 교육을 받은 만큼 양심은 있었기에, 만일 누군가가 내 옆에 와서 너는 비겁하다고 한마디만 속삭여줬다면 그 순간 퍼뜩 정신을 차렸을지도 모릅니다. 만약 그 사람이 K였다면 나는 아마 그의 앞에서 얼굴을 붉혔겠지요. 다만 나를 나무라기에는 K는 너무나 정직했습니다. 너무나 단순했습니다. 너무나 인품이 선량했던 것입니다. 눈이 뒤집힌 나는 그런 점을 높이 사지는 못할망정 오히려 그런 점을 파고들었습니다. 그런 점을 역이용해서 그를 쓰러뜨리려고 한 것입니다.

K는 잠시 후 내 이름을 부르며 나를 보았습니다. 이번에는 내 발길이 저절로 멈췄습니다. 그러자 K도 멈춰 섰습니다. 나는 그제야 K의 눈을 똑바로 볼 수가 있었습니다. K는 나보다 키가 커서, 나는 자연히 그의 얼굴을 올려다봐야 했습니다. 그런 자세로 나는 늑대 같은 마음을 아무 죄도 없는 양에게 들이댄 것입니다.

"이제 그 얘기는 그만두자." 그가 말했습니다. 그의 눈에도 그의 말에도 어딘가 비통함 같은 게 서려 있었습니다. 나는 바로 대답할 수 없었습니다. 그러자 K는 "그만둬주게나" 하고, 이번에는 부탁하듯 말했습니다. 그때 나는 그에게 잔혹하게 응수했습니다. 늑대가 기회를 노리다가 양의 목을 물어뜯듯이.

"그만둬달라니, 내가 꺼낸 얘기가 아니라 애초에 자네가 먼저 꺼낸 얘기잖아. 하지만 자네가 그만두고 싶다면 그만두세, 허나 입으로만 그만둬봤자 소용없지. 자네가 진정으로 그만둘 각오가 없다면 말이네. 도대체 자네는 평소의 신조를 어쩔 셈인가?"

내가 이렇게 말했을 때, 키가 큰 그는 내 앞에서 저절로 위축되어 작아진 느낌이 들었습니다. 전에도 말했던 것처럼 그는 고집이 몹시 셌지만 한편으로는 또 남달리 정직했기 때문에, 자신의 모순을 맹렬히 비난받으면 결코 태연히 지낼 수 없는 성격이었습니다. 나는 그의 기색을 보고 겨우 안심했습니다. 그런데 그가 불쑥 "각오?" 하고 물었습니다. 그리고 내가 대답도 안 했는데 "각오―각오라면 없지도 않지" 하고 덧붙였습니다. 그의 말투는 혼잣말 같았습니다. 꿈결에 하는 말 같았습니다.

우리는 그렇게 얘기를 끝내고 고이시카와의 하숙집으로 발길을 돌렸습니다. 비교적 바람이 없는 따사로운 날씨였지만, 그래도 겨울이라 공원 안은 쓸쓸했습니다. 특히 서리를 맞아 푸른빛을 잃은 삼나무들의 다갈색이 어스레한 하늘 아래 우듬지를 나란히 하고 솟아 있는 모습을 돌아보았을 때는, 추위가 등을 파고드는 느낌이었습니다. 우리는 해질녘의 혼고다이를 총총걸음으로 지나쳐 다시 맞은편 언덕으로 올라가기 위해 고이시카와 비탈길 아래로 내려갔죠. 그제야 겨우 외투 속으로 몸의 온기를 느끼기 시작했을 정도입니다.

서두른 탓도 있겠지만, 우리는 하숙집으로 향하며 거의 말을 나누지 않았습니다. 집으로 돌아와 밥상에 앉았을 때, 아주머니는 왜 늦었냐고 물었습니다. 나는 K가 산책하자고 해서 우에노 공원에 갔었다고 말했습니다. 아주머니는 이렇게 추운데, 하고 놀란 표정을 지었습니다. 따님은 우에노에 무슨 볼거리가 있었느냐며 궁금해했습니다. 나는 볼거리가 있어서는 아니고 그냥 산책했다고만 말해두었습니다. 평소에도 말이 없는 K는 더 침묵했습니다. 아주머니가 말을 걸어도 따님이 웃어도 아무 반응도 보이지 않았습니다. 그러더니 밥을 삼키듯이 입에 밀어넣고는, 내가 아직 다 먹지도 않았는데 자기 방으로 가버렸습니다.

43

그 무렵은 자각이라든가 새로운 생활이라는 말을 사용하지 않던 시절이었습니다.* 하지만 K가 낡은 자신을 휙 내던지고 오로지 새로운 방향으로 달려가지 않았던 것은 그에게 현대적인 사고가 결여되었기 때문이 아닙니다. 그에게는 내던질 수 없을 만큼 존귀한 과거가 있었기 때문입니다. 여태까지 그 과거를 위해 살아왔다고 해도 좋을 정도였지요. 그렇기 때문에 K가 사랑의 목표물을 향해 일직선으로 맹렬히 나아가지 않는다고 해서, 그 사랑의 감정이 뜨겁지 않음을 증명한다고는 볼 수 없습니다. 아무리 열렬한 감정에 사로잡혀 있다고 해도 그는 무턱대고 행동으로 옮길 수 없는 것입니다. 앞뒤를 가리지 못할 만한 충동이 일어날 상황이 되지 않는 한, K는 반드시 잠깐 멈춰 서서 자신의 과거를 돌이켜봐야 했던 것입니다. 그렇게 되면 과거가 가리키는 길을 지금까지처럼 걸어가지 않을 수 없게 됩니다. 그런데다 그에게는 현대인에게는 없는 센 고집과 오기가 있었습니다. 나는 이 두 가지 점에서 그의 심중을 정확히 꿰뚫어봤다고 생각합니다.

우에노에서 돌아온 날 밤에 나는 비교적 안정을 찾았습니다. 방으로 들어간 K의 뒤를 따라 들어간 나는 그의 책상 옆에 턱하니 앉아, 일부러 이런저런 세상 얘기를 늘어놓았습니다. 그는 듣기 싫어하는 것 같았습니다. 내 눈에는 승리의 빛이 다소 어려 있었겠지요. 내 목소리에는 의기양양한 기색이 뚜렷했습니다. 나는 잠시 K와 한 화로에서 불을 쬐다가 내 방으로 왔습니다. 다른 일로는 뭘 해도 K를 따라잡지 못했던 나도 그때만큼은 그가 두렵지 않았던 것입니다.

얼마 안 있어 나는 편안히 잠들었습니다. 그런데 갑자기 내 이름을 부르는 소리가 나서 잠을 깼습니다. 눈을 떠보니 K의 방문이 60센티미

---

* '자각' '새로운 생활'은 메이지 40년대(1910년 근처)부터 나타난 현대적 사상 및 의식과 관련해 사용된 용어다.

터 정도 열려 있고 거기에 K의 검은 그림자가 서 있었습니다. 그리고 그의 방에는 저녁때 켠 남포등이 아직도 켜져 있었습니다. 갑자기 세계가 바뀐 나는 잠시 말도 못하고 멍하니 그 광경을 바라보았습니다.

그때 K가 벌써 자느냐고 물었습니다. K는 늘 늦게까지 깨어 있곤 했죠. 나는 검은 그림자같이 서 있는 K를 향해 무슨 일 있느냐고 물었습니다. K는 별일은 아니라고, 화장실에 갔다 오는 길에 그냥 자는지 안 자는지 물어봤을 뿐이라고 대답했습니다. 불빛을 등지고 있었기 때문에 그의 안색이나 눈빛은 전혀 알 수 없었습니다. 하지만 그의 목소리는 평소보다 더 차분했습니다.

K는 이윽고 열린 방문을 꼭 닫았습니다. 내 방은 곧 아까 같은 암흑으로 되돌아갔습니다. 나는 그 암흑보다 조용한 꿈을 꾸기 위해 다시 눈을 감았습니다. 그다음은 어떻게 됐는지 모릅니다. 그런데 다음날 아침이 되어 어젯밤 일을 생각해보니 뭔가 기이했습니다. 어쩌면 모든 게 꿈이 아니었나 싶었습니다. 그래서 아침을 먹으며 K에게 물어봤습니다. K는 분명히 방문을 열고 내 이름을 불렀다는 것입니다. 왜 그랬느냐 물으니까 확실한 대답을 하지 않았습니다. 궁금증이 식었을 때쯤, 요즘 잠은 잘 자느냐고 도리어 그가 물었습니다. 나는 왠지 이상하다는 느낌이 들었습니다.

그날은 마침 강의 시작 시간이 같은 날이었기 때문에 우리는 함께 집을 나섰습니다. 아침부터 어젯밤 일이 마음에 걸렸던 나는 가면서 다시 K를 추궁했습니다. 하지만 K는 역시 나를 만족시킬 만한 대답은 하지 않았습니다. 나는 고백한 일에 대해 할 얘기가 있었던 것은 아니었느냐고 확인해보았습니다. K는 그렇지 않다고 강하게 부정했습니다. 어제 우에노에서 "그 얘기는 그만두자"라고 말하지 않았느냐고 환기시켜주는 것처럼 들렸습니다. K는 그런 면에서 자존심에 민감한 남자였습니다. 불현듯 생각이 거기에 미친 나는 문득 그가 쓴 '각오'라는 단어를 떠올렸습니다. 그러자 지금까지 전혀 신경이 쓰이지 않았던 그 두 글자가 묘한 힘으로 내 머리를 짓누르기 시작했습니다.

44

K의 과단성 있는 성격은 나도 익히 알고 있었습니다. 그가 유독 고백 건에 대해서 우유부단한 이유도 충분히 납득이 갔습니다. 다시 말해서 나는 그의 본래 성격을 잘 알고서 예외의 경우까지 간파한 양 흐뭇해했던 것입니다. 그런데 '각오'라는 그의 말을 머릿속에서 몇 번이고 곱씹던 중, 나의 흐뭇함은 점차 맥이 빠져 끝내는 흔들리기 시작했습니다. 나는 이번 경우도 어쩌면 그에게는 예외가 아닐지 모르겠다는 생각이 들었습니다. 모든 의혹, 번민, 고뇌를 한번에 해결할 마지막 수단을 K는 가슴속에 간직하고 있는 것은 아닐까 의심하기 시작한 것입니다. 그런 새로운 빛으로 각오라는 두 글자를 다시 비춰보다 가슴이 철렁 내려앉았습니다. 그때 만일 내가 내려앉은 가슴을 안고, 그가 입에 담은 각오란 말의 뜻을 다시 한번 이렇게도 저렇게도 살펴봤더라면 그래도 나았을지 모릅니다. 슬프게도 나는 한쪽 눈이 멀어 있었습니다. 그 말을 오직 K가 따님에게 적극적으로 행동하겠다는 의미로만 해석했습니다. 그의 각오란 자신의 과단성 있는 성격을 사랑 방면에서

발휘하겠다는 뜻이라고만 확신하고 말았던 것입니다.

나는 나에게도 마지막 결단이 필요하다는 소리를 마음의 귀로 들었습니다. 그 목소리에 힘입은 나는 즉시 용기를 불러일으켰습니다. K보다 먼저, 그것도 K가 모르는 사이에 일을 진행시켜야겠다고 다짐한 것입니다. 나는 말없이 기회를 노렸습니다. 그러나 이틀이 지나도 사흘이 지나도 기회를 잡을 수 없었습니다. 나는 K가 없을 때, 또 따님이 집을 비웠을 때를 기다려 아주머니와 담판을 벌이려고 했습니다. 하지만 한 사람이 없으면 다른 사람이 방해하는 날들이 이어져, '지금이다' 싶은 기회는 좀처럼 와주지 않았습니다. 나는 초조해지기 시작했습니다.

일주일이 지나자 나는 참지 못하고 꾀병을 부렸습니다. 아주머니한테서도 따님한테서도, 그리고 K한테서도 일어나라는 재촉을 받았지만, 건성으로만 대답하고 열시가 되도록 이불을 덮어쓰고 누워 있었습니다. 나는 K도 따님도 나가고 없어 집안이 조용해졌을 때를 기다려 이불 속에서 나왔습니다. 내 얼굴을 본 아주머니는 바로 어디가 아프냐고 물었습니다. 아침식사는 머리맡에 갖다줄 테니 좀더 누워 있으라고 권하기도 했습니다. 몸에 아무 이상이 없는 나는 전혀 눕고 싶지 않았습니다. 세수를 하고 여느 때처럼 자노마에서 밥을 먹었습니다. 아주머니가 화로 맞은편에 앉아 식사 시중을 들어주었습니다. 아침밥인지 점심밥인지 모를 밥그릇을 손에 들고 어떤 식으로 얘기를 꺼낼까만 신경쓰고 있었기 때문에, 딴사람이 보기에는 실제로 몸이 안 좋은 사람처럼 보였을 것입니다.

나는 식사를 끝내고 담배를 피워 물었습니다. 내가 일어나지 않았기 때문에 아주머니도 화로 옆을 떠나지 못했습니다. 하녀를 불러 밥상을 치우게 하고는 찻주전자에 물을 더 붓거나 화로 주변을 닦거나 하면서 앉아 있었습니다. 나는 아주머니에게 특별히 볼일이라도 있느냐고 물었습니다. 아주머니는 없다고 대답하더니, 왜 그러느냐고 이번에는 그쪽에서 되물었습니다. 나는 실은 하고 싶은 얘기가 있다고 말했습니다. 아주머니는 무슨 얘기냐며 내 얼굴을 쳐다보았습니다. 아주머니의 말투는 내 기분과는 동떨어지게 가벼웠기 때문에, 나는 다음 말을 얼른 잇지 못했습니다.

할 수 없이 나는 적당히 이러저리 말을 돌린 끝에, K가 최근에 무슨 말을 하지 않더냐고 아주머니에게 물어봤습니다. 아주머니는 생각지도 못했다는 듯이 "무슨 말을?" 하고 또 되물었습니다. 그리고 내가 대답하기도 전에 "학생에게는 무슨 말을 했나요?"라고 도리어 묻는 것이었습니다.

45

K에게서 들은 고백을 아주머니에게 전할 마음이 없었던 나는 "아뇨"라고 부정해버린 후, 곧 거짓말을 한 데 불편한 기분이 들었습니다. 하는 수 없이, 또 특별히 부탁받은 기억도 없었기에, K에 관한 얘기는 아니라고 말을 바꿨습니다. 아주머니는 "그런가요" 하더니 다음 말을 기다렸습니다. 어떻게든 말을 꺼내야만 했습니다. 나는 대뜸 "아주머니, 따님을 저에게 주십시오" 하고 말했습니다. 아주머니는 내가 예상했던 만큼은 놀라지 않았지만, 그래도 한동안은 대답을 할 수 없었

는지 가만히 내 얼굴만 바라봤습니다. 일단 말을 꺼낸 나는 아무리 아주머니가 내 얼굴을 주시한다 해도 거기에 신경쓸 여유가 없었습니다. "주십시오, 꼭 주십시오"라고 되풀이했습니다. "꼭 제 아내로 삼게 해주십시오"라고 말했습니다. 아주머니는 나이가 나이인 만큼 나보다 훨씬 침착했습니다. "드려도 좋은데, 너무 갑작스러운 얘기 아닌가요?" 하고 묻더군요. "갑자기 아내로 삼고 싶어졌습니다"라고 내가 즉답하자 웃음을 터뜨렸습니다. 그러고는 "잘 생각했나요?"라며 확인했습니다. 말을 꺼낸 것은 갑작스러워도 생각한 것은 갑작스러운 일이 아니라고 나는 강한 어투로 설명했습니다.

그러고 나서 두세 가지 문답이 더 오고갔지만, 어떤 얘기였는지는 잊어버렸습니다. 남자처럼 시원시원한 부분이 있는 아주머니는 보통 여자들과 달리 이 상황에서 얘기가 아주 잘 통했습니다. "좋습니다. 드리지요"라고 말한 겁니다. "드리니 마니 큰소리칠 주제도 못 됩니다. 우리 딸애를 데려가주세요. 아시다시피 아비 없는 불쌍한 앱니다" 하고 나중에는 아주머니 쪽에서 부탁하더군요.

얘기는 간단하고도 명료하게 끝났습니다. 얘기를 꺼내 해결을 볼 때까지 십오 분도 채 안 걸렸을 겁니다. 아주머니는 아무런 조건도 달지 않았습니다. 친척한테 상의할 필요도 없다. 나중에 알려주기만 하면 된다고 했습니다. 본인의 의사조차 확인할 필요가 없다고 단언했습니다. 그런 점에서는 배운 내가 더 형식에 얽매여 있다고 생각됐을 정도입니다. 친척이야 어떻든 간에 본인에게는 미리 얘기해서 승낙을 받는 게 순서인 것 같다고 지적하자, 아주머니는 "괜찮아요. 본인이 싫다는데로 내가 그애를 보낼 리 있겠어요"라고 대꾸했습니다.

내 방으로 돌아온 나는 일이 너무나 쉽게 해결되어 오히려 이상한 기분이 들었습니다. 과연 괜찮을까 하는 의혹마저 머릿속을 파고들 정도였습니다. 하지만 대체로는, 내 미래의 운명은 이렇게 정해졌구나 하는 관념이 나의 모든 것을 새롭게 했습니다.

오후에 나는 다시 자노마로 가, 오늘 아침에 한 얘기를 언제 따님에게 전할 생각이냐고 아주머니에게 물었습니다. 아주머니는, 나만 그렇게 알고 있으면 되니 얘기는 언제 해도 괜찮다는 식으로 말했습니다. 이렇게 되니 어쩐지 나보다도 아주머니가 더 남자답게 여겨져, 그냥 일어서려고 했습니다. 그러자 아주머니가 나를 불러 세우고는, 만약에 빨리 말하길 바란다면 오늘이라도 좋다, 수업에서 돌아오면 바로 얘기하겠다는 것입니다. 그렇게 해주시는 편이 좋겠다고 대답하고 다시 내 방으로 돌아왔습니다. 그러나 책상 앞에 가만히 앉아, 두 사람이 소곤거리는 소리를 좀 떨어진 곳에서 듣고 있을 자신을 상상해보니 어쩐지 마음이 안정되지 않았습니다. 결국 나는 모자를 쓰고 바깥으로 나왔습니다. 그리고 또 언덕 아래서 따님과 마주쳤습니다. 아무것도 모르는 따님은 나를 보고 놀란 모양이었습니다. 내가 모자를 벗고 "이제 오세요?" 하고 묻자, 따님은 벌써 병이 다 나았느냐고 신기한 듯이 물었습니다. 나는 "네, 나았어요, 다 나았어요"라고 대답하고는 스이도 다리 쪽으로 꺾어 성큼성큼 걸어갔습니다.

46

나는 사루가쿠초에서 진보초 거리로 나와 오가와마치 쪽으로 꺾어
들어갔습니다. 내가 이 근방을 다니는 것은 늘 헌책방을 둘러보기 위
해서였는데, 그날은 때문은 책들을 펴볼 생각이 영 나지 않았습니다.
나는 걸으면서 줄곧 하숙집 상황을 생각했습니다. 나에게는 아까 대화
를 나누던 아주머니에 대한 기억이 있었습니다. 또한 따님이 집으로
돌아온 후 벌어질 일에 대한 상상이 있었습니다. 그러니까 이 두 가지
가 나를 걷게 만든 것입니다. 그러다 이따금 나도 모르게 길 한복판에
서 문득 멈춰 섰습니다. 그리고 지금쯤은 아주머니가 따님에게 그 얘
기를 하고 있겠지 생각했습니다. 또 조금 지나서는 이젠 그 얘기가 끝
났겠구나 하고 생각했습니다.

나는 결국 만세 다리를 건너 묘진 언덕을 올라가 혼고다이로 가서,
거기서 다시 기쿠자카를 내려와 고이시카와 비탈 아래로 내려갔습니
다. 세 구區*에 걸쳐 타원을 그리며 걸은 셈인데, 그 긴 산책길에 나는 K
생각을 거의 하지 않았습니다. 지금 그때의 나를 돌이켜보며 자신에게
왜 그랬느냐고 물어봐도 통 모르겠습니다. 단지 기이하게만 여겨질 뿐
입니다. 내 마음이 K를 잊어버릴 만큼 한쪽으로만 긴장하고 있었다고
보면 그만이지만, 내 양심이 그 상황을 용납하지 못했을 테니까요.

K에 대한 내 양심이 부활한 것은, 내가 하숙집 현관문을 열고 들어
가 여느 때처럼 그의 방을 지나가려던 순간이었습니다. 그는 늘 그랬

---

* 고이시카와 구에서 출발하여 간다 구, 혼고 구를 돌아 고이시카와 구로 돌아온 것을
의미한다.

듯이 책상에 앉아 책을 읽고 있었습니다. 늘 그랬듯이 책에서 눈을 떼고 나를 보았습니다. 하지만 늘 그랬듯이 이제 오느냐고 말하지는 않았습니다. 그는 "아픈 건 다 나았나, 병원엔 갔다 왔고?" 하고 묻는 겁니다. 나는 그 순간 K 앞에 무릎을 꿇고 빌고 싶어졌습니다. 더구나 그때의 그 충동은 결코 약하지 않았습니다. 만약 K와 내가 단둘이 광야 한가운데라도 서 있었다면, 분명히 나는 양심의 명령에 따라 그 자리에서 사죄했을 것입니다. 하지만 집안에는 사람이 있었습니다. 내 양심은 거기서 곧 가로막혀버렸습니다. 그리고 슬프게도 영구히 부활하지 않았던 것입니다.

저녁식사 때 K와 나는 다시 얼굴을 마주했습니다. 아무것도 모르는 K는 그저 우울해할 뿐, 조금도 내게 의심 어린 눈초리를 보내지는 않았습니다. 아무것도 모르는 아주머니는 평소보다 기분이 좋아 보였습니다. 나만 모든 것을 알고 있었습니다. 나는 납덩이 같은 밥을 먹었습니다. 여느 때와 달리 따님은 함께 식탁에 앉지 않았습니다. 아주머니가 재촉하면 옆방에서 금방 간다고 대답만 했죠. K는 따님의 그런 태도를 이상하게 여겼습니다. 끝내는 왜 저러느냐고 아주머니에게 물었습니다. 아주머니는 아마도 쑥스러워서 그럴 거라고 하며 힐끗 내 얼굴을 봤습니다. K는 더욱 이상하게 여기며 뭐가 쑥스럽냐고 캐물었습니다. 아주머니는 미소 지으며 다시 내 얼굴을 쳐다봤습니다.

나는 밥상에 앉았을 때부터, 아주머니의 얼굴을 보고 일이 어떻게 진행됐는지 대충 짐작했습니다. 하지만 K에게 설명해주기 위해, 아주머니가 내 앞에서 그 얘기를 꺼내는 건 견디기 힘들었습니다. 아주머니는 또 그 정도 얘기는 아무렇지 않게 할 사람이었기에, 나는 조마조

마했습니다. 다행히도 K는 다시 침묵으로 돌아갔습니다. 평소보다 다소 기분이 좋았던 아주머니도 결국 내가 두려워했던 선까지는 얘기를 끌어가지 않았습니다. 나는 가슴을 쓸어내리며 방으로 돌아왔습니다. 하지만 앞으로 K에게 어떤 태도를 취해야 할지 생각하지 않을 수 없었습니다. 나는 여러 가지 변명을 가슴속에 늘어놔보았습니다. 그러나 어떤 변명도 K와 얼굴을 맞대고 하기에는 궁색했습니다. 비겁한 나는 마침내 내 입으로 K에게 직접 설명하기 싫어졌습니다.

47

　나는 그런 상태로 이삼일을 지냈습니다. 그 이삼일 동안 K에 대한 불안감이 끊임없이 내 마음을 무겁게 짓눌렀음은 말할 나위도 없습니다. 그렇지 않아도 어떻게든 말해주지 않으면 K에게 미안한 일이라 생각했죠. 게다가 아주머니의 말투나 따님의 태도가 시종 나를 콕콕 찌르듯 자극했기 때문에 나는 더 괴로웠습니다. 어딘가 남자다운 기질이 있는 아주머니가 언제 내 얘기를 밥상머리에서 K에게 발설할지 모릅니다. 그 이후로 나를 대하는 태도가 눈에 띄게 달라진 따님의 모습도 K의 마음을 어둡게 만든 의혹의 씨가 되지 않았다고는 단언할 수 없었습니다. 나는 어떻게든 나와 이 가족 사이에 성립된 새로운 관계를 K에게 알리지 않으면 안 될 처지에 놓였습니다. 하지만 도덕적인 약점을 갖고 있음을 스스로 잘 알고 있던 내게는, 그 일이 지극히 어렵게만 느껴졌습니다.

나는 어찌할 수가 없어, 아주머니한테 K에게 정식으로 말해달라고 부탁해볼까도 생각했습니다. 물론 내가 없을 때 말이죠. 하지만 그 사실이 그대로 전달되면 직접적이냐 간접적이냐의 차이는 있을지언정 면목없기는 마찬가지입니다. 그렇다고 면목을 차릴 수 있도록 잘 말해달라고 하면, 아주머니가 이유를 물을 게 뻔합니다. 만일 아주머니에게 모든 사정을 털어놓고 부탁한다면, 나는 스스로 자신의 약점을 사랑하는 사람과 그녀의 어머니 앞에 드러내야만 합니다. 고지식한 나로서는 그건 이후 나에 대한 신뢰와 관련된 일이라 생각하지 않을 수 없었습니다. 결혼하기 전부터 연인의 신뢰를 잃는다는 것은 설령 1푼 1리만큼이라 할지라도 내게는 견딜 수 없는 불행처럼 여겨졌습니다.

요컨대 나는 정직한 길을 걸어가려고 하다가 그만 발을 헛디딘 바보였습니다. 아니 교활한 놈이었습니다. 그리고 그걸 알아챈 것은, 그때까지는 하늘과 내 마음뿐이었습니다. 하지만 다시 일어나 한 걸음 더 내딛기 위해서는 당장 발을 헛디뎠다는 사실을 반드시 주위 사람들에게 알려야 하는 곤경에 처한 것입니다. 나는 끝까지 발을 헛디뎠다는 사실을 감추고 싶었습니다. 동시에 어떻게 해서든 앞으로 나아가야 했습니다. 그 사이에 끼인 나는 또다시 옴짝달싹할 수 없었습니다.

대엿새가 지난 후, 아주머니는 별안간 내게 K에게 그 얘기를 했느냐고 물었습니다. 나는 아직 얘기하지 않았다고 대답했습니다. 그러자 왜 얘기하지 않느냐고 아주머니가 나를 나무랐습니다. 나는 그 나무람에 온몸이 굳어버렸습니다. 그때 아주머니가 나를 놀라게 한 말을, 나는 아직도 잊지 않고 있습니다.

"어쩐지 내가 그 얘길 했더니 묘한 표정을 짓더군요. 학생도 그러면 안 되지요. 평소에 그렇게 친하게 지내면서 아무 얘기도 안 해주고 시치미를 떼고 있다니."

나는 K가 그 얘기를 듣고 무슨 말을 하지 않더냐고 아주머니에게 물었습니다. 아주머니는 별말 않더라고 대답했습니다. 하지만 나는 나서서 그 상황에 대해 좀더 자세히 묻지 않을 수 없었습니다. 아주머니는 물론 아무것도 숨길 이유가 없었죠. 별말 없었다면서도 K의 반응을 일일이 얘기해주었습니다.

아주머니의 얘기를 종합해보면, K는 이 마지막 타격을 놀라면서도 아주 침착하게 받아들인 모양이었습니다. K는 따님과 나 사이에 맺어진 새로운 관계에 대해, 처음에는 그러냐고만 했다고 합니다. 하지만 아주머니가 "학생도 기뻐해주세요"라고 말하자, 비로소 아주머니의 얼굴을 보고 미소 지으며 "축하드립니다"라고 말하고는 자리에서 일어났다는 것입니다. 그리고 자노마의 장지문을 열기 전에 다시 아주머니를 돌아보며 "결혼은 언제 하는데요?"라고 물었다고 합니다. 그러고 나서 "뭔가 축하 선물을 하고 싶은데, 전 돈이 없어서 드릴 수가 없네요"라고 말했다고 합니다. 아주머니 앞에 앉아 그 얘기를 들은 나는 가슴이 미어지는 괴로움을 느꼈습니다.

48

날짜를 계산해보니 아주머니가 K에게 그 얘기를 한 지 벌써 이틀이나 지나 있었습니다. 그동안 K는 내게 이전과 조금도 다름없는 태도를 보였기 때문에, 나는 전혀 눈치채지 못했던 것입니다. 그의 초연한 태도는 설령 표면적이었다고 하더라도 탄복할 만했습니다. 머릿속으로 K와 나를 나란히 비교해보니 K가 훨씬 더 훌륭해 보였습니다. '나는 계략으로 이기긴 했어도 인간적으로는 졌다'라는 생각이 가슴속에서 소용돌이쳤습니다. 그때 필시 K가 나를 경멸했을 거라는 생각에 혼자 얼굴을 붉혔습니다. 그렇다고 새삼스레 K에게 가서 체면을 구기는 일은 자존심상 큰 고통이었습니다.

내가 K에게 갈까 말까 망설이다가 어쨌든 다음날까지 기다려보자고 결심한 것은 토요일 밤이었습니다. 그런데 그날 밤에 K는 자살을 하고 만 것입니다. 지금도 그 광경을 떠올리면 소름이 끼칩니다. 언제나 동쪽으로 베개를 두고 자던 내가 그날 밤따라 우연히 서쪽으로 베개를 두고 이불을 깐 것 역시 무슨 징조였는지도 모릅니다. 머리맡으로 들어오는 찬바람에 나는 문득 잠이 깼습니다. 눈을 떠보니 언제나 꼭 닫혀 있던 K의 방문이 요전날 밤과 비슷하게 열려 있었습니다. 그러나 요전처럼 K의 검은 그림자는 서 있지 않았습니다. 나는 암시에 걸린 사람처럼 팔꿈치를 짚고 이부자리에서 일어나면서 얼른 K의 방을 들여다보았습니다. 남포등이 어슴푸레 켜져 있었습니다. 이부자리도 깔려 있었습니다. 그런데 이불은 젖혀놓은 것처럼 아래쪽에 겹쳐져 있었습니다. 그리고 K는 반대쪽으로 엎드려 있었습니다.

나는 어이! 하고 불러보았습니다. 하지만 아무 대답이 없었습니다. 여보게, 왜 그러고 있나, 하고 나는 다시 K를 불렀습니다. 그래도 K는 꼼짝도 하지 않았습니다. 나는 벌떡 일어나 문지방까지 갔습니다. 그리고 어두운 남포등 불빛으로 그의 방을 둘러보았습니다.

그때 내가 받은 첫 느낌은, K한테서 별안간 사랑의 고백을 들었을 때와 거의 흡사했습니다. 내 눈은 그의 방안을 한 바퀴 둘러보자마자 마치 유리로 만든 의안처럼 움직일 능력을 잃고 말았습니다. 나는 그 자리에서 얼어붙었습니다. 그런 상태가 질풍처럼 나를 통과한 다음 나는 아아, 큰일났다, 하고 탄식했습니다. 이제 돌이킬 수 없다는 검은 빛이 무서운 기세로 순식간에 내 미래를 뚫고 내 앞에 가로놓인 전 생애를 뒤덮었습니다. 그리하여 나는 덜덜 떨기 시작했습니다.

그래도 나는 끝끝내 나를 잃을 수는 없었습니다. 곧 책상 위에 놓여 있는 편지가 눈에 띄었습니다. 예상대로 편지는 내 앞으로 되어 있었습니다. 나는 정신없이 봉투를 뜯었습니다. 하지만 그 안에는 예상했던 말은 한마디도 쓰여 있지 않았습니다. 나는 내가 너무나도 괴로워할 말들이 쓰여 있으리라고 예상했었습니다. 그리고 만일 그 글이 아주머니나 따님 눈에 띈다면 무척 경멸 받을지도 모른다는 두려움이 있었습니다. 대충 훑어보고 난 후, 나는 우선 살았다고 생각했습니다. (물론 남의 눈을 의식했을 때에 한해 살았다는 말입니다만, 이 남의 눈이라는 게 이 상황에서 내게는 대단히 중차대하게 여겨졌습니다.)

편지 내용은 간단했습니다. 그리고 오히려 추상적이었습니다. 자신은 의지가 약하고 결단성이 없어 도저히 장래에 대한 희망이 없으니까 자살한다는 말뿐이었습니다. 그리고 지금까지 내게 신세를 진 데 대한 감사의 말이 아주 담백하게 그 뒤에 덧붙여져 있었습니다. 이왕 신세 진 김에 사후의 뒤처리도 부탁한다는 말도 있었습니다. 아주머니에게 폐를 끼쳐 죄송하니 대신 잘 말해달라는 내용도 있었습니다. 고향에는 내가 연락해주길 바란다는 부탁도 있었습니다. 필요한 사항은 모두 한

마디씩 쓰여 있었으나 따님의 이름만은 어디에도 없었습니다. 나는 끝까지 읽고 나서, K가 일부러 피했다는 걸 바로 알았습니다. 하지만 가장 가슴 아팠던 말은 마지막에 남은 먹으로 쓴 것처럼 보이는, 더 빨리 죽었어야 했는데 왜 여태 살아 있었을까, 라는 의미의 문구였습니다.

나는 떨리는 손으로 편지를 접어서 다시 봉투 안에 넣었습니다. 그리고 일부러 사람들의 눈에 잘 띄도록 책상 위의 원래 자리에 놓았습니다. 그러고는 돌아서다가, 비로소 장지문에 튄 핏자국을 보았습니다.

49

나는 별안간 K의 머리를 두 손으로 감싸안듯이 살짝 들어올렸습니다. K의 죽은 얼굴을 한번 보고 싶었던 것입니다. 하지만 엎드려 있는 그의 얼굴을 아래쪽에서 들여다보다가, 얼른 손을 뺐습니다. 오싹해서만은 아닙니다. 그의 머리가 몹시 무겁게 느껴졌기 때문입니다. 나는 방금 닿았던 차가운 귀와, 평소와 다름없는 짧은 까만 머리를 잠시 내려다보았습니다. 조금도 울 기분이 나지 않았습니다. 무섭기만 했습니다. 그리고 그 공포감은 눈앞의 광경이 감각을 자극해서 일어나는 단순한 공포감만이 아니었습니다. 홀연히 차가워진 친구가 암시한 운명의 무서움을 뼈저리게 느꼈던 것입니다.

나는 어떻게 해야 할지 분별이 가지 않아 다시 내 방으로 돌아왔습니다. 그리고 네 평짜리 방안을 빙글빙글 돌았습니다. 무의미하더라도 당분간 그렇게 움직이라고 내 머리는 명령했기 때문입니다. 뭔가 해야 할 것 같았습니다. 동시에 아무것도 할 수가 없었습니다. 방안을 빙글빙글 돌아다니지 않고는 견딜 수 없었던 것입니다. 우리에 갇힌 곰처럼. 나는 몇 번이나 아주머니를 깨우러 갈까도 생각했습니다. 하지만 여자에게 이런 무서운 광경을 보여서는 안 된다는 생각이 나를 붙잡곤 했습니다. 아주머니는 둘째치고 따님은 절대로 놀라게 해서는 안 된다는 강한 의지가 나를 가로막았죠. 나는 다시 빙글빙글 돌았습니다.

그러다가 나는 내 방 남포등을 켰습니다. 그리고 시계를 자꾸 봤습니다. 그때만큼 시곗바늘이 더디게 움직인다고 느낀 적은 없었습니다. 내가 일어난 시각은, 정확히는 몰라도 새벽이 멀지 않았던 것만은 분명합니다. 빙글빙글 돌면서 동이 트기를 애타게 기다리던 나는 영원히 어두운 밤이 지속되는 건 아닐까 하는 불안에 떨었습니다.

우리는 일곱시 전에 일어나는 습관이 있었습니다. 여덟시에 시작되는 강의가 많았기 때문에, 그러지 않으면 수업에 늦었거든요. 그래서 하녀는 여섯시쯤에 일어나야 했습니다. 하지만 그날 내가 하녀를 깨우러 간 시각은 여섯시도 되기 전이었습니다. 그러자 아주머니가 오늘은 일요일이라는 걸 상기시켜주었습니다. 아주머니는 내 발소리에 잠이 깬 것입니다. 나는 아주머니에게 잠이 깼으면 잠깐 내 방으로 와달라고 부탁했습니다. 아주머니는 잠옷 위에 평소에 입는 하오리를 걸치고 내 뒤를 따라왔습니다. 나는 방으로 들어오자마자, 지금까지 열려 있던 K의 방문을 얼른 꼭 닫았습니다. 그리고 불상사가 일어났다고 아주머니에게 작은 소리로 말했습니다. 아주머니는 무슨 일이냐고 물었습니다. 나는 턱으로 옆방을 가리키며 "놀라지 마세요"라고 말했습니다.

아주머니는 얼굴이 창백해졌습니다. "아주머니, K가 자살했습니다." 내가 다시 말을 이었습니다. 아주머니는 그 자리에 못박힌 듯 서서, 말 없이 내 얼굴만 쳐다봤습니다. 그때 나는 얼른 아주머니 앞에 무릎을 꿇고 머리를 숙였습니다. "죄송합니다. 제 잘못입니다. 아주머니에게 도 따님에게도 죄송하게 됐습니다"라고 사죄했습니다. 아주머니를 보기 전까지, 그런 말을 입에 올릴 생각은 전혀 없었습니다. 그런데 아주머니 얼굴을 보자 나도 모르게 불쑥 그렇게 말해버린 것입니다. K에게 사죄할 수 없었던 나는 그렇게나마 아주머니와 따님에게 용서를 빌지 않을 수 없었던 것이라고 여겨주십시오. 즉 나의 본성이 평소의 나를 제치고 참회의 말을 술술 토해낸 것입니다. 아주머니가 그렇게 깊은 의미로 내 말을 받아들이지 않은 것은 내겐 다행이었습니다. 창백해진 얼굴로 "불의의 사고이니 어쩔 수 없지요"라고 위로하듯 말해주었습니다. 하지만 그 얼굴에는 경악과 두려움이 새겨진 듯 근육이 경직되어 있었습니다.

50

아주머니에게 죄송한 일이었지만, 나는 일어나서 방금 닫았던 미닫이문을 다시 열었습니다. 그때는 K의 남포등 기름이 다 떨어졌는지 방 안은 거의 캄캄했습니다. 나는 되돌아와서 내 남포등을 들고 가 방문 턱에서 아주머니를 돌아보았습니다. 아주머니는 내 뒤에 숨듯이 서서 작은 방을 들여다봤습니다. 하지만 들어가려고 하지는 않았습니다. 거기는 그대로 두고 창의 덧문을 열어달라고 내게 말했습니다.

이후 아주머니는 역시 군인의 미망인이라 할 만큼 시의적절하게 조치를 취했습니다. 나는 의사에게도 갔습니다. 또 경찰서에도 갔습니다. 하지만 모두 아주머니의 지시에 따라 간 것입니다. 아주머니는 그런 절차가 끝날 때까지 아무도 K 방에 들이지 않았습니다.

K는 작은 칼로 경동맥을 끊고 즉사했습니다. 그 외에는 상처 같은 게 전혀 없었습니다. 내가 꿈결처럼 어두컴컴한 불빛으로 본 당지唐紙의 핏자국은 그의 목에서 일시에 뿜어져나온 것이었습니다. 나는 밝은 햇빛으로 다시 그 핏자국을 똑똑히 보았습니다. 그리고 인간의 피가 그토록 세차게 뿜어져나올 수 있다는 데 놀랐습니다.

아주머니와 나는 온갖 수단과 방법을 동원해서 K의 방을 청소했습니다. 다행히도 피는 대부분 이불에 흡수되어 있었기 때문에 다다미에는 그다지 묻지 않아서 뒤처리는 그나마 수월했습니다. 우리는 그의 시체를 내 방으로 옮기고 평소에 자던 모습으로 뉘어놨습니다. 그러고 나서 나는 그의 친가에 전보를 치러 갔습니다.

내가 돌아왔을 때는 K의 머리맡에 이미 향이 피워져 있었습니다. 방으로 들어가자마자 절에서 쓰는 향냄새 가득한 연기가 코를 찔렀고, 나는 연기 속에 앉아 있는 두 여인을 봤습니다. 내가 따님의 얼굴을 본 것은 어젯밤 이래 이때가 처음이었습니다. 따님은 울고 있었습니다. 아주머니도 눈이 빨개져 있었습니다. 사건이 일어난 이후 그때까지 우는 것을 잊고 있던 나는 그제야 겨우 슬픔에 젖을 수 있었습니다. 내 가슴은 그 슬픔으로 인해 얼마나 편안해졌는지 모릅니다. 고통과 공포로 옭매여 있던 내 마음에 물 한 방울의 윤기를 떨어뜨려준 건 그때의 슬픔이었습니다.

나는 말없이 두 사람 옆에 앉았습니다. 아주머니는 내게도 분향을 하라고 했습니다. 나는 분향을 하고 다시 말없이 앉았습니다. 따님은 내게 아무 말도 걸지 않았습니다. 가끔 아주머니와 한두 마디 대화를 나눌 때도 있었지만, 당면한 일처리에 관한 말뿐이었습니다. 따님에게는 K의 생전에 관해 얘기할 만한 여유가 아직 없었던 것입니다. 나는 어젯밤의 끔찍한 광경을 보이지 않은 게 그나마 다행이라고 마음속으로 생각했습니다. 젊고 아름다운 여자에게 끔찍한 광경을 보이면 그 아름다움이 파괴되어버릴 것만 같아 두려웠던 것입니다. 공포감이 머리끝까지 달했을 때조차, 나는 그 생각을 도외시하고 행동할 수는 없었습니다. 아름다운 꽃을 죄도 없는데 마구 후려치는 것 같은 불쾌감이 있었던 것입니다.

K의 고향에서 아버지와 형이 왔을 때, 나는 그의 유골을 묻을 곳에 대해 내 의견을 말했습니다. K가 살아 있을 때 우리는 함께 조시가야 주변을 자주 산책하곤 했습니다. K는 그 주변을 아주 맘에 들어했습니다. 그래서 나는 농담삼아 그렇게 좋으면 죽은 다음 여기에 묻어주마고 약속한 기억이 있었습니다. 지금 그 약속대로 K를 조시가야에 묻어준다고 해서 죗값이 덜해질까보냐는 생각은 들었습니다. 하지만 내가 살아 있는 한 K의 묘 앞에 무릎을 꿇고 다달이 참회의 마음을 되새기고 싶었습니다. 지금까지 나 몰라라 했던 K를 내가 모든 면에서 돌봐왔다는 데 대한 보답 차원이었겠지요. K의 아버지도 형도 내 의견을 들어주었습니다.

51

K의 장례식에서 돌아오는 길에 나는 그의 친구 중 한 명한테서, K가 왜 자살했느냐는 질문을 받았습니다. 사건이 일어난 이후 나는 몇 번이나 그 질문으로 괴로워했는지 모릅니다. 아주머니도 따님도, 고향에서 온 K의 아버지와 형도, 통지를 받은 지인들도, K와 아무 연고도 없는 신문기자들까지도 반드시 똑같은 질문을 내게 던지곤 했습니다. 그때마다 내 양심은 콕콕 찔리는 듯 아팠습니다. 그리고 그 질문의 이면에서 어서 네가 죽였다고 고백하라는 소리를 들었습니다.

내 대답은 누구에게나 한결같았습니다. 내게 남긴 편지 내용만 되풀이했을 뿐, 단 한마디도 덧붙이지 않았죠. 장례식에서 돌아오는 길에 같은 질문을 하고 같은 대답을 들은 K의 친구는 기모노 품에서 신문 한 장을 꺼내 내게 보여주었습니다. 나는 걸으면서 그 친구가 가리킨 곳을 읽었습니다. 거기에는 K가 부모형제에게 의절당한 결과 염세적이 되어 자살했다고 쓰여 있었습니다. 나는 아무 말도 않고 신문을 접어서 친구 손에 돌려주었습니다. 그 친구는 그 밖에도 K가 미쳐서 자살한 거라고 쓴 신문이 있다고도 가르쳐주었습니다. 정신없이 지내서 신문 읽을 여유가 없었던 나는 언론에서 어떻게 다뤄지는지 전혀 알지 못했지만, 내심 계속 신경이 쓰이던 차였습니다. 무엇보다도 하숙집 사람들에게 피해가 가는 기사가 날까봐 두려웠습니다. 특히 이름뿐이라 할지라도 따님이 거론되는 것은 참기 힘들 것 같았습니다. 나는 그 친구에게 또다른 기사는 없더냐고 물었습니다. 그 친구는 자기가 읽은 것은 그 두 가지뿐이라고 대답했습니다.

내가 지금 사는 집으로 이사한 것은 그로부터 얼마 지나지 않아서였습니다. 아주머니도 따님도 예전 집에 살기를 꺼렸고, 나도 그날 밤의 기억이 밤마다 되살아나는 게 고통스러웠기 때문에, 서로 의논하여 옮기기로 한 것입니다.

이사하고 두 달 정도 지나 나는 무사히 대학을 졸업했습니다. 졸업하고 반년도 채 안 돼서 나는 드디어 따님과 결혼했습니다. 겉으로 보기엔 만사가 예정대로 진행되었으니 경사롭다고 해야겠지요. 아주머니도 따님도 사뭇 행복해 보였습니다. 나도 행복했습니다. 하지만 내 행복에는 검은 그림자가 드리워져 있었습니다. 나는 이 행복이 결국 나를 슬픈 운명으로 이끌어갈 도화선이 아닐까 생각했습니다.

결혼하고 나서 따님이—이제 따님이 아니니까 아내라고 하겠습니다—아내가 무슨 생각을 했는지, 함께 K의 묘에 참배 가자는 말을 꺼냈습니다. 나는 괜히 움찔했습니다. 왜 갑자기 그런 생각을 했느냐고 물었죠. 아내는 둘이서 함께 묘를 찾아가면 K도 몹시 기뻐할 것이라고 말하더군요. 나는 아무것도 모르는 아내의 얼굴을 빤히 쳐다보다가, 왜 그런 표정을 짓느냐는 아내의 말에 퍼뜩 정신을 차렸습니다.

나는 아내가 원하는 대로 함께 조시가야로 갔습니다. 갓 만들어진 K의 묘비에 물을 끼얹어주었습니다.* 아내는 그 앞에서 향을 피우고 꽃을 꽂았습니다. 우리는 머리를 숙이고 합장했습니다. 아내는 필시 나와 함께하게 된 전말을 K에게 말해주고 그도 축복해주길 바랐겠지요. 나는 마음속으로 오직 내가 잘못했다는 말만 되뇌었습니다.

---

* 일본에서는 참배할 때 묘비에 물을 끼얹어 씻어준다.

그때 아내는 K의 묘비를 쓰다듬으며 아주 훌륭하다고 말했습니다. 그 묘비는 그리 좋은 것은 아니었지만, 내가 직접 석재상에 가서 골랐으니 아내는 특별히 치하하고 싶었던 거겠지요. 나는 새 묘비와, 나의 새색시와, 땅 밑에 묻힌 K의 새 유골을 비교하며 운명의 질타를 느끼지 않을 수 없었습니다. 나는 그후 다시는 아내와 함께 K의 묘에 가지 않기로 했습니다.

52

망우亡友에 대한 그런 감정은 언제까지고 지속되었습니다. 실은 나도 처음부터 그렇게 될까봐 두려워했습니다. 그동안 염원해온 결혼마저 불안 속에서 식을 치렀다고도 볼 수 있습니다. 하지만 스스로 제 앞길을 보지 못하는 게 인간인지라, 어쩌면 이 결혼이 나를 심기일전시켜 새로운 삶을 시작하는 계기가 될지도 모른다고 생각했습니다. 그런데 정작 남편으로 아침저녁 아내와 얼굴을 마주하고 보니, 내 가냘픈 희망은 냉엄한 현실 앞에서 산산이 부서지고 말았습니다. 나는 아내와 얼굴을 마주하고 있다가도 불현듯 K에게 위협당합니다. 다시 말해서 아내가 중간에서 K와 나를 자꾸만 연결시켜 떨어지지 못하게 만드는 것입니다. 아내의 어디 하나 불만이 없는 나도 오직 그런 점에서만은 그녀를 멀리하고 싶어집니다. 그러면 여자의 마음에는 그런 느낌이 바로 전해집니다. 전해진 느낌은 알지만 그 이유는 모릅니다. 이따금 아내는 무슨 생각을 그렇게 하느냐는 둥, 뭐가 마음에 안 드냐는 둥 따지고 듭니다. 웃어넘길 수 있을 때는 그래도 괜찮지만, 때로는 아내도 신경이 날카로워집니다. 종국에는 "당신은 날 싫어하시죠"라거나 "뭔가 분명히 내게 숨기는 일이 있어요" 같은 원망도 듣게 됩니다. 그럴 때마다 나는 괴로웠습니다.

차라리 맘먹고 사실대로 아내에게 털어놓으려고 한 적도 몇 번 있었습니다. 하지만 막상 말하려고 하면 내가 아닌 어떤 힘이 불시에 나타나 내 입을 막았습니다. 자네는 나를 잘 이해해주니까 설명할 필요도 없으리라 생각하지만, 말해둬야 할 것 같아 덧붙이겠습니다. 그 당시 나는 아내 앞에서 가식적인 모습을 보일 생각은 눈곱만큼도 없었습니다. 만약 내가 죽은 친구를 대하는 것과 똑같은 선량한 마음으로 아내에게 참회를 했다면, 아내는 분명 기쁨의 눈물을 흘리며 내 죄를 용서해주었을 것입니다. 그런데도 그렇게 하지 않은 나에게 이해타산이 있을 리는 없습니다. 나는 오직 아내의 기억 속에 까만 점을 찍을 수 없었기에 털어놓지 않았던 것입니다. 순백색 위에 까만 잉크를 한 방울이라도 가차없이 떨어뜨리는 짓은, 내겐 너무나 고통스러운 일이었다고 이해해주십시오.

일 년이 지나도록 K 일을 잊을 수 없었던 나는 늘 불안했습니다. 이 불안감을 떨쳐버리고자 책에 파묻혀 살려고 애썼습니다. 맹렬한 기세로 공부를 시작한 것입니다. 그리하여 그 결과를 세상에 내놓을 수 있는 날이 오기를 기다렸습니다. 하지만 억지로 목적을 만들어놓고 억지로 그 목적이 달성될 날을 기다리는 건 허상이기에 유쾌하지 않습니다. 나는 도저히 책 속에 마음을 파묻을 수 없었습니다. 또다시 팔짱을 끼고 세상을 바라보기 시작했습니다.

아내는 그런 내 모습을 보고 먹고사는 데 어려움이 없어서 마음이 해이해진 거라고 판단한 모양이었습니다. 아내 집안에도 모녀 두 사람 정도는 가만히 앉아서도 그럭저럭 살아갈 만한 재산이 있는데다, 나역시 직업을 갖지 않아도 사는 데 문제가 없었으니, 그리 생각하는 것도 당연했습니다. 어느 정도는 그런 탓도 있었겠지요. 하지만 내가 활동하지 않게 된 주원인은 전혀 다른 데 있었습니다. 작은아버지에게 속았을 당시의 나는, 남은 믿을 수 없는 존재라고 절실히 느끼긴 했지만, 남만 나쁘게 여길 뿐 자신은 그래도 틀림없는 사람인 줄 알았습니다. 세상 사람은 어떻든지 간에 나 하나만은 나무랄 데 없는 인간이란 믿음을 어딘가에 갖고 있었던 것입니다. 그랬는데 K의 일로 그 믿음이 보기 좋게 무너지고 자신도 작은아버지와 다를 바 없는 인간이란 생각이 들자, 나는 갑자기 어질어질해졌습니다. 남에게 정나미가 떨어진 나는 자신에게도 정나미가 떨어져 활동하지 않게 된 것입니다.

53

책 속에 자신을 산 채로 파묻을 수 없어, 영혼을 술에 절여 자신을 잊으려고 시도한 시기도 있었습니다. 술을 좋아하는 편은 아니었습니다. 하지만 마시려고 들면 얼마든지 마실 수 있는 체질이었기 때문에 술의 양만 믿고 정신을 놓으려고 애썼던 것입니다. 이런 경박한 방편은 얼마 가지 않아 나를 염세적으로 만들었습니다. 나는 만취해서도 문득 자기의 위치를 깨닫는 것입니다. 일부러 그런 짓까지 하며 저 스

스로를 기만하는 어리석은 인간임을 깨닫는 것입니다. 그러면 몸서리
가 나면서 정신이 번쩍 들었습니다. 때로는 아무리 마셔도 그런 가장假
裝 상태에조차 들어가지 못하고 한없이 가라앉은 적도 있었습니다. 더
구나 거짓으로 유쾌한 척 가장하고 나면 반드시 반사적으로 침울해졌
습니다. 사랑하는 아내와 장모에게 나는 늘 그런 모습을 보일 수밖에
없었습니다. 그런데 그들은 그들에게 자연스러운 입장에서 나를 분석
하려 들었습니다.

장모는 마뜩잖은 내 행동에 대해 아내에게 가끔 얘기를 하는 듯했습
니다. 아내는 그런 말을 내게 숨겼습니다. 하지만 아내는 아내대로 한
소리 하지 않고는 못 배겼던 모양입니다. 한소리 한다고는 해도 결코
심하지는 않았습니다. 아내한테 무슨 소리를 들었다고 해서 내가 분노
한 적은 거의 없었으니까요. 아내는 종종 못마땅한 게 있으면 숨기지
말고 말해달라고 당부했습니다. 그리고 내 장래를 위해 술을 끊으라고
충고했습니다. 어떤 때는 울면서 "당신은 요즘 사람이 달라졌어요"라
고 말했습니다. 그 말만 하면 그래도 괜찮은데, "K 씨가 살아 있었다면
당신도 이렇게 되지는 않았겠지요"라고도 하는 것입니다. 그럴지도 모
른다고 대답한 적도 있지만, 내 대답의 의미와 아내가 받아들인 의미
는 완전히 달랐을 터이므로 마음속으로는 슬펐습니다. 그렇지만 아내
에게 모든 것을 설명할 기분은 들지 않았습니다.

때때로 나는 아내에게 용서를 빌었습니다. 그러는 것은 대개 술에
취해 늦게 들어온 다음날 아침이었습니다. 아내는 웃었습니다. 어떤
때는 가만히 있었습니다. 가끔은 눈물을 뚝뚝 흘리기도 했습니다. 아
내의 반응이 어떻든 나는 자신이 못마땅해서 죽을 것 같았습니다. 그

래서 아내에게 용서를 비는 것은 곧 자신에게 용서를 비는 것과 마찬가지였습니다. 나는 결국 술을 끊었습니다. 아내의 충고로 끊었다기보다, 스스로가 혐오스러워져 끊었다고 하는 편이 옳을 겁니다.

술은 끊었지만, 아무것도 하고 싶지 않았습니다. 하는 수 없이 책을 읽었습니다. 하지만 읽어도 읽기만 할 뿐이었습니다. 나는 아내한테 뭐하러 공부하느냐는 질문을 종종 받았습니다. 나는 쓴웃음만 지었습니다. 하지만 내심 이 세상에서 내가 가장 믿고 사랑하는 단 한 사람조차 나를 이해하지 못하는구나 하는 생각을 하면 슬퍼졌습니다. 이해시킬 방법이 있는데도 이해시킬 용기를 내지 못한다고 생각하면 더욱 슬퍼졌습니다. 나는 적막했습니다. 이 세상에서 동떨어져 나 홀로 살아가는 듯한 생각도 자주 들었습니다.

그러면서 나는 K가 죽은 원인에 대해 생각하고 또 생각했습니다. 그 당시에는 머릿속이 온통 사랑이라는 두 글자에 지배받은 탓도 있었겠지만, 내 판단은 단순하고도 직선적이었습니다. K는 실로 실연 때문에 죽은 거라고 쉽게 단정짓고 말았던 것입니다. 하지만 차츰 안정되면서 그 사건을 다시 생각해보니, 그리 쉽게 결론지을 일이 아닌 것 같더군요. 현실과 이상의 충돌―그걸로도 충분하지 않았습니다. 나는 결국 K가 나처럼 오직 혼자라는 외로움을 주체하지 못해 갑자기 자살한 게 아닐까 하는 의구심이 들었습니다. 그리하여 또 오싹해졌습니다. K가 걸어간 길을 나도 K와 똑같이 걸어갈 것 같은 예감이 바람처럼 한 번씩 내 가슴을 스쳐갔기 때문입니다.

54

그러던 중에 장모가 병이 들었습니다. 의사에게 보이자 도저히 가망이 없다는 진단을 내렸습니다. 나는 힘이 닿는 데까지 정성껏 간호를 했습니다. 그렇게 하는 건 병자를 위한 길이기도 했고 또 사랑하는 아내를 위한 길이기도 했습니다만, 더 큰 의미로 말하자면 결국 인간을 위한 일이었습니다. 그때까지도 나는 뭔가를 하지 않고는 배길 수 없었으면서도, 아무것도 할 수 없었기에 하는 수 없이 팔짱을 끼고 있었던 게 분명합니다. 세상과 동떨어져 있던 내가 처음으로 스스로 손을 내밀어 조금이라도 좋은 일을 했다는 느낌을 가진 게 이때였습니다. 나는 속죄라고나 이름 붙여야 할 어떤 기분에 지배당하고 있었던 것입니다.

장모는 세상을 떠났습니다. 나와 아내 단둘이만 남게 되었습니다. 아내는 앞으로 이 세상에서 믿고 의지할 사람은 당신 한 사람밖에 없다고 말했습니다. 자기 자신조차도 믿지 못하는 나는 아내의 얼굴을 보고 나도 모르게 눈물지었습니다. 그리고 아내를 불행한 여자라고 생각했습니다. 또 불행한 여자라고 말하기도 했습니다. 아내는 이유를 물었습니다. 아내도 내 말뜻을 이해할 수 없었겠죠. 나도 그 이유를 설명해줄 수 없었습니다. 아내는 울었습니다. 내가 평소에 비뚤어진 마음으로 자기를 보니까 그런 말을 하게 되는 거라고 원망했습니다.

장모가 죽은 후, 나는 가능한 한 아내에게 자상하게 대해주었습니다. 아내를 사랑했기 때문만은 아닙니다. 내가 자상해진 데는 한 개인을 떠나 더 폭넓은 배경이 있었던 듯합니다. 장모를 간호했을 때와 마찬가지 의미로 내 마음이 움직였던 모양입니다. 아내는 만족하는 듯 보였습니다. 하지만 그 만족감 속에는 나를 온전히 이해할 수 없는 데서 오는 어렴풋한 부족함이 어딘가 내포되어 있는 것 같았습니다. 그러나 아내가 나를 온전히 이해한다 해도 그 서운함은 더하면 더했지 덜할 리는 없었습니다. 여자란 폭넓은 인도적 차원에서 받는 애정보다 다소 도리에 어긋나더라도 자기한테만 집중된 자상함을 좋아하는 성향이 남자보다 강한 것 같았으니까요.

어느 날 아내는, 남자의 마음과 여자의 마음은 도저히 하나가 될 수 없는 거냐고 물었습니다. 나는 그저 젊은 때라면 가능할 거라고 애매하게 대답해두었습니다. 아내는 자기 과거를 돌이켜보는 것 같더니, 그만 살며시 한숨을 내쉬었습니다.

그 무렵부터 내 가슴에는 이따금 섬뜩한 그림자가 번득였습니다. 처음에는 뜻하지 않게 외부에서 엄습해왔습니다. 나는 깜짝 놀랐습니다. 나는 전율했어요. 그런데 얼마 후부터는 내 마음이 그 무시무시한 번득임에 응하게 되었습니다. 끝내는 외부에서 오지 않아도, 태어날 때부터 내 가슴 밑바닥에 내재되어 있던 것처럼 여겨지기 시작한 겁니다. 나는 그런 기분이 들 때마다 머리가 어떻게 된 게 아닌가 의심했습니다. 그렇지만 의사에게건 누구에게건 상담하고 싶은 생각은 들지 않았습니다.

나는 다만 인간의 죄라는 것을 깊이 의식했습니다. 그 의식이 나를 매달 K의 묘지로 가게 만들었습니다. 그 의식이 장모님의 병간호를 하게 만들었습니다. 그리고 그 의식이 아내에게 잘하라고 명령했습니다. 나는 그 의식 때문에 낯선 행인에게 채찍으로 맞고 싶다고까지 생각한 적도 있습니다. 그런 단계를 거치는 사이에, 남에게 맞기보다 스스로 때려야 한다는 기분이 들었습니다. 스스로 때리기보다도 스스로 죽여야 마땅하다는 생각이 들었습니다. 나는 하는 수 없이 죽은 목숨으로 여기고 살아가자고 결심했습니다.

그런 결심을 하고부터 오늘날까지 몇 년이 지났을까요. 나와 아내는 처음처럼 사이좋은 부부로 살아왔습니다. 결코 불행하지는 않았습니다. 행복했습니다. 하지만 내가 껴안고 있는 한 점, 내가 어찌할 수 없는 이 한 점이 아내에게는 언제나 암흑으로 보였던 모양입니다. 그걸 생각하면 나는 아내에게 몹시 미안해집니다.

55

죽은 셈 치고 살아가려고 결심한 내 마음은 이따금 외부의 자극을 받아 팔딱였습니다. 하지만 내가 어느 방면으로든 나아가려고만 하면, 무서운 힘이 어디선가 나와 한 발짝도 움직이지 못하게 내 마음을 꽉 움켜쥡니다. 그러고서 그 힘은 내게 넌 아무것도 할 자격이 없는 남자라며 윽박지르듯이 말합니다. 그러면 나는 그 한마디에 온 힘이 쭉 빠졌습니다. 얼마가 지나 다시 일어서보려고 하면 또 옴죄어왔습니다. 나는 이를 악물었습니다. 왜 남 하는 일을 방해하느냐고 악을 썼지요. 불가사의한 힘은 싸늘하게 웃습니다. 네가 더 잘 알 텐데, 라면서. 나는 또다시 온 힘이 쭉 빠졌습니다.

파란도 곡절도 없는 단조로운 삶을 살아온 나의 내면에서는, 늘 이렇게 고통스러운 전쟁이 벌어지고 있었다고 보면 됩니다. 아내가 보고 답답해하기 전에, 나 자신이 몇 배나 더 답답했는지 모릅니다. 그 감옥 속에 더이상 가만히 있을 수 없게 되었을 때, 그 감옥을 도저히 부술 자신이 없게 되었을 때, 내가 가장 노력을 덜 들이고 수행할 수 있는 건 자살밖에 없겠다는 생각을 하게 되었습니다. 자네는 왜냐며 눈이 휘둥그레질지도 모르지만, 언제나 내 마음을 옥죄어오는 그 불가사의하고 무서운 힘은, 모든 방면에서 내 활동을 막은 채 죽음의 길만 자유롭게 나를 위해 열어두었습니다. 움직일 생각을 안 하고 산다면 모를까, 조금이라도 움직이는 이상은 그 길로 걷는 것 말고는 내가 나아갈 길은 없었던 겁니다.

나는 지금까지 이미 두세 번, 운명이 이끄는 가장 편한 방향으로 나아가려 한 적이 있습니다. 하지만 그때마다 아내가 생각났습니다. 그렇다고 아내를 동반할 용기는 물론 없었습니다. 아내에게 모든 것을 털어놓지도 못하는 주제에 내 운명의 희생양으로 삼아 아내의 천수天壽를 빼앗는 무자비한 짓은 생각만으로도 끔찍했습니다. 내게는 내 숙명이 있듯이 아내에게는 아내만의 운명이 있습니다. 아내까지 한데 묶어 불구덩이로 들어가는 것은 참혹함의 극치라고밖에 생각되지 않았습니다.

그런 한편 나만 사라지고 난 후의 아내를 떠올리면 너무나도 애처로웠습니다. 장모님이 돌아가셨을 때, 앞으로 세상에서 믿고 의지할 사람은 나밖에 없다던 아내의 말을 나는 가슴 깊이 새겨두고 있었습니다. 나는 주저하곤 했습니다. 아내의 얼굴을 보며 죽지 않기를 잘했다고 생각한 적도 있습니다. 그러다가 또 위축되고 맙니다. 그러면 또 아내는 종종 서운한 듯한 눈길로 나를 봅니다.

　기억해주십시오. 나는 그런 식으로 살아왔습니다. 자네를 처음 가마쿠라에서 만났을 때도, 자네와 함께 교외를 산책했을 때도, 내 마음 상태는 크게 다르지 않았습니다. 내 뒤에는 언제나 검은 그림자가 붙어 있었습니다. 나는 아내를 위해 목숨을 부지하고 세상을 살아온 것이나 마찬가지입니다. 자네가 졸업하고 고향으로 돌아갔을 때도 그랬습니다. 9월에 다시 만나자고 약속했던 건 거짓말이 아니었습니다. 정말로 만나려고 했습니다. 가을이 가고 겨울이 오고 그 겨울이 다 가도 꼭 만날 생각이었습니다.

　그런데 한창 더운 여름에 메이지 천황이 승하했습니다. 그때 나는 메이지 정신은 천황에서 시작되어 천황에서 끝났다는 생각이 들었습니다. 누구보다 강하게 메이지의 영향을 받은 우리 세대가 그후에도 살아남는 것은 필경 시대에 뒤처지는 일이라는 생각이 가슴을 세게 쳤습니다. 나는 아내에게 솔직하게 그런 얘기를 했습니다. 아내는 웃으며 상대해주지 않았지만, 무슨 생각을 했는지 대뜸, 그럼 순사殉死라도 하시지그래요, 라며 나를 놀렸습니다.

56

　나는 순사라는 단어를 거의 잊고 살았습니다. 평소에 쓸 필요가 없는 단어라 기억의 밑바닥에 가라앉은 채 썩어가고 있었겠지요. 아내의 농담을 듣고 비로소 그 단어를 상기했을 때, 나는 아내에게 만약 내가 순사를 한다면 메이지 정신에 순사할 생각이라고 대꾸했습니다. 물론 내 대꾸도 농담에 지나지 않았지만, 그때 나는 왠지 낡고 불필요했던 단어에 새로운 의미를 담은 느낌이 들었습니다.

그러고 나서 한 달 정도 지났습니다. 천황의 국장이 치러지던 날 밤, 나는 평소처럼 서재에 앉아 예포 소리*를 들었습니다. 그 소리가 내게는 메이지 시대가 영원히 사라졌음을 알리는 것처럼 들렸습니다. 나중에 생각해보니 그건 노기 대장이 영원히 떠난 것을 알리는 소리이기도 했습니다. 나는 호외를 손에 들고 나도 모르게 아내에게 순사야, 순사, 라고 말했습니다.

나는 신문에서 노기 대장이 자결하기 전에 남긴 글을 읽었습니다. 세이난 전쟁** 때 적군에게 연대 깃발을 빼앗긴 이후, 면목이 없어 죽자 죽자 생각하다 오늘까지 죽지 못하고 살아왔다는 내용의 글을 봤을 때, 나는 무심결에 노기 대장이 죽을 각오를 하고 살아온 세월을 손꼽아보았습니다. 세이난 전쟁은 메이지 10년에 일어났으니까 메이지 45년까지는 삼십오 년이란 거리가 있습니다. 노기 대장은 삼십오 년간이나 죽자 죽자 생각하며 죽을 기회를 기다렸던 모양입니다. 그에게는 살아 있던 삼십오 년간의 세월이 고통스러웠을까, 아니면 칼로 배를 찌른 순간이 고통스러웠을까, 어느 쪽이 더 고통스러웠을지 생각해봤습니다.

그리고 이삼일 지나, 나는 드디어 자살할 결심을 했습니다. 나도 노

---

* 천황의 관이 궁에서 아오야마 묘지로 떠날 때 쏜 예포.
** 메이지 10년(1877)에 정치가 사이고 다카모리를 주축으로 일어난 반(反)정부 무력 반란. 이 전쟁에서 노기 마레스케는 군기를 반란군에게 빼앗겼다.

기 대장이 죽은 이유를 잘 알 수 없었듯이 자네도 내가 자살하는 이유를 명확하게 이해하지 못할지도 모르지만, 만약 그렇다면 그것은 시대의 추이에서 오는 세대 차이니까 어쩔 수 없는 일입니다. 어쩌면 개인의 타고난 성격 차이라고 하는 편이 맞을지도 모르겠습니다. 지금까지 나는 불가사의한 나라는 인간을 가능한 한 자네가 이해할 수 있도록 모든 것을 쓰려고 노력했습니다.

아내를 남겨두고 갑니다. 내가 사라져도 아내가 의식주에 어려움을 겪지는 않을 테니 다행입니다. 나는 아내에게 잔혹한 공포감을 주고 싶지 않습니다. 아내에게 피를 보이지 않고 죽고 싶습니다. 아내가 모르는 사이에 이 세상을 훌쩍 떠나고자 합니다. 내가 죽은 후에, 아내가 급사로 생각하길 원합니다. 정신이 이상해져 죽었다고 생각하더라도 괜찮습니다.

내가 죽을 결심을 한 지 벌써 열흘도 더 지났는데, 그 기간의 대부분은 이 긴 회고의 글을 남기는 데 썼다는 걸 알아주십시오. 처음엔 직접 만나서 얘기해줄 생각이었으나, 쓰다보니 오히려 자신의 모든 걸 더 분명히 표현할 수 있었던 것 같아 기쁩니다. 그저 기분에 휩쓸려 이 편지를 쓴 게 아닙니다. 나를 만든 내 과거는 인간이 겪을 수 있는 경험의 일부이자 나 이외에는 아무도 할 수 없는 얘기라서, 과거를 거짓 없이 글로 남겨두려는 내 노력은, 인간을 아는 데 있어서 자네에게도 다른 사람에게도 헛수고는 아닐 것입니다. 와타나베 가잔*은 〈한단〉이라는 그림을 완성하기 위해 죽을 날짜를 일주일 연기했다는 얘기를 바로

---

* 일본의 학자, 화가. 도쿠가와 막부의 쇄국정책을 비판하여 근신 명령을 받았으나 집안과 영주에게 화가 미칠 것을 염려하여 자결했다.

얼마 전에 들었습니다. 다른 사람이 보면 그럴 필요까지 있었을까 하는 생각이 들기도 하겠지만, 당사자에게는 당사자 나름의 욕구가 마음속에 있었을 테니 어쩔 도리 없는 일이라고도 말할 수 있겠지요. 내 노력도 단순히 자네와의 약속을 지키기 위해서만은 아닙니다. 반 이상은 나 자신의 욕구에 따라 움직인 결과입니다.

그러나 이제 나는 그 욕구를 충족시켰습니다. 할 일은 더이상 아무것도 없습니다. 이 편지가 학생의 손에 들어갈 무렵이면 나는 이미 이 세상에 없겠지요. 죽고 없을 겁니다. 아내는 열흘 전부터 이치가야의 숙모 집에 가 있습니다. 숙모가 병에 걸려 일손이 모자란다고 하기에 내가 가라고 권했습니다. 이 긴 편지는 대부분 아내가 집을 비운 사이에 쓴 것입니다. 이따금 아내가 돌아오면 나는 쓰다 말고 얼른 감추었습니다.

나는 내 과거를 선과 악 모두 다른 사람들이 참고로 삼도록 한 셈입니다. 하지만 단 한 사람 아내만은 예외임을 알아주십시오. 아내에게만은 아무것도 알리고 싶지 않습니다. 아내가 내 과거에 대해 갖고 있는 기억을 되도록 순백색 그대로 보존하고 싶은 것이 나의 유일한 희망이니, 내가 죽은 후에라도 아내가 살아 있는 한은, 자네에게만 고백한 나의 비밀로서 모든 걸 가슴속에 간직해주길 바랍니다.

인간의 모순을 도의로 풀다

『마음』은 대문호 나쓰메 소세키의 대표적인 장편소설로, 1914년에 발표된 이후 오늘날까지도 변함없는 사랑을 받고 있는 고전이다. 이 일본의 영원한 스테디셀러인 『마음』은 도쿄와 오사카의 〈아사히신문〉에 4월 20일부터 8월 11일까지 110회가 연재된 후, 같은 해 9월에 이와나미서점에서 단행본으로 출간되었다. 110일간 연재를 하고 난 마흔여덟의 작가는 지병인 위궤양이 악화되어 한 달간 자리보전을 했다고 한다. 이 작품을 위한 작가의 각고의 노력이 짐작되고도 남는다. 그 노고는 일본의 수많은 근대문학 작품 중에서 가장 많이 읽히고 연구되는 작품이라는 보상을 받았다.

작품의 구조 및 시대 배경

『마음』은 '선생님과 나' '부모님과 나' '선생님과 유서'의 3부로 구성되어 있다. 이 작품에 소제목이 붙어 있는 연유는 작가가 아사히신문사의 야마모토 마쓰노스케에게 보낸 편지와 단행본을 내면서 덧붙인 서문을 보면 알 수 있다. 소세키는 이 작품을 쓰기 전 야마모토에게 보낸 편지에서 "이번에는 단편을 몇 편 쓰고 싶습니다. 한 작품마다 다른 제목을 붙여갈 생각인데 예고에 그 전체의 작품명이 필요할 것 같아 '마음'이라고 해두겠습니다"라고 썼고, 단행본의 서문에서는 첫 단편 「선생님과 유서」를 쓰다보니 내용이 길어져 단행본 분량이 되었다, 내용상 독립되어 있는 듯도 하고 관계가 깊은 듯도 하여 세 개의 자매편으로 나눌 수 있기에 '상, 선생님과 나' '중, 부모님과 나' '하, 선생님과 유서'라고 구분지었다고 밝혔다. 즉 '마음'이란 큰제목으로 단편 몇 편을 쓰려고 했는데, 그만 첫 단편의 내용이 길어졌고 서로 연관도 있어, 소제목을 붙여 3부로 나누었다는 것이다.

상권(36장)은 제1고등학교 학생이던 '나'가 가마쿠라 해변에서 처음 본 한 남자, 즉 '선생님'이라고 부르게 된 남자를 존경하는 마음으로 따르는 이야기가, 중권(18장)은 '나'의 아버지의 투병 이야기가 주를 이루면서 선생님의 유서를 받게 되는 과정이 쓰여 있는데, 회상하는 형식으로 서술된다. 그리고 하권(56장)은 그 선생님의 유서, 즉 자살하기 전에 쓴 과거의 고백으로 이루어져 있다. 다시 말해서 상·중권은 '나'가 호기심을 갖게 된 선생님이 신비로운 인물로 그려지면서 추리소설을 읽는 듯한 느낌을 주고, 하권에서는 그 신비감이 풀리는 구조로 되어 있는 것이다. 따라서 이 작품의 주인공은 상·중·하권이 다 '나'이지만, 상·중권의 '나'와 하권의 '나'는 다른 사람이다. 시대 배경 역시 다르다. 상·중권과 하권의 내용이 끝나는 시점은 똑같이 1912년 9월이지만 시작 시점이 다른 것이다.

상·중권의 주인공 '나'는 제1고등학교(3년제) 3학년 때 '선생님'을 처음 만난 것으로 추정되고, 1912년 7월에 도쿄제국대학(9월 입학, 3년제)을 졸업했으므로, 상·중권은 1908년 8월 하순경에서 1912년 9월까지가 묘사되어 있다고 짐작할 수 있다. 그리고 선생님은, 청일전쟁(1894~95) 때 남편을 여읜 아주머니가 일 년 후에 하숙을 시작한 집에서 도쿄제국대학을 다니다 졸업(1897년 6월)하였으니, 대학을 졸업하는 나이가 대략 스물다섯이라고 보면, 유서는 1893년(부모님이 돌아가신 후 제1고등학교에 들어갈 무렵)경부터의 내용이 쓰여 있다고 가늠할 수 있다. 그런 식으로 두 사람의 나이를 추정해보면 '나'는 1887년생이고 선생님은 1872년생이 되므로, 두 사람의 나이 차이는 열다섯살 가량 나고 선생님은 마흔쯤에 자살했다는 것을 알 수 있다. '나'가 선생님을 따르던 기간은 사 년 정도라는 계산도 나온다.

상·중권과 하권의 내용이 똑같은 시기에 끝난다는 소설 구조는 독특하다. 작가의 의도를 생각지 않을 수 없는데, 그 중심에는 특별한 역사적 사건으로 메이지 천황의 죽음과 노기 대장의 순사가 있다.

이 작품의 내용이 1912년 9월 말에 끝날 수밖에 없는 이유는, 천황의 죽음은 실질적인 주인공 '선생님'의 자살에 명분을 주고 대장의 순사는 '선생님'이 죽을 시기를 정해주기 때문이다.

선생님의 자살에 대하여

『마음』을 읽고 나면, 누구나 선생님이 왜 자살했는지 의문을 갖게 된다. 선생님이 자살을 결심하게 된 동기가 아래와 같이 묘사되기 때문이다.

나는 드디어 자살할 결심을 했습니다. 나도 노기 대장이 죽은 이유를 잘 알 수 없었듯이 자네도 내가 자살하는 이유를 명확하게 이해하지 못할지도 모르지만, 만약 그렇다면 그것은 시대의 추이에서 오는 세대 차이니까 어쩔 수 없는 일입니다. 어쩌면 개인의 타고난 성격 차이라고 하는 편이 맞을지도 모르겠습니다.

여기서 말하는 세대차나 개인의 성격 차이는, "누구보다 강하게 메이지의 영향을 받은 우리 세대가 그후에도 살아남는 것은 필경 시대에 뒤처지는 일이라는 생각이 가슴을 세게 쳤습니다"라든가, "나는 아내에게 만약 내가 순사를 한다면 메이지 정신에 순사할 생각이라고 대꾸했습니다"라는 구절을 아울러볼 때, '메이지 정신'을 의미한다고 생각할 수 있는데, 그러면 '메이지 정신'이란 무엇인가 하는 궁금증이 또 생긴다.

선생님이 자살한 원인을 간단히 생각하면, K를 죽음으로 내몰았다는 죄책감에서 오는 고통에서 해방되기 위해서라고 말할 수 있다. 그런데 작가는 '메이지 정신에 순사'한다는 너무나 고상하고 너무나 고차원적인 의미를 부여했다. 선생님의 죽음에 시대정신이 덧씌워진 것이다.

선생님의 죄의식은 두말할 나위도 없이 절친한 친구 K의 자살에서 기인되었다. 그런데 K가 자살한 원인을 유서에서 찾아보면 꼭 선생님 때문도 아닌 듯하다. "자신은 의지가 약하고 결단성이 없어 도저히 장래에 대한 희망이 없으니까 자살한다는 말"과 "더 빨리 죽었어야 했는데 왜 여태 살아 있었을까"라는 의미의 문구가 있었을 뿐이다. 선생님은 자격지심의 도가 지나쳐 자책감에서 벗어나지 못하는 것이라도 해도 틀린 말은 아닐 것이다. 그렇게 보면 "나는 윤리적으로 태어난 사람입니다. 또 윤리적으로 성장한 사람입니다. 나의 윤리적인 사고방식은 지금의 젊은이들과는 많이 다를지도 모르겠습니다"라는 선생님의 말이 생각난다. 즉 메이지 5년경에 태어나 메이지 시대가 끝날 때까지 살아온 선생님과 '지금의 젊은이들'의 차이점엔 '윤리적인 사고방식'의 문제가 있다는 말로 들린다. 이렇게 따져보면, 작가가 생각하는 '메이지 정신'의 실체는 강한 윤리의식에 있는 듯하다. K의 부모만 해도 양자로 간 아들이 양가養家에 도리에 어긋나는 짓을 했다고 자식과 의절했다. 그 세대 윤리의식의 정도를 가늠케 하는 대목이다.

선생님이 심한 자격지심에 휩싸인 것은 윤리의식이 강한데다 결벽주의자이면서 집착마저 강한 데 그 원인이 있다고 볼 수 있다. 그래서 자기 스스로 자책이라는 올가미를 씌워 끊임없이 채찍질하는 고통을 겪은 것이다. 메이지 정신에 '순사'한다는 말은 강한 윤리의식에 기꺼이 희생하는 사람만이 할 수 있는 말일 것이다.

노기 대장의 순사 역시 강한 무사적 윤리의식이 그 밑바탕에 깔려 있다.

육군 대장 노기 마레스케는 1912년 9월 13일 천황의 장례식 날 아카사카 자택에서 부인과 함께 자결했다. 도쿠가와 막부가 순사를 금지한 이래 약 이백오십 년이 지난 시점에서 감행한 순사였다. 노기 대장이 남긴 유서에는 "세이난 전쟁 때 적군에게 연대 깃발을 빼앗긴 이후, 면목이 없어 죽자 죽자 생각하다 오늘까지 죽지 못하고 살아왔다는 내용의 글"이 있는데, 그에게는 다음과 같은 전력이 있었다.

1877년에 메이지 유신의 일등공신 사이고 다카모리가 정부 정책에 반대하여 구번사舊藩士 만 오천 명을 이끌고 반란을 일으켰다. 정부군으로 보병 제14연대 연대장이던 노기는 우에키에서 반란군과 격전을 벌이다 연대기를 적군에게 빼앗기고 말았다. 지휘관으로서 치명적인 실책을 한 노기는 책임을 통감하고, 참모총장 야마가타 아리토모에게 처벌을 기다린다는 대죄서待罪書를 제출했다. 그런데 제1여단 사령관인 노즈 마사오가 지금까지의 공적을 봐서 그 죄를 용서하고 후일 분투할 것을 기대하자고 주장했고 그 주장이 받아들여지며 극형에 처할 위기를 면했다.

노기 대장은 삼십오 년간이나 천황에게 불충했다는 죄의식에 고통스러워하다가 순사라는 형식으로 속죄하고자 할복했다. 선생님이 노기 대장의 순사에서 죽을 결심을 한 것은, 그의 자결에서 강한 '메이지 정신'을 읽었기 때문일 것이다. 십오 년간이나 친구를 죽음으로 몰아넣었다는 양심의 가책, 불의라는 죄의식에 시달리던 선생님에게, 그의 순사는 속죄할 방법과 의미 있는 죽음을 맞는 법을 일깨워주었으리라. 매달 K의 묘소에 참배하며 참회하는 것만으로도 속죄가 되었을 텐데, 선생님이 지닌 극도의 윤리의식은 자기 처형을 감행하게 만든 것이다.

작가가 의도한 '산 교훈'은?

『마음』을 읽고 나면 누구나 또 한 가지 의문을 품게 된다. 사상가 선생님이 대학을 갓 졸업한 '나'에게 남기고자 한 '산 교훈'은 무엇일까? 선생님은 자기 과거의 선과 악으로 말미암은 비극적인 삶의 전말을 고백하면서 "나는 어두운 인간 세계의 그림자를 가차없이 자네의 머리 위로 쏟아붓겠습니다. 하지만 두려워하지는 마세요. 어두운 면을 가만히 지켜보고 그중에서 자네에게 참고가 될 만한 부분만 자기 것으로 만드세요" "나는 이제 자진해서 내 심장을 갈라, 심장의 피를 자네 얼굴에 끼얹으려 합니다. 내 심장의 고동이 멎었을 때, 자네 가슴에 새 생명이 깃들 수만 있다면 나는 만족합니다"라는 의중을 밝혔다. 대학 졸업을 앞두고 크나큰 잘못을 저질러 희망찬 인생의 출발을 망친 선생님은 '나'가 자신과 같은 어둡고 병든 삶의 전철을 밟지 않기를 바란 것이다. 마침 사회생활을 시작하려는 '나'이기에 또 "살 속에 선생님의 힘이 파고들었다고 해도, 핏속에 선생님의 생명이 흐르고 있다고 해도, 당시의 내게는 조금도 과장으로 느껴지지 않"던 '나'이기에 선생님의 과거사 속에서 얻는 교훈은 밝고 건강한 삶을 사는 데 피와 살이 될 것이다.

과연 '나'는 선생님의 과거를 통해 무엇을 '산 교훈'으로 깨달을 수 있을까, 이것은 이 작품의 주제이기도 하다.

선생님이 하숙집 아주머니 말대로 K를 하숙집으로 끌어들이지 않더라면, K도 선생님도 자살하는 일은 없었을 것이다. 선생님은 그 방법이 K를 돕는 최선이라고 판단했지만, K의 강한 독립심은 무력해질 수밖에 없었다. 선생님이 K를 감정이 흐르는 인간답게 만들고자 자기가 좋아하는 하숙집 딸과 가까워지도록 유도하지 않았더라면, 가장 절친한 친구를 적대시하고 얕은꾀를 써서 사랑을 선점하고 마는 사달은 일어나지 않았을 것이다. 다른 사람이 베풀어준 따뜻한 마음씀씀이의 효과를 자신도 경험했기에 생각해낸 일이지만, 그 결과 K의 절욕과 금욕 의지는 꺾이고 말았다.

하지 말았어야 할 일을 해버린 탓에 얼음 같던 친구의 햇볕을 자임하던 선생님은 먹구름이 되고 말았고, K는 삶의 방향을 잃고 말았다. 숙부는 돈 때문에 핏줄에 대한 도리를 내던졌지만, 선생님은 연정 때문에 친구에 대한 의리를 저버린 것이다. 선인이던 숙부와 선생님은, 돈욕심과 사랑에 눈이 멀어 악인으로 변모했다. "사랑은 죄악입니다"라는 선생님의 말은, 사랑의 승리자인 줄 알았던 자신이 인생의 패배자로 전락한 삶을 살아낸 자만이 할 수 있는 고언이다. 한편 선생님의 모순과 이기심에 휘둘린 철학도 K는 초지일관하려던 삶의 신조가 허물어지며 자신에 대한 신뢰도 잃고 살아갈 자신감도 상실했다. K가 "자신은 의지가 약하고 결단성이 없어 도저히 장래에 대한 희망이 없으니"라는 이유로 자살할 수밖에 없는 연유다.

선생님이 인간에게는 이성을 좋아하는 본능도 있고 모순된 언행을 하는 본성도 있음을 알았더라면 좀더 현명한 선택을 하지 않았을까? 작가가 직접 쓴 광고문, "자기 마음을 파악하고 싶은 사람들에게, 인간의 마음을 파악할 수 있는 이 작품을 권한다"와 맞아떨어지는 대목이다.

소세키는 선생님과 K가 자살에 이르기까지 몇 가지 공통점을 마련했다. 두 사람 다 도의를 저버리면서 자신에 대한 신뢰가 무너졌고, 고독에 몸부림치다 신경쇠약으로 인한 우울증에 걸려 죽고 싶어했다는 점이다. K의 불행도 근원을 따져보면 양자로서의 도리를 지키지 않은 데서 비롯되었다. 도의를 저버린 인간이 겪게 되는 말로는 죽음인 것이다.

소세키는 도의적으로 결함이 있는 부부에게는 아이도 갖지 못하게 한다. 사랑이 결실을 맺어 완전한 가족 형태가 되는 걸 방해하는 것이다. 『마음』에서는 선생님 부부에게 아이가 없다. 『문』에서는 친구 야스이의 아내 오요네와 결합한 소스케 부부에게 임신은 해도 태아를 죽게 만든다. 그리하여 선생님이나 소스케는 '천벌의식'을 갖는다. 작가가 천벌을 내리는 것이다.

소세키는 인간의 도리를 최고의 덕목으로 여기는 작가다. 문학에 뜻을 두고 도쿄대학 강사를 그만두면서까지 아사히신문사의 전속 작가로 들어가 의욕적으로 쓴 첫번째 연재소설 『우미인초』에서도 인간의 도리를 강조했다. 『우미인초』는 가난한 약혼녀를 모른 척하고 부잣집 딸과의 결혼으로 출세, 성공을 노리는 오노에게 인간다운 풍모를 지닌 무네치카가 끈질기게 인간의 도리를 설교하여 오노의 마음을 되돌린다는 내용이다.

대학을 갓 졸업한 남자를 주인공으로 삼은 또하나의 소설 『초겨울 강풍』에서도 인간의 도리가 강조된다. 다카야나기는 중학교 때 '도道를 지키는 것은 신보다 더 존귀하다'는 지론을 갖고 있는 선생님을 부모의 부추김에 넘어가 이유도 모른 채 쫓아낸다. 그런 죄의식을 갖고 살다가 우연히 선생님을 만나게 된다. 그는 솔직하게 고백하고 사죄한다. 그리고 자신의 폐병을 고칠 치료비, 그것도 친구가 그를 안타깝게 여겨

빌리는 형식으로 준 돈을 선생님의 『인격론』 책의 출간 비용으로 내놓는다. 다카야나기는 속죄의 표시로 자기 목숨을 걸고 제자가 할 도리를 다하고자 한 것이다.

『마음』은 삼각관계를 소재로 모순된 인간의 에고이즘이 빚은 비극을 묘사했다고 할 수 있는데, '에고이즘'의 일본식 표현이 '도의를 저버림'이라고 한다면, 인간의 도의를 저버린 인간의 비참한 말로를 그린 작품이라고 바꿔 말할 수도 있을 것이다. 그러면 반면교사이고자 했던 선생님의 '산 교훈'의 진면목이 확연히 드러난다. 너무 계도적인 냄새가 짙어지는 것 같긴 하나, 대부분의 일본인이 교과서에서 처음으로 『마음』을 접하게 된다는 사실이 이를 뒷받침해준다.

'인간의 도리'는 소세키 문학의 뿌리인 것이다.

유은경

1867년   2월 9일 에도 우시고메바바시타(현재 도쿄 신주쿠)에서 나쓰메
         나오카쓰와 후처 지에 사이에 태어남. 5남 3녀 중 막내로, 본명
         은 나쓰메 긴노스케. 태어나자마자 요쓰야의 골동품상에 양자
         로 보내졌다가 곧 되돌아옴.

1868년   요쓰야의 시오바라 쇼노스케와 야스 부부의 양자가 됨.

1870년   천연두에 걸려 얼굴에 얽은 흉터가 생기는데, 이는 평생 고민거
         리가 됨.

1872년   시오바라가家의 장남으로 호적에 오름.

1874년   양부의 여자 문제로 가정불화가 생겨 양모와 함께 잠시 친가로
         돌아옴. 아사쿠사의 도다 소학교에 입학.

1876년   시오바라 부부가 이혼하면서, 시오바라가에 적을 둔 채 친가로
         돌아옴. 이치가야 야나기초의 이치가야 소학교로 전학함.

1878년   친구들과 만든 회람잡지에 「마사시게론正成論」을 발표. 히토쓰
         바시 중학교에 입학함.

1881년   어머니 지에 사망. 도쿄부립제1중학교를 중퇴하고 한학을 가르
         치는 니쇼학사로 전학함.

1982년   니쇼학사 중퇴.

1883년   1884년 대학예비문 예과에 입학. 입학하자마자 맹장염에 걸림.

1886년   대학예비문이 제1고등중학교로 이름이 바뀜. 복막염에 걸려 진
         급 시험을 보지 못해 낙제함. 이후 학업에 매진해 대부분의 교
         과에서 수석을 차지함. 고토 의숙의 교사가 되어 기숙사로 이
         사함.

1887년	3월에 큰형, 6월에 작은형이 폐결핵으로 사망. 9월 하순, 트라코마에 걸려 기숙사를 나와 자택에서 통학함.
1888년	시오바라가에서 나쓰메가로 복적됨. 제1고등중학교 예과를 졸업한 후 본과 영문과에 입학함.
1889년	마사오카 시키를 알게 됨. 마사오카 시키의 시문집『나나쿠사슈七艸集』를 한문으로 비평하고 아홉 편의 칠언절구를 덧붙임. 이때 처음으로 '소세키'라는 호를 사용함. 기행 한시문 「보쿠세쓰로쿠木屑錄」를 탈고.
1890년	제1고등중학교 본과 졸업, 도쿄제국대학 문과대학 영문과 입학. 문부성 장학생이 됨.
1891년	영문과 교수 J. M. 딕슨의 의뢰로『호조키方丈記』를 영역.
1892년	징병을 피하기 위해 분가 신고를 하고 홋카이도로 이적함. 도쿄전문학교(현 와세다 대학교)의 강사로 출강함. 여름에 시키와 함께 교토, 사카이, 오카야마, 마쓰야마를 여행함. 마쓰야마에서 시키의 소개로 다카하마 교시와 알게 됨.
1893년	도쿄제국대학 문과대학 영문과를 졸업하고 동대학원에 진학함. 도쿄 고등사범학교에서 촉탁 영어교사로 일함.
1894년	신경쇠약이 악화되어 이를 치유하기 위해 가마쿠라 엔가쿠사에서 열흘간 참선함. 이때의 경험은 나중에 「꿈 열흘 밤夢十夜」과『문門』의 소재가 됨.
1895년	에히메 현 신조중학교 영어교사로 부임. 이때의 경험은 이후 소설『도련님坊っちゃん』의 소재가 됨. 하이쿠의 대가 시키가 자신의 하숙집에서 2개월 정도 함께 살게 되면서 하이쿠에 열중함. 귀족원 서기관장 나카네 시게카즈의 큰딸 교코와 맞선을 보고 약혼함.
1896년	구마모토 현 제5고등학교 강사로 부임함. 구마모토로 이사한 후 나카네 교코와 결혼함. 7월, 교수로 승진함.

1897년	아버지 나오카쓰 사망. 부인과 함께 상경하여 와병중인 마사오 카 시키를 위문하고 엔가쿠사를 방문. 장거리 여행의 여파로 교 코가 유산함. 연말부터 이듬해 정월까지 정초에 걸쳐 오아마 온 천을 여행함. 이때의 경험은 『풀베개草枕』의 소재가 됨.
1898년	아내 교코가 히스테리가 심해져 자살미수 사건을 벌임. 후에 문 하생이 된 데라다 도라히코가 처음으로 방문, 하이쿠를 지도함.
1899년	장녀 후데코 출생. 제5고등학교 영어과 주임교수가 됨. 아소산 을 여행함. 이 경험은 『이백십일二百十日』의 소재가 됨.
1900년	문부성으로부터 국비유학생의 일원으로 이 년 동안 영국에 유 학을 다녀오라는 지시를 받음. 9월 8일 요코하마에서 출발하여 10월 28일 런던에 도착.
1901년	차녀 쓰네코 출생. 화학자 이케다 기쿠나에와 5월부터 약 2개월 간 함께 살게 됨. 그의 영향을 받아 『문학론文学論』의 구상을 결 심하고 저술에 몰두함. 유학비 걱정과 고독함 때문에 신경쇠약 이 재발함. 와병중인 마사오카 시키에게 보낸 편지 「런던 소식 倫敦消息」과 「자전거 일기自転車日記」가 『호토토기스ホトトギス』에 연재됨.
1902년	다카하마 교시의 편지에서 마사오카 시키가 지병인 폐병으로 사망했다는 소식을 보고 추모 하이쿠 여러 수를 지어 보냄.
1903년	1월, 영국 유학에서 돌아옴. 제1고등학교 강사와 도쿄제국대학 영문과 강사를 겸임하며 「18세기 영문학 형식론」과 「문학론」 등을 강의함. 신경쇠약이 재발하고 아내와의 관계도 악화되면 서 교코가 잠시 친가로 돌아감. 셋째 딸 에이코 출생.
1904년	메이지 대학 강사를 겸임. 다카하마 교시가 권해 『나는 고양이 로소이다吾輩は猫である』를 모임에서 발표함.
1905년	『나는 고양이로소이다』를 『호토토기스』에 발표. 1회로 끝낼 작 품이었으나 큰 호평을 받아 이듬해 8월까지 단속적으로 연재함.

소설 「런던탑倫敦塔」「환영의 방패幻影の盾」「고토 소리 들려오는 듯琴のそら音」「하룻밤一夜」「해로행薤露行」과 기행문 「칼라일 박물관カーライル博物館」 등 많은 작품을 여러 지면에 연이어 발표함. 넷째 딸 아이코 출생.

1906년 「취미의 유전趣味の遺伝」『도련님』『풀베개』『이백십일』 등을 발표. 소설가로 명성이 나면서 방문하는 사람이 많아지자, 매주 목요일 오후 세시 이후 정기적으로 모임을 가짐. 10월 11일, 첫 '목요회' 모임 시작.

1907년 교직을 떠나 아사히신문에 소설을 쓰는 기자로 입사하면서 직업 작가가 됨. 입사 후 첫 작품 『우미인초虞美人草』를 시작으로 이후 모든 작품이 아사히신문에 연재됨. 장남 준이치 출생.

1908년 『갱부坑夫』「문조文鳥」「꿈 열흘 밤」『산시로三四郎』를 차례로 연재. 동반자살 미수사건으로 물의를 일으킨 제자 모리타 소헤이를 감싸고, 나중에 사건의 전말을 소설로 쓴 『매연煤煙』을 아사히신문에 연재하도록 주선해줌. 차남 신로쿠 출생.

1909년 「봄날 소품永日小品」『그후それから』 연재. 남만주 철도주식회사 총재 나카무라 제코의 초청으로 만주와 한국을 여행. 이 체험을 바탕으로 쓴 『만한 이곳저곳滿韓ところどころ』을 연재. 아사히신문에 아사히 문예란 창설.

1910년 『문』 연재 시작, 탈고 후 위궤양 진단을 받고 병원에 입원. 요양차 간 슈젠지 온천에서 피를 토하고 인사불성 상태에 빠짐. 이때의 체험을 바탕으로 쓴 『생각나는 일들思い出す事など』을 32회에 걸쳐 단속적으로 연재. 다섯째 딸 히나코 출생.

1911년 문학박사 학위 수여 통지를 받았으나 거절함. 아사히신문 의뢰로 관서 지방을 순회 강연함. 10월, 아사히 문예란이 폐지되고 아사히신문에 사표를 제출했으나 반려됨. 히나코 급사.

1912년 『춘분 지나고까지彼岸過迄』 연재. 『행인行人』 연재를 시작했으나 병 때문에 수차례 중단.

1913년   신경쇠약과 위궤양이 재발해 자택에서 요양.

1914년   『마음こころ』 연재 시작. 위궤양이 재발하여 한 달여 동안 와병
          함. 11월, 가쿠슈인 대학에서 '나의 개인주의' 강연.

1915년   『유리문 안에서硝子戶の中』 『한눈팔기道草』 연재. 11월, '목요회'에
          아쿠타가와 류노스케와 구메 마사오가 참가함. 이들은 마지막
          문하생이 됨.

1916년   『점두록點頭錄』 연재. 아쿠타가와 류노스케에게 보낸 서간에서
          그의 작품 「코鼻」를 격찬함. 5월, 『명암明暗』 연재 시작. 11월, 위
          궤양 발작으로 병상에 누웠으며 병태가 점차 악화됨. 12월 9일,
          위궤양으로 인한 내출혈로 사망. 『명암』은 12월 14일 188회 연
          재를 마지막으로 중단됨. 12일, 아오야마 장례식장에서 장례식
          이 열렸으며 아쿠타가와 류노스케가 접수를 맡음. 모리 오가이
          를 비롯한 당대의 많은 명사들이 조문함.

1917년   『명암』 『소세키 하이쿠집漱石俳句集』 출간.

문학동네 세계문학전집 발간에 부쳐

세계문학은 국민문학 혹은 지역문학을 떠나 존재하는 문학이 아니지만 그것들의 총합도 아니다. 세계문학이라는 용어에는 그 나름의 언어와 전통을 갖고 있는 국민문학이나 지역문학의 존재를 인정하면서 그것을 넘어서는 문학의 보편적 질서에 대한 관념이 새겨져 있다. 그 용어를 처음 고안한 19세기 유럽인들은 유럽 문학을 중심으로 그 질서를 구축했지만 풍부한 국민문학의 전통을 가지고 있는 현대의 문학 강국들은 나름의 방식으로 세계문학을 이해하면서 정전(正典)의 목록을 작성하고 또 수정한다.

한국에서도 세계문학 관념은 우리 사회와 문화의 변화 속에서 거듭 수정돼왔다. 어느 시기에는 제국 일본의 교양주의를 반영한 세계문학 관념이, 어느 시기에는 제3세계 민족주의에 동조한 세계문학 관념이 출현했고, 그러한 관념을 실천한 전집물이 출판됐다. 21세기 한국에 새로운 세계문학전집이 필요하다는 것은 명백하다. 우리의 지성과 감성의 기준에 부합하는 세계문학을 다시 구상할 때가 되었다.

문학동네 세계문학전집은 범세계적으로 통용되는 고전에 대한 상식을 존중하면서도 지난 반세기 동안 해외 주요 언어권에서 창작과 연구의 진전에 따라 일어난 정전의 변동을 고려하여 편성되었다. 그래서 불멸의 명작은 물론 동시대 세계의 중요한 정치·문화적 실천에 영감을 준 새로운 작품들을 두루 포함시켰다.

창립 이후 지금까지 한국문학 및 번역문학 출판에서 가장 전문적이고 생산적인 그룹을 대표해온 문학동네가 그간 축적한 문학 출판 경험을 바탕으로 새로운 세계문학전집을 펴낸다. 인류가 무지와 몽매의 어둠 속을 방황하면서도 끝내 길을 잃지 않은 것은 세계문학사의 하늘에 떠 있는 빛나는 별들이 길잡이가 되어주었기 때문이다. 우리가 자부심과 사명감 속에서 그리게 될 이 새로운 별자리가 독자들의 관심과 애정에 힘입어 우리 모두의 뿌듯한 자산이 되기를 소망한다.

문학동네 세계문학전집 편집위원
민은경, 박유하, 변현태, 송병선, 이재룡, 홍길표, 남진우, 황종연

세계문학전집 143
마음

1판 1쇄 2016년 9월 30일
1판 7쇄 2024년 6월 30일

지은이 나쓰메 소세키 | 옮긴이 유은경

책임편집 박신양 | 편집 오동규 | 모니터링 이희연
디자인 김이정 최미영 | 저작권 박지영 형소진 최은진 서연주 오서영
마케팅 정민호 서지화 한민아 이민경 안남영 왕지경 정경주 김수인 김혜원 김하연 김예진
브랜딩 함유지 함근아 고보미 박민재 김희숙 박다솔 조다현 정승민 배진성
제작 강신은 김동욱 이순호 | 제작처 영신사

펴낸곳 (주)문학동네 | 펴낸이 김소영
출판등록 1993년 10월 22일 제2003-000045호
주소 10881 경기도 파주시 회동길 210
전자우편 editor@munhak.com | 대표전화 031)955-8888 | 팩스 031)955-8855
문의전화 031)955-1927(마케팅), 031)955-3560(편집)
문학동네카페 http://cafe.naver.com/mhdn
인스타그램 @munhakdongne | 트위터 @munhakdongne
북클럽문학동네 http://bookclubmunhak.com

ISBN 978-89-546-4248-4 04830
    978-89-546-0901-2 (세트)

잘못된 책은 구입하신 서점에서 교환해드립니다.
기타 교환 문의 031) 955-2661, 3580

www.munhak.com

● 문학동네 세계문학전집은 계속 출간됩니다